날것의 생들

날것의 생들

2024년 12월 13일 1판 1쇄 찍음
2024년 12월 23일 1판 1쇄 펴냄

지은이   이도원
펴낸이·편집장   윤한룡
디자인   윤려하
관리·영업   이소연
홍보   고 우

펴낸곳   (주)실천문학
등록   10-1221호(1995.10.26)
주소   남양주시 퇴계원읍 퇴계원로 52 405호
전화   02-322-2161~3
팩스   02-322-2166
홈페이지   www.silcheon.com

대구광역시 DAEGU METROPOLITAN CITY   **대구문화예술진흥원**
본 사업은 '2024 대구문화예술진흥원 문학작품집발간지원'으로 출간되었습니다.

ISBN 978-89-392-3161-0 03810

날것의 생들

이도원 단편소설집
날것의 생들

실천문학

차례

이름

지방 병무청에서 일하고 있으며 곧 정년을 앞두고 있는 그
는 이름만 안중근일 뿐 우리가 경외하는 안중근 의사와는 아
무 관련이 없다. 본관도 종교도 집안 내력도 전혀 다르다. 오로
지 항렬인 근자를 살리기 위해 명근, 치근, 장근, 영근, 종근, 학
근이라고 꼽던 부친이 중근이라고 정했을 뿐이다. 이왕이면 종
근보다는 명망 있는 중근이 더 낫겠다고 결정을 했던 것이다.
　"이름값 하려고 노력하다 보면 안중근 의사님의 발뒤꿈치라
도 따라가지 않겠냐? 사람은 자신의 이름대로 살게 돼있어."
　시골 동네에서 방앗간을 운영할 때 의협심과 정의감이 남다
른 부친은 가게 안에 안중근 의사의 단지한 낙관과 형형한 눈
빛의 사진을 붙여놓았다. 가래떡을 하러 오거나 고추를 빻으
러 온 손님들에게 안중근 의사가 이토 히로부미를 저격한 것
처럼 총을 겨누는 장면을 흉내 내곤 하였다. 이런 부친의 정의

감과 명망 욕은 그를 강박증에 시달리게 하였는데 바로 위인의 이름답게 그에 대한 공적과 품성과 능력을 보여줘야 한다는 것이다. 또래 친구조차 위험하고 궂은일은 모두 그에게 떠맡겼고 담임선생조차 잔심부름과 청소는 물론 학업 성적이나 교실의 위생적인 상태와 환경정리까지 책임을 전가시켰다.

"이번에도 우리 반 성적이 제일 형편없군. 운동회마저 꼴찌였는데. 안중근, 도대체 너 뭐 하는 거야? 아침 자습 시간에 아이들 잘 감시하라고 하지 않더냐. 영웅이 있는 우리 반이 지다니. 어떻게 이럴 수가 있나?"

그때 그는 이미 영웅 안중근과 자신의 삶과는 우주와 지구와의 거리만큼 멀고도 먼 거리에 있음을 깨달았다.

이름값을 하라던 부친은 동네 통장, 의용소방대, 마을 지킴이 같은 별 볼 일 없는 여러 직함을 줄줄이 달면서 자신은 물론 가족을 들들 볶다가 일찍 죽고 말았다. 눈을 감는 그 순간조차 부친은 '네가 정말 이름값을 하게 되었으면 좋겠구나.'하며 힘없이 머리를 떨어뜨렸다. 부친의 죽음으로 그는 오랫동안 짓눌려왔던 압박감에서 해방되었다. 그는 개명을 하기로 작정했다. 그러나 법원에서는 허가되지 않았다. 놀림을 받을 이름이 아니며 무엇보다 안중근 의사의 무게감이나 중압감에서 벗어나고 싶어서 개명을 신청한다는 그런 이유가 먹혀들어가지 않았다. 법무사는 혹여 사기나 폭력 등의 전과가 있는 것은 아닌가, 의심의 눈초리를 그에게 보내기도 했다.

아내는 그가 이름을 바꾸는 것에 반대했다. '난 당신의 이름이 좋아서 끌렸는데. 당신의 이름을 혼잣말처럼 중얼거리기도 했는데. 당신의 이름을 부르면 나도 정의로운 아내가 될 테니까 말이야.' 팔십 년대 이미 서른 살이 넘은 그와 아내는 등산 모임에서 만났다. 평생 결혼하지 않을 것임을 다짐했다던 아내는 친정 부모가 돌아가시고 난 뒤 외로움에 주위를 둘러보다가 그가 눈에 들어왔다고 했다. 아내는 한 달에 한 번씩 가는 등산 때마다 자주 그의 이름을 부르곤 했다. '안중근 씨, 밥 같이 먹어요, 안중근 씨, 다음엔 내가 도시락 싸 올게요, 안중근 씨, 여기 제 가스버너 좀 봐줘요, 안중근 씨, 시외버스 터미널에서 만나서 같이 가요, 안중근 씨, 내가 찍은 사진 한번 봐줄래요?, 안중근 씨 우리 결혼하면 어때요?'

그는 그 노골적인 추파가 싫지 않은 데다가 그때가 유일하게 자신의 이름의 무게를 잊을 수 있는 시간처럼 느껴졌던 것이다.

하지만 딱 그때뿐이었다. 결혼 후 아내는 더 이상 '안중근 씨.'라고 불러주지 않았다. 아내는 고령의 나이에 아들을 낳았고 그 환희에 젖은 나머지 그를 돌아볼 여유가 없는 듯했다. 아내는 그의 이름 대신 아들의 이름 뒤에 아빠라는 호칭을 붙

여 부를 뿐이었다. '부부끼리 이름을 부르는 것도 우습잖아?'

그는 아내에게 그의 이름에 콤플렉스가 있음을 고백하지 못했다. 이름이 주는 무게에서 벗어나려고 얼마나 발버둥을 치며 유년과 학창, 군대 시절을 보냈는지 '알기는 아냐, 이 여편네야.' 하고 돌발적인 분노와 화풀이를 하게 될까 봐 겁이 났다. 이런 아내에 대한 사랑과 그 사랑의 무게만큼 수용과 희생을 해야 하는 압박감이 짓눌렀다.

장학사가 왔던 초등학교 때였다. 며칠 전부터 학교 대청소는 물론 수업시간에 질문과 정답을 짜고 맞히는 각본을 짜느라 담임선생은 그만 안중근 위인전에 대한 독후감 검사를 빼놓고 말았다. 장학사는 담임선생의 정교한 각본에 맞춰 질문하고 대답하는 것을 물끄러미 바라보고 있다가 무슨 일인지 출석부를 가져갔고 예순네 명이나 되는 학생들의 이름 중 그를 호명했다. 장학사는 마치 이런 인연이 어디 있느냐, 하는 표정으로 차렷 자세로 서 있는 그를 바라보았고 그 돌발적인 사고에 담임선생은 '이번만은 제발 부탁한다.'라는 표정으로 그를 바라보았다. 그는 독후감을 천천히 읽기 시작했다.

'안중근 의사는 겁도 없이 혼자 하얼빈 역에서 이토 히로부미를 기다렸다. 그리고 총을 쏘았고 붙잡혀 갔고 개죽음을 당해야 했다. 동지들과 합세하지 않고 혼자 잘난 체하려고 했기 때문에 죽어야 했다. 나라면 절대로 안중근 의사처럼 그런 무모한 행동은 하지 않을 것이다. 자신이 죽어버리는 어리석은 일은 하지 않을 것이다.'

담임선생은 웃지도 울지도 못하는 참담한 표정으로 서 있었고 장학사는 헛기침을 하며 교실을 나갔다. 교실 안은 웃음을 터트리는 아이들로 난장판이 되었다. 이윽고 담임선생이 교단 위로 올라갔다.

"우리는 오늘 참으로 불행한 일을 목격하게 되었다. 안중근 의사의 의거는 참으로 위대한 일이었다. 그런데 그런 훌륭한 일을 하신 위인의 업적을 이해하지 못하는 학생이 우리 반에 있다니, 더군다나 안중근 의사의 이름과 똑같은 이름을 가진 학생이 이렇게 밖에 쓰지 못한다니. 안중근 의사는 나라를 구하겠다는 일념으로 혼자 투쟁을 한 것이지, 혼자 잘나 보이겠다는 마음으로 한 게 아니다. 그리고 그런 충성된 마음이 나라의 독립을 앞당긴 것이다. 안중근, 나는 오늘 너에게 정말 실망했다."

그 일이 있은 후 담임선생은 그를 호명하는 일은 물론 그 어떠한 일도 맡기지 않았다. 그는 투명인간처럼 되었다. 그런 담임선생의 암묵적인 배제를 눈치 챈 친구들은 따로 도시락을 먹으며 그를 소외시켰다. 그는 회심의 미소를 지었다. 이제 정말 영웅이 아닌 인간 안중근으로 살 수 있는 것이다. 겁 많고 게으르며 혼자 있길 좋아하는 본래의 안중근으로 돌아갈 수 있는 것이다.

중학교, 고등학교, 대학교에서도 그는 이렇게 고립과 소외를 자처하였다. 역사적인 인물과 이름만 같을 뿐 기개와 성격이 판이하게 다르다는 것을 간파한 사람들은 실망하고 비웃었지만 그로서는 오히려 나았다. 안중근 의사로 인한 심적 부담감에 비할 바가 전혀 아니었기 때문이었다. 민주화의 열망으로 대학생들이 데모를 할 때에도 그는 도서관에서 책을 읽거나 여행을 갔으며 여자와 데이트를 하였다. 몇몇의 학우들이 함께 행동하자며 다그치기도 했지만 그의 철통같은 방어에 '에라 이 이기적인 놈아, 이름이나 바꿔라.'하며 그에게 욕설을 퍼부었다.

그러나 이런 도피적 즐거움은 더 이상 지속되지 못했으니 그것은 바로 군대에서였다.

군대는 그를 다시금 과거의 유년 시절로 냅다 꽂았다. 이등병 때부터 제대 말기까지 그는 또다시 영웅의 무게를 감당해야 했다. 안중근 의사처럼 총을 잘 쏘아야 했고 용감해야 했고 살신성인해야 했다. 실수나 나태는 있을 수 없었다. 달리고 찌르고 소리치고 구르고 맞을 때마다 그들은 독립투사인 안중근 의사처럼 그에게 솔선수범을 요구했다. 그들의 기대에 차지 않으면 바로 기합과 구타가 따라왔다. 그들은 그를 안중근 의

사와 별개의 인간 안중근임을 인정하려 들지 않았다.

그중 가장 지독한 인간이 바로 선임이었다.

"어 이것 봐라. 이런 이름값도 못하는 놈이 우리 내무반에 있었네. 좋아. 난 너를 반드시 안중근 의사처럼 단련시킬 것이다."

맹독을 품은 독사처럼 늘 입가에 침이 고여 있던 선임은 그를 조련하기 시작했다. 하지만 그의 고질적인 나태와 안일은 그것을 감당하지 못했고 그럴 때면 선임은 폭언을 퍼부었다.

"넌 오늘부터 안중근이 아니라 이완용이다. 나라를 팔아먹은 놈, 이완용."

그는 다른 사병들보다 더 많이 연병장을 돌아야 했고 더 많이 맞아야 했다. 선임은 그가 잠을 잘 수 없도록 사흘간 내리 불침번을 서게 했다.

그러다 그 사건이 터졌다. 내무반 동기인 임성래가 '죽자. 같이 죽는 거야.' 하며 수류탄의 안전장치를 뽑은 사건이 일어난 것이다. 순하고 과묵했던 임성래는 선임의 목을 껴안은 채 동반자살을 외쳤고 그는 그 아찔한 순간 속에서도 '선임이 죽으면 이제부터 편해질 수 있겠지.'하는 이타적인 기대감에 부풀어 있었다. 그러나 아쉽게도 불발이었다. 수류탄은 연기만 날릴 뿐 터지지 않았다. 그러자 임성래의 몸 위로 선임의 발길질이 시작되었다.

하지만 어쩐 일인지 그 사건은 선임이 임성래를 구타하는 것으로 끝이 났다. 선임은 그 일에 대해 함구하였고 목격했던 모든 사병들에게도 '발설하면 죽인다.'하는 말로 겁박할 뿐이었다. 일이 확대되면 선임 또한 무사하지 못했기 때문이었다는 것을 그는 나중에 알게 되었다. 선임은 면회 온 임성래의 여동생에게 접근하여 사귀자고 꼬드겼고 휴가를 나가자마자 여관으로 끌고 갔던 것이다.

선임이 전역하는 날이었다.

"여기서 있었던 일은 다 잊는 거야. 우리 사회에서 다시 만나자."

선임은 비굴한 표정으로 그와 임성래에게 악수를 청했고 그는 입가를 밀어 올리며 뒤틀린 냉소를 짓는 것으로 소극적인 저항을 했다. 임성래는 자신이 저질렀던 일이 조용히 무마되는 것에 감복해서일까 선임의 손을 세차게 잡고 흔들고 있었다.

그는 제대하고 병무청 말단사무원으로 들어갔다. 그제야 부친이 그에게 붙여준 영웅의 이름은 바로 이런 병무에 관한 일을 하게 될 것임을 예견한 때문이었던가 하는 생각이 들었다.

그는 출근을 하기 위해 아파트를 나와 큰길로 나섰다. 학교를 가는 학생들이 삼삼오오 모여 잔뜩 몸을 웅크린 채 지나가고 있다. 그것을 보자 아들이 떠올랐다. 제대하자마자 아들은 집을 나갔다. '좀 걷고 싶어요. 걸어야 하겠어요.' 아들이 배낭을 멘 채 창백한 얼굴로 이 말을 했을 때 아내는 자리에 그만 주저앉았다. 아내는 처음으로 자신의 교육방식을 후회하고 자책하였다. 집에서 불과 오 분도 되지 않은 거리의 공립학교를 놔두고 차를 타고 삼십 분이 넘는 사립 초등학교에 아들을 보냈다. 자유와 창조의 기치를 단 대안 중학교, 대안 고등학교에 아들을 보냈던 것이다.

"우리처럼 살게 놔두란 말이야? 단체 활동 이런 거 끔찍하지도 않아? 권위적인 선생과 그놈의 조회와 집합. 난 그 꼴 못 봐."

"사내놈은 어차피 잡초와 섞여서 거칠게 자라야 돼. 더군다나 우리는 한 놈밖에 없으니 자립심을 키워줄 수밖에 없어."

그러나 그의 말은 매번 아내의 결정적인 말에 묻혀버렸다.

"21세기는 개인의 창조성이 무엇보다 중요해. 공립에 가서 집단주의를 배우게 할 순 없어. 자유롭게 선택하고 체험할 수 있도록, 자본주의의 노예가 되지 않도록 하는 대안학교에서 배워야 해."

교육관이 첨예하게 대립된 부모의 얼굴을 번갈아 바라보며 힘없이 웃던 아들이었다.

"후회할 필요 없어. 당신이 그렇게 자유, 자유인 하고 부르짖었으니. 자유에는 이렇게 희생이 따르는 법이지."

그는 자꾸만 비아냥거리는 자신에 대해서도 화가 났고 자신의 독설에 고개를 처박고 있는 아내에게도 마찬가지였다.

"당신도 하고 싶지 않으면 그 일 그만둬. 군대 끌려가지 않으려고 하는 청년들 보는 것조차 정말 스트레스라고 했잖아? 내가 식당의 그릇을 닦는 일을 하더라도 당신은 먹여 살릴 거니까."

그는 아내의 말에 더 이상 자제가 되지 않았다.

"나, 안중근이야. 여자에게 빌붙어 살고 싶지 않아. 당신은 아들도 초라하게 만들더니 나조차 그렇게 만들 셈이야?"

그는 퇴각하는 패잔병과도 같은 학생들의 행렬을 보면서 아내의 선택이 옳았을지도 모른다는 생각이 들었다. 그들 속에 아들이 없다는 것만으로도 얼마나 다행이냐, 하고 생각했던 십여 년의 세월을 떠올렸다. 그러니 후회하지 않아야 한다. 오로지 아들이 어느 길 위에 있더라도 자기를 자책하고 혐오하는 일이 없기를 갈망하는 수밖에 없다. 동시에 그는 혁명 투사인 안중근과의 비교로 인해 턱까지 차오르는 무게감에 자신을 괴롭혔던 시간이 떠올랐다.

어느새 차는 소방도로 끝에 닿았다. 그는 도로 중앙으로 끼어들기 위해 차를 도로 끝 차선에 대었다. 폭 팔 미터의 사 차선 도로의 일 차선까지 들어가기 위해서는 목숨을 거는 모험을 해야 한다. 대단지 아파트 앞의 신호체계를 개선해 달라는 건의안은 매번 무산되었다. 직진 신호가 끝나고 나면 이미 밀린 차들 때문에 끼어들기가 힘들다. 다른 차들이 직진 신호를 받았을 때 바로 돌진해서 들어가야 하는 것이다. 오늘따라 차들은 여느 때보다 붐볐다. 차들은 좀처럼 틈을 보이지 않았다. 마치 투우사의 붉은 망토를 보고 달려드는 소처럼 앞만을 보고 달리고 있었다. 무리하게 끼어들기를 시도하는 차들은 하이빔과 경적으로 위협당하고 있다. 그의 바로 뒤 차에서도 하이빔을 쏘았다. 그는 백미러를 통해 그 차를 보았다. 택시는 이제 경적까지 울리고 있었다.

그는 주문을 외듯 안중근 의사의 혼령을 불러냈다. 군대처럼 밀려드는 차들은 바로 이토 히로부미가 되고 하얼빈 역 앞 광장에서 권총을 장전하였던 안중근 의사는 바로 그 자신이 된다.

그는 전력을 다해 달리는 차들의 행렬을 정지시키기 위해 무서운 속도로 돌진했다. 하이빔을 쏘며 틈을 주지 않으려는 차들을 비웃기라도 하듯 사선으로 비껴가며 삼 차선, 이 차선으로 들어갔다. 날카로운 경적이 연이어 울렸다. 마치 그의 차를 들이박을 듯 맹렬한 기세로 위협하는 것이 느껴졌다. 그러나 머뭇대지 않았다. 안중근 의사가 장전한 총을 겨누며 머뭇대지 않고 일 차선으로 들어왔다. 한 운전자가 창문을 열고 '이 개새끼, 죽고 싶어 환장했어?'하고 소리쳤다. 마치 안중근 의사가 된 기분이 들었고 단번에 우쭐해졌다. 할 수만 있다면 손가락을 권총 모양으로 만들어 창 밖의 차들을 향해 겨누고 싶었다.

순간 그는 우스꽝스럽게도 자신에게 안중근 의사의 피가 끓고 있음을 알게 되었다. 구천을 떠도는 외로운 안중근 의사의 혼령이 가슴속에 둥지를 틀고 있다는 확신이 들었다. 그는 '코레아 우라, 코레아 우라, 대한국 만세.' 하고 안중근 의사가 이토 히로부미를 사살하고 난 뒤 외쳤던 사자후를 흉내 내었다. 차 안에는 그의 함성이 가득했다.

징병검사장 주차장에는 차들로 빼곡하다. 오늘은 재신체검사를 하는 날이다. 몇 명의 청년들이 모여 담배를 피우고 있다. 그들은 구부정한 어깨를 하고 바지춤에 손을 넣은 채 담배 연기를 뿜어내고 있다. '저런 골초들이 연병장이나 제대로 돌 수 있을까, 소총 한 번 제대로 쏠 수 있을까? 전쟁이 난다면 저런 인간들이 가장 먼저 낙오되는 거지. 체력도 없으면서 잔뜩 폼만 재는 저런 인간들이 총알받이로 끝나는 거지.' 그는 쓴웃음을 지었다.

그는 이런 유약한 청년들을 전쟁터에 보내는 일을 하고 있는 자신이 새삼 자랑스럽게 느껴졌다. 저런 청년도 군대라는 거대한 공장에서 강철로 포장되어 나온다. 차고 구르고 달리고 찌르고 하는 훈련에서 그들은 비곗살 같은 쓸데없는 낭만이나 감상을 버리는 생존의 법칙을 터득하게 된다. 그렇게 살아남아 언제라도 동원될 수 있는 예비군으로 재탄생되는 것이다. '다수가 싸우지 않으면 결국 한 사람의 의로운 영웅을 낳을 수밖에 없어.' 그는 대단한 진리를 발견한 것처럼 뿌듯했다. 그러니 그는 각종 진단서와 증빙서류들을 가지고 와서 어떻게 해서든 군대를 가지 않으려고 하는 청년들을 보면 실컷 두들겨 패주고 싶은 것이다.

그는 일층 방사선과를 지나 이층으로 올라갔다. 징병검사 전까지는 십여 분가량 남아 있다. 아직 군의관과 지역사회 단체 대표는 오지 않았다. 인터넷 홈페이지 게시판은 늘 징병에 반대하는 인간들로 도배되어 있다. 여의치 않은 가정 형편과 병약한 자신의 몸에 대해 지루할 정도로 긴 변명을 올려놓은 것이다.

그는 병역면제를 원하는 이들의 글에 바이러스의 댓글을 다는 것으로 응징하고 싶다. 나태함과 의지박약을 일시에 퇴치할 수 있는 강력한 바이러스를 보내는 것이다. 실오라기 같은 기대를 품고 모니터 앞에 앉아있던 입영기피자들은 그가 보낸 바이러스에 감염되어 어지러움증과 구토를 동반한 혼란을 겪고 난 뒤 서서히 인간 병기로 변신할 것이다.

그는 벽시계를 쳐다본다. 이때 내과, 안과, 신경정신과 군의관들이 사무실 안으로 들어온다. 뒤를 이어 여성단체의 대표가 들어온다. 매번 심사 때마다 징집 판정에 이의를 제기했던 여자이다. 재심사 대상자인 정신쇠약증 청년에 대해 여자는 이런 말로 군의관을 당황하게 만들었다.

"이런 정신쇠약증의 사람은 군대에 갔다가 증세가 더 심해질지도 모르고, 다른 사람에게 피해를 줄 수도 있지 않을까요?"

나중에 군의관은 '사실 그 여자 말에 일리가 있어요. 이 청년을 군대에 보내면 돌이킬 수 없는 결과가 발생할지도 모르죠. 겉으로는 멀쩡해 보여도 정신쇠약증이나 습관성 우울증에 걸린 사람은 소총 들고 나와 자폭하거나 폭탄을 터뜨릴 가능성이 반반입니다. 사고가 나지 않거나 나거나, 뭐.'하고 말했다.

그는 이런 이들이 못마땅했다. 그렇다면 이런 군 기피자들을 위해 대신 총알받이가 될 인간이 따로 있는가 하고 되묻고 싶었다. 국가가 있는 이상 군대가 없을 수 없다. 군대가 있다면 군인이 있어야 하고 군인이 되지 못하는 자는 정상적인 사내도 될 수가 없다.

오늘 오전에는 심사 대상자가 고작 다섯 명이니 그리 오래 걸리지 않을 것이다. 그동안 그는 심의실 앞에 앉아 그들이 내릴 판단을 점쳐 본다. 군의관은 자신의 진단을 한 치도 의심하지 않고 갖은 의학 지식을 발휘할 것이며 여성단체의 여자는 군대 면제 대상자를 늘리기 위해 안간힘을 쓸 것이다. '군대 없는 세상이 와야 여자들이 더 이상 차별받지 않거든요.' 하고 말했던 여자였다.

심사 대상자인 허리디스크와 정신쇠약증에 걸린 청년들이 연달아 들어갔다. 허리디스크가 있다는 청년은 자신의 질병을 증명해 줄 진단서를 잔뜩 안고 있다. 정신쇠약증의 청년은 눈도 맞추지 못한 채 고개를 처박고 앉아 있다가 앞사람이 나오자 비틀거리며 들어갔다. 초점 잃은 암울한 눈은 한 열흘 내리 잠만 자면 저런 연기가 가능한 일이었다. 청년의 뒷머리가 잔뜩 눌려 있다. '말이 없고 내성적이다.' 고등학교 생활기록부에는 이렇게 나와 있다. 두 번이나 조사를 한 터에 이번엔 면제될 확률이 높은 것이다.

"겉으로는 멀쩡해도 정신질환자일 확률이 높아요. 눈에 드러나지는 않아도 폭탄을 안고 자폭할 수 있는 것이 바로 정신질환자거든요."

군의관의 이런 진단을 믿지 않는 그는 징집을 피하고자 교묘한 연기를 하고 있는 청년의 술수를 증명할 수 없는 자신의 직업적 한계를 한탄했다. 이윽고 심사가 끝나고 심사관들이 밖으로 나왔다. 군의관이 서류를 건네주었다. 정신질환을 앓고 있는 청년을 위시하여 다섯 명의 청년 모두 병역이 면제되었다.

"내적 억압으로 인한 잠재된 충동이나 폭력성이 다분한 청년입니다. 괜히 군대 보냈다가 사고를 칠 확률이 다분합니다."

군의관이 그를 쳐다보았다. 그는 젊은 군의관을 향해 '당신이 속은 거야.' 하고 말하고 싶은 것을 억지로 참았다. 병무청을 나가며 그 청년은 회심의 미소를 짓고 있을 것이 분명하다. 침대 위에서 질펀하게 청춘의 욕망을 구가할 수도 있을 것이다. 그는 입술을 꼭 깨물었다.

시민공원은 게이트볼을 치는 노인들과 산책하는 사람들로 번잡하다. 한 무리의 비둘기가 공원 매점 바닥에 떨어져 있는 과자부스러기를 부리로 쪼고 있다. 겨울 산은 냉장고처럼 차고 무심하다. 건기가 오래된 탓에 걸을 때마다 먼지가 풀썩 일어난다. 뒹구는 낙엽이 발길에 닿자마자 요란한 소리를 내며 바스러진다. 나뭇가지에 앉은 새들이 마른 울음을 토하고 있다.

산 정상에 오른 그는 심호흡을 하며 아래를 내려다보았다. 높고 낮은 건물 위로 뿌연 스모그가 끼얹어져 있다. 제빛을 잃은 해가 인공조명등처럼 낮게 떠 있었다. 그때였다. 그 앞으로 한 청년이 허겁지겁 뛰어와 관등 성명을 대었다.

"이등병 김기도, 할 수 있습니까? 예, 할 수 있습니다."

그는 물론이고 주위에 있던 몇몇 사람들이 깜짝 놀라 청년을 바라보았다. 관등 성명을 마친 청년은 제식훈련을 하는 것처럼 구령을 부르며 절도 있게 달리기 시작했다. 그리 넓지 않은 산 정상을 몇 번이고 똑같이 반복하며 돌았다. 주위 사람들은 삥 둘러 선 채 청년의 기이한 행동을 구경하였다. 청년은 주위의 시선에는 아랑곳하지 않고 기합을 받는 것처럼 땅바닥을 구르며 '이등병 김기도, 시정하겠습니다.' 하고 외쳤고 그제야 사람들이 피식 웃었다.

그는 먼지를 뒤덮어 쓴 채 우스꽝스러운 앞구르기를 하고 있는 청년의 곁으로 다가갔다. 청년은 고통스러운지 표정이 일그러져 있었다. 악다문 입술 사이로 누런 이빨이 드러났다. 한동안 뒹굴던 젊은이는 다시 소총을 옆에 차는 시늉을 하며 구보를 하다가 구경꾼들 사이를 비집고 나가 산 아래를 향해 뛰어 내려가기 시작하였다. 그는 청년이 사라질 때까지 한참을 바라보았다.

선임의 얼굴이 생각났다. 방망이로 그의 뒤통수를 때려 의무실에서 다섯 바늘을 꿰매고 나온 뒤에도 잠을 재우지 않았던 놈이었다. 어쩌면 군대를 제대한 아들도 저런 유사한 일을 경험한 것일까. 그것 때문에 죽자고 걷는 것인가. 그는 뿌연 하늘을 바라보며 하염없이 생각에 빠져들었다.

아내는 커피잔을 그의 앞으로 밀어주었다. 그는 새삼 거실을 둘러보았다. 공익광고에 나오는 여느 가정처럼 평범하고 안온한 풍경이다. 낮에 보았던 그 청년 때문일까, 아들이 자꾸만 떠올랐고 그가 혼신의 힘을 다해 쌓아 올린 평범한 일상이 어쩌면 처음부터 존재하지 않았던 것은 아닐까, 어쩌면 안온했다고 믿었던 것이 허상이었을지도 모른다는 생각이 들었다.

텔레비전에서는 군대 폭력 때문에 죽은 한 병사에 대한 사건을 집중적으로 파헤치고 있었다.

"군대는 정말 없어져야 해. … 우리 아들도 어쩌면 저와 비슷한 일을 당했을지도 몰라. 군대에 대해선 어떠한 말도 하지 않았잖아."

아내가 처음엔 침울한 목소리이다가 나중엔 신경질적으로 말했다. 깜짝 놀라 바라보는 그의 얼굴을 아내가 힐끗 쳐다보았다.

"당신 직업 때문에 나까지 몸을 사려야겠어? 말이야 바른말이지. 국방비만 없어도 아마 우리 국민들, 지금보다 몇 배는 더 윤택하게 살 수 있을 거야. 청춘의 피 같은 시간과 에너지도 낭비되지 않고."

"군대는 필수야. 국가의 필수."

"무슨 필수? 전쟁을 부추기는 것은 무기를 만드는 방산 방위사업을 하는 나라라고. 이제 우리나라도 예외가 아니지."

"이 여자, 정말 위험하네."

그는 방 안을 둘러보며 소리를 낮춘다.

"왜 어디 도청 장치가 있을까 봐서? 제발 마음 놓으셔. 지금은 공안정국이 아니니까."

그러자 과거 한때가 떠올랐다. 내란죄로 감옥에 들어간 전두환 전 대통령이 교도소에서 출소하던 날의 뉴스를 보던 때였다. 아내가 텔레비전을 향해 닦고 있던 걸레를 냅다 던졌던 것이다.

"한 국가의 수장이면서 자국의 국민을 대학살 했던 원흉이 살아 나오다니, 저런 놈은 죽어서 감옥에서 나와야 하는데. 나라면, 만약 내 아들이 저런 놈에게 죽었다면 난 저 짐승 같은 인간을 놔두지 않았을 거야. 교도소 앞에 기다리고 있다가 나올 때 그냥 칼로 푹 찔러버렸을 거야. 자식을 총알받이로 키울 수밖에 없는 우리 어미들의 무능력이 답답해. 이게 모두 전쟁 광신자들인 남자 때문이야. 전쟁의 피해는 꼭 우리 여자들과 아이들이 당하게 되니 말이야."

그의 얼굴이 시뻘겋게 달아올랐다. 말없이 담배를 피워 무는 그를 보고서야 아내가 입을 다물었다.

그때였다. 텔레비전의 화면이 바뀌는 순간 그는 담배를 그만 떨어뜨릴 뻔하였다. 낯익은 얼굴이 나타났기 때문이었다. '아름다운 인생, 멋진 인생'이라는 자막 위에 한 남자가 아이들을 껴안고 웃는 장면이 나왔다.

"이 버려진 아이들과 인연을 맺게 된 지 참 오래되었습니다.

여기 아이들은 모두 천사입니다. 이 날개 잃은 천사들에게 제가 꼭 날개를 달아줄 것입니다."

남자는 마지막 말을 채 맺지 못하고 울먹이며 아이들의 몸을 감싸 안았다. 오른뺨 한가운데 있는 점이 화면에 그대로 나타났다. 바로 군대 선임이었다. 입에 게거품을 물며 독설을 퍼붓던 선임이 잔잔한 미소를 머금으며 화면 정중앙에 나타난 것이다. 그는 거의 텔레비전 속으로 빨려 들어갈 듯 몸을 앞으로 바싹 들이대었다.

화면은 다시 한 사무실로 바뀌었다. '착한 이웃, 정직한 이웃'이라는 인터넷 신문을 수년째 만들고 있다는 내레이션과 함께 선임의 얼굴이 대문짝만 하게 드러났다. 아동 복지사업을 천직으로 열심히 지역사회를 위해 봉사할 것이라는 선임의 인터뷰가 이어졌다. 그때였다. 또 한 사람의 인터뷰가 나왔다.

'사장님은 훌륭한 일을 많이 하십니다. 서로 사랑하고 신뢰하는 행복한 사회를 만든다는 목표 아래 우리 직원들도 열심히 일하고 있습니다.'

그는 너무 놀란 나머지 소리를 질렀다.

"저… 저런 미친…."

아내가 놀란 얼굴로 그를 쳐다보았다.

"당신 왜 그래?"

"이런 개 같은 일이 있다니…."

선임의 이름에 이어 임성래의 이름이 자막으로 떴다. 수류탄으로 선임을 위협했던 그였다. 다시 아내가 물었다.

"왜 그래? 아는 사람이야?"

그는 아무 말도 하지 않은 채 담배만 연거푸 물었다. 수류탄을 안고 논개처럼 그를 껴안고 쓰러지던 임성래였다. 그런 그가 어떻게 선임과 함께 일을 하고 있으며 저토록 추앙할 수 있다는 말인가. 담배 연기가 어지럽게 춤을 추며 공중으로 피어올랐다. 머리가 어질어질했다.

그는 퇴근 후 집과는 다른 방향으로 차를 몰았다. 선임이 발행하는 인터넷 신문에는 일상의 소소하고 잔잔한 풍경을 담고 있는, 수필과 시 편지를 주된 내용으로 하고 있었으며 기획이나 연재로 선임이 쓴 글은 바로 통일에 대한 주제로 '북한은 변하지 않는다' '미국은 영원한 우방' '빨갱이의 유령' 등이 있었다.

그를 경악시킨 것은 '나의 군대 이야기'라는 타이틀 아래 나온 선임의 글이었다. 정의감에 투철한 나머지 군대의 불합리한 점을 들고 나섰다가 여러 번 봉변을 당했다는 내용이었다. 더욱 황당한 것은 연병장 한쪽에 피어 있는 한 송이 민들레의 애잔함을 노래하는 대목이었다. 노란 민들레 앞에서 한없이 눈물을 흘렸다는 후렴구가 신파처럼 이어지고 있었다.

그는 선임이 아동 복지시설은 물론 무의탁 노인이나 불우청소년을 위해 하는 선의의 활동은 구실일 뿐 시의원 출마가목적이라는 것을 간파하였다. 공로를 인정받아 상을 받고 있는 선임의 인물 사진이 사이트의 곳곳에 대문짝만 하게 나와있었기 때문이었다. 그는 그것을 보자 마치 진실을 파헤치고자 몸을 던지는 기자처럼 범죄 현장을 수사하려는 형사처럼그곳을 찾아가기로 마음먹었다.

사무실은 찾기 쉬웠다. 오 층의 건물 앞에 '지역 일꾼 모범상 수여'라는 경축 문구와 함께 선임의 얼굴이 커다랗게 박혀있는 현수막이 세로로 걸려있었다. 그는 일 층 사무실로 들어갔다. 사무실 안을 둘러본 그는 이내 창가의 화분에 물을 주고있는 임성래를 발견할 수 있었다.

"어이, 임성래."

그가 다소 큰 목소리로 소리쳤다. 임성래는 여전히 눈이 나쁜지 미간을 찌푸리며 그가 있는 쪽을 바라보았고 그의 코 앞에 와서야 그를 겨우 알아본 듯했다.

"안중근, 야, 정말 이게 얼마만이냐?"

임성래가 그의 몸을 껴안았다. 여자 직원이 테이블 위에 커피를 올려놓고 나갔다.

"어떻게 이곳을 알았어? 아하, 텔레비전 봤구나? 안 그래도방송 나가고 계속 지인들의 전화를 받았어. 정말 무섭군. 전파의 위력이 말이야."

그는 임성래의 반색을 보면서도 별로 반갑지 않았다. 그가 여길 찾아온 것은 바로 임성래가 동반 자살을 결행하게끔 만든 악명 높은 선임의 밑에서 일을 하게 된 이유가 무엇인지 묻기 위한 것뿐이었다. 그러나 임성래는 자신의 아내나 자식 자랑만 늘어놓을 뿐 선임에 대한 이야기는 전혀 하지 않았다. 선임은 오지 않았다. 다만 중간에 전화가 걸려와 무슨 지시를 하는지 임성래가 다소 거북한 자세로 '예, 알겠습니다.'하고 대답할 뿐이었다. 임성래는 그가 이 사무실에 와있다는 말을 하지 않았다.

그들은 자리를 옮겨 술집으로 향했다. 임성래는 술에 취할수록 말수가 줄어들었다. 임성래는 술집 바닥에 넘어졌다가 겨우 일어나 화장실로 갔다. 그는 심약한 임성래를 더 이상 괴롭힐 필요가 없다는 생각이 들었다.

그가 술값을 치르고 나왔을 때는 이미 자정을 넘어선 때였다. 그는 임성래의 어깨를 두드리며 '인마, 잘 살아.'하고 말했다. 그때 임성래가 말했다.

"내가 역겹지? 토하고 싶을 지경이지? 그거 확인하려고 왔지? 그래 나, 내가 그렇게도 증오한 인간 밑에서 일을 해. 과거 이 새끼의 속옷까지 빨아대었던 것처럼 지금도 이 새끼의 뒤치다꺼리를 해주고 있어. 이 새끼 이렇게 부자가 된 게 뭐 때문인지 알아? 제 아버지가 하던 창녀 장사를 물려받았어. 술집, 여관, 다방으로 아가씨를 넘기고 팔면서 무진장 돈을 벌었지. 이 새끼가 그렇게 군대에서 악질적으로 했던 건 다 이유가 있었어. 집창촌에서 뼈대가 굵은 이 새끼가 독종이지 않고서는 살아낼 수가 없었을 테지. 비웃어도 좋아. 그래 나, 이렇게 되어버렸어. 이 새끼가 건드렸던 내 동생, 지금 이 새끼가 넘겨준 모텔을 운영하고 있어. 가방끈 짧은 내가 무슨 수로 이런 잡지사의 사장을 하겠어? 자존심? 그런 거 집어던진 지 오래되었어. 그때 수류탄이 불발되었을 때부터 난 이렇게 되어 버린 거야. 마음대로 비웃어도 좋아."

임성래는 도로 옆 쓰레기 봉지가 가득 쌓인 곳에 꿇어앉아 토악질을 하였다. 그것은 그의 최소한의 저항인지도 몰랐다. 그는 하늘을 올려다보았다. 별들이 토사물처럼 뿌옇게 뭉개져 있었다.

검사장 실내는 히터가 내뿜는 열기와 함께 젊음이 토해내는 비릿한 냄새로 진동했다. 진녹색의 트렁크를 걸친 청년들이 스무 명가량 앉아있었다. 군의관은 체중을 재는 것을 시작으로 각 신체 부위에 따른 검사를 시작했다. 오늘 검사자 중에선 심각할 정도의 체중 미달이나 초과는 보이지 않았다. 노랗게 염색한 머리를 좌우로 흔들고 있는 청년이나 연신 낮은 목소리로 '씨바.'하며 욕설을 뱉고 있는 청년에게서도 병역면제의 결정적인 단서는 보이지 않았다. 청춘의 절정 한가운데 있는 청년일 뿐이다. 바로 여기 오기 전까지 저들의 몸은 딱딱한 강의실에 앉아 학점을 따야 했거나 친구들과 우정을 나누거나 취업전선에서 헐값의 노동을 하고 있었을지도 몰랐다. 이제 저들은 생에 대한 갈증과 인식욕, 자유에 대한 열망의 시간 대신 소총과 구령, 집합과 기합과 명령에 대한 복종 등의 시간으로 채워지게 된다.

그는 복도로 나와 창 밖을 내다보았다. 주차장 옆 공터에서 청년들이 담배를 피워 물거나 아무 데나 침을 뱉었다. 자신의 빛나는 시간이 저당 잡힌 채 충견처럼 희생과 복종으로 얼룩지는 시간과 장소에 대한 저항일지도 모른다. 그의 얼굴은 점점 더 어두워졌다.

시민공원에서 관등 성명을 대었던 이등병 김기도는 공원에 붙은 낡은 연립주택에 살고 있었다. 산비탈에서 쓰러진 채 누워있는 김기도를 부축하며 간신히 찾은 집이었다. 팔순이 넘은 듯 보이는 노파는 체념한 표정으로 그가 방안으로 아들을 누일 때까지 물끄러미 쳐다볼 뿐이었다. 궁색한 살림살이가 한눈에 들어왔다. 노파가 고물을 주워서 파는 것으로 연명하는 고단한 삶이 느껴졌다. 난방이 되지 않은 탓에 냉기가 피어

올랐다. 노파는 담배를 피워 물었다. 추위에 시퍼렇게 언 가죽 같은 얼굴이 일그러졌다. 방안 중간에 걸린 낡은 사진에 눈을 돌린 그를 향해 노파가 낮은 목소리로 말했다.

"원수 같은 남편이구먼. 자식을 저 지경으로 만들어 놓고 먼저 가 버린 남편이니까. 내가 뒤따라가 저 원수를 혼구녕 내줘야 하는데 이 아들 때문에… 가지도 못하는구먼."

사진 속의 남자는 군복 차림이었다. 잔뜩 군기가 든 건장한 체격의 남자는 자신을 욕하는 아내를 향해 금방이라도 호령할 듯 눈을 부라리고 있다.

"저 아이를 뱄을 때 남편에게 영장이 나왔어. 몇 번 돈을 쓰고 해서 뺐는데 돈을 먹은 인간이 매번 옮겨간 때문에 계속 영장이 나왔지. 돈이 바닥났는데 어쩔 거야? 군대를 갈 수밖에 없었지. 근데 군대를 갔다 온 이후로 저 작자가 완전히 변한 거야. 욕설에다 나를 얼마나 두들겨 패든지, 어디 살 수가 있어야지. 이유 없이 사람을 때리고 어디 한 군데 일을 진득하게 하지도 못하니 내가 대신 집안 살림을 도맡아야 했어. 보따리 행상을 마치고 돌아오면 저 원수는 아들을 못 잡아먹어 안달이었고. 사내가 그렇게 얌전해서 되겠느냐면서 윽박지르고 때리고. 결국 군대 갔던 아들도 정신이상자로 중간에 나왔어. 거기서도 줄곧 맞고만 있었던 거지. 저렇게 된 것은 모두 군대 때문이야. 우리 선량한 남편과 아들을 망친 것은 모두 망할 놈의 군대 때문이야."

노파는 주검처럼 누워있는 청년의 이마를 문지르며 연신 흐
느꼈다. 그는 자신과 노파와 김기도가 모두 낡은 폐선 위에 올
라타고 있는 느낌과 동시에 그 배가 서서히 차가운 바닷물 속
으로 가라앉는 듯한 공포감에 온몸이 얼어붙었다. 어두운 방,
노파의 피 울음이 오래도록 이어졌다.

그는 이제 더 이상 편안하지 않았다. 임성래와 김기도를 만
나기 전까지는 신체검사를 받기 위해 탈의한 청년들을 보는
것이 즐거웠다. 조각상처럼 미끈하게 빠진 청년의 몸을 보며
훼손되지 않은 젊음의 원형을 감상하는 느낌이 들었다. 그러
나 지금은 그들의 아름다운 육체가 피를 흘리며 진상되는 제
단 위의 양처럼 가혹하게 느껴졌다. 그 속에 아들이 있었다.
아들의 몸은 총탄에 구멍이 뻥뻥 뚫렸고 그 구멍 사이로 피가
콸콸 흘러내리고 있었다. 아들이 걷는 울퉁불퉁한 길 위로 핏
물이 번졌다. '아버지, 살려주세요. 제발.' 아들이 울고 있었다.

그는 차가운 의자 위에 앉아 있는 그들의 몸을 일으켜 자유
로운 세상으로 데려가고 싶다는 충동을 느꼈다. 그들을 안전
한 곳에 피신시키고 야만의 군대를 폭파하고 싶다. 안중근 의
사가 칠 연발의 권총을 겨누듯이 그 또한 군대를 향해 기관총
을 발사하는 것이다. 탕탕탕. 안중근 의사가 그러했듯이 총을

쏘고 난 뒤에는 '코레아 우라 코레아 우라, 대한 만세.'하고 외칠 것이다. 그는 의자에서 일어났다. 그리고 손가락으로 권총의 형상을 만들어 공중을 향해 쳐들었다. 영웅 안중근의 육성이 귓가에 울렸다. '나 안중근은 죽어서도 마땅히 조국의 군대 해체를 위해 싸울 것이다.' 그가 소리쳤다.

"모두들 나가. 모두 나가. 군대는 내가 없앤다."

그는 공중을 향해 계속 총을 쏘았다. 아니, 쏘았다고 생각했다. 그리고 그는 이내 기억을 잃었다. 이어 자신의 몸이 번쩍 들려져 끌려 나가고 있는 것이 흐릿하게 보였다. 임성래의 창백한 얼굴과 아내가 '난 당신의 이름이 좋아. 심장이 뛰거든.'하고 말했던 것도 보였다. '언젠가 이름값을 하게 되겠지.' 하셨던 아버지의 얼굴과 길 위를 걷고 있는 아들이 '아버지 한 번에 마흔 명에게 뺨을 두들겨 맞은 적이 있다면 어떻게 살겠어요? 제대로 온전히 말이에요.'하고 술에 취한 채 중얼거렸던 일도 떠올랐다.

녹음기

어른을 속이기란 쉽다. 중간에 마음이 약해져 변덕만 부리지 않는다면 말이다. 내 머리를 쓰다듬던 담임에게 마음이 약해져서 하마터면 '거짓말이에요. 전부.'하고 말할 뻔했다. 담임이 말했다.

"괜찮겠니? 들어가지 않아도 돼. 이미 네가 확인서를 적었으니까 말이야."

담임은 억지로 감정을 누르는 표정이었다. '결국 넌 문제를 일으켰구나. 올해만은 조용히 넘어가 주길 바랐는데. 네가 나가든 내가 나가든 둘 중에 하나는 나가야 겨우 내가 살겠구나.' 담임의 이런 속마음이 느껴지자 더 이상 마음이 흔들리지 않았다.

"들어갈 거예요. 난 피해자니까 당당해야 되잖아요."

"아 그래 그렇지, 피해자…. 피해자지."

담임이 말을 흐리며 한숨을 내쉬었다. 만약 담임이 막는다고 해도 어떻게 해서든 회의실 안으로 들어갔을 것이다. 학교폭력대책 자치위원회(학폭위)라는 어마어마한 단체를 녹음하는 일은 처음이다. 이 역사적 사건을 기록하기 위해 내 녹음기는 지금 빵빵하게 충전되어 있다. 나는 자주 학폭위에 신고했다. 내 엉덩이를 슬쩍 만졌던 문방구의 영감탱이, 가슴을 갑자기 양손으로 움켜잡은 후 날쌔게 도망쳤던 주인집 고등학생 오빠, 허벅지를 쓰다듬으면서 '우리 집에 강아지 구경하러 갈래?'하고 말했던 이웃집 아저씨. 그들은 학교폭력 대책 자치위원회 회의 끝에 나에게 구구절절한 사과문을 썼고 성폭력 예방 교육을 받았다. 그 장문의 사과문이 나의 최신 휴대폰에 저장되자 나는 단번에 고층건물의 건물주가 된 느낌이었다.

담임이 학교교육위원회 회의가 열리는 회의실로 들어갔다. 나는 내 점퍼 오른쪽 주머니에 녹음기가 얌전히 있는지 다시 확인했다. 이 녹음기가 없었다면 얼마나 지루했을까. 고모의 불운이 나에겐 행운을 준 셈이다.

"이 고모를 좀 도와줘야겠어. 넌 은혜를 갚아야 해. 너를 이만큼 키워주었으니까 말이야."

결혼 생활 십 년이 넘도록 아이를 임신하지 못했던 고모는 아버지가 교도소에 들어가자 자동적으로 나의 보호자가 되었다. 보청기가 없으면 아무 소리도 듣지 못하는 할아버지 대신이었다. 내가 물었다.

"정말 아버지가 엄말 죽였어?"

고모가 말했다.

"서로 원수처럼 싸웠으니까. 너도 알잖아?"

욕설을 퍼부으며 부수고 때리는 아버지와 비명을 지르며 도망치는 엄마로 인해 집은 늘 난장판이었다. 어느 날, 그날도 그들은 늘 그랬듯이 던지고 때리고 맞고 울부짖고 했는데 그 모습이 견딜 수 없이 역겹게 느껴졌다. 나는 그들 사이에 팬티를 내리고 오줌을 누었다. 방바닥 한가운데를 가로지르는 누런 오줌을 보고서야 겨우 그들의 싸움이 멈췄다. 엄마가 창백한 얼굴로 나를 껴안았고 아버지가 또다시 욕설을 퍼부었지만 더 이상 엄마를 때리지는 못했다. 그날 나는 오줌만 눈 것은 아니었다. 방바닥엔 오줌과 섞인 선혈이 선명했다. 엄만 한숨을 쉬었다. 엄마는 그 길로 집을 나갔고 다시는 돌아오지 않았다. 더 이상 아버지를 견딜 수 없어서 나간 것인지 나의 때이른 생리가 기가 차서 나간 것인지 궁금했지만 그것을 물을 기회는 영원히 주어지지 않았다. 그런데 어떻게 아버지는 엄마를 죽일 수 있었을까. 하지만 그 궁금증은 얼마 지나지 않아 풀렸다.

"보청기를 새로 바꿔야 할 것 같구먼. 비행기가 지나가는 소리가 들리니까 말이야… 근데 정연이 먹는 약이 갈수록 독한 모양이네. 저렇게 약만 먹으면 실신한 듯 자고 있으니."

"아버지도 이제 보청기 대신 인공와우 수술을 하는 게 어때요? 그걸 달면 장애인등급이 나와 장애인수당도 받을 수 있다고 하니까요. 그건 그렇고 아버지야 수술하면 되지만 정연이는 평생 정신과 치료를 받아야 하니 문제예요. 성조숙증 치료주사도 이제 맞아야 한다고 하고. 저런 식으로 놔두면 몸만 어른이 되어버린다고 하니까요."

"아이코, 저러다가 어디 가서 아이라도 배어 올까 봐 겁이 난다…. 근데 네 오라버니 보러 가야 할 때가 되지 않았니?"

"이제 한 달에 한 번씩 가는 건 힘들어요. 영치금 넣기도 빠듯하고요. 오빠 그 안에서도 돈을 물 쓰듯이 써버리니 정말 미치겠어요."

"아직도 십 년이나 남았으니 내가 그때까지 살아 있을지 모르겠다."

"사람을 죽였는데 그만한 벌은 받아야지요. 지금이야 오빠가 갇혀있으니까 안심이지만 나오면 또 어떤 사고를 저지를지. 사람을 죽이다니, 그것도 제 마누라를. 난 다시는 오빠를 볼 수 없을 것 같아요. 아이고, 무서워. 사람을 죽이다니."

"고의로 죽인 게 아니라니까 그러네. 말다툼하다가 실수로 그랬다지 않더냐? 손으로 살짝 밀었는데 그만 걔가 뒤로 넘어지면서 욕조에 머리를 부딪쳤다고 하지 않더냐? 그놈의 모텔이 문제였지. 아니, 멀쩡한 집 놔두고 왜 하필 그런 곳에서 만났는지 모르겠다. 하여튼 걔가 정연이를 낳고 난 뒤부터 집 안이 조용한 날이 없어. 정연이는 태어나지 말았어야 할 아이 야."

"무슨 말을 그렇게 해요? 정연이가 무슨 잘못을 했다고요. 자격도 없는 부모에게서 태어난 정연이가 가엾은 거지. 그리 고 왜 모텔로 갔느냐 하면요, 매를 피해 집을 나간 올케가 모 텔에서 청소부를 한다는 것을 오빠가 수소문해서 찾아가 그 사달을 낸 거잖아요. 그리고 오빠가 어릴 때 나를 얼마나 때렸 는지 몰라서 그래요? 나도 정연이처럼 정신과 치료를 좀 받아 야 해. 얼마나 오빠가 올케를 때렸으면 정연이가 오줌을 누어 서 부부싸움을 막으려고 했을까요? 그리고 아직도 오줌을 잘 못 가리잖아요."

"어휴, 그래도 피붙이라고는 저것밖에 없는데 면회 때 한 번 은 데리고 가는 게 좋을 것 같아."

"만약 가서 정연이가 발작이라도 일으키면 우리가 감당할 수 있을 것 같아요?"

나는 그날 약을 먹지 않고 이불속에서 웹툰을 보고 있었다. 웹툰을 보기 위해선 잠을 자지 않아야 했기에 약을 송두리째 변기 속에 던져 넣었던 것이다. 이제 나는 아버지와 엄마의 얼 굴이 기억나지 않는다. 악마인 아버지와 천사인 엄마를 모두 지웠다. 기억하고 싶지 않다, 내가 이렇게 뇌에 명령만 내려도 나의 뇌는 성공적으로 임무를 수행한다. 나는 내 머리를 통제할 수 있는 능력자다.

그때 계단 아래서 고모의 목소리가 들려왔다.

고모는 애인을 만나러 가듯 빨갛게 입술을 칠했고 옷도 화려했다.

"늦었지? 미장원에 가느라. 어때, 나 예쁘지?"

나는 고개를 저었다. 고모가 입술을 삐죽거리며 이내 어두운 표정으로 변했다. 고모의 조울증은 약으로도 안 되는 모양이다. 하루에도 몇 번이나 롤러코스트를 탄 듯 기분이 올라갔다가 가라앉는다. 제발 학폭위 하는 동안만이라도 입을 다물고 있으면 좋겠다.

"잘할 수 있지?"

고모가 말했다. 내가 할 말을 고모가 한다. 그때도 이렇게 말했었다.

"잘할 수 있지? 고모부에게 학교에 며칠만 데려다 달라고 해. 지금 내가 고모부와 냉전 중인 거 알지? 그래, 생리통이 너무 심하다고 말해. 자, 이걸 봐. 이건 72시간 동안 녹음되는 녹음기야. 고모부 몰래 이것을 네가 앉은 좌석 아래에 놓아두면 돼. 고모부가 뒷좌석에 타라고 하면 차멀미를 한다고 말해. 꼭 앞 좌석에 타야 해. 마지막 날 이것을 내게 가져오면 끝나는 거야. 타자마자 여기 녹음기 옆 버튼을 위로 올리면 돼. 절대 실수하면 안 돼. 이번엔 꼭 증거를 잡아야 하니까."

나는 고모부 차의 조수석에 앉는 데 성공했고 고모부가 휴대전화로 통화하는 동안 녹음기를 의자 아래에 숨겼다. 고모부는 어디에서 걸려온 전화를 받고 있었는데 '지금은 곤란해. 나중에 전화할게. 그래, 그래. 나도 당연히 그렇지. 그래. 나도 그렇다니까.'하고 말했다. 고모부의 이 달짝지근한 목소리는 녹음기에서 흘러나왔다. 고모부는 운전을 하는 내내 보험 상담을 하였고 그로부터 정확히 72시간 안에 한 여자와 차 안에서 섹스를 한 것으로 드러났다.

—시간이 없어. 곧 들어가야 해. 마누라가 눈치를 채고 있는 것 같아.

—언제 이혼할 거야? 마누라에겐 정 떨어졌다며.

—지 오빠가 사람을 죽이고 지금 교도소에 들어가 있는데 말이야. 그 무서운 피가 마누라에게도 흐르고 있는 것 같아. 눈빛에 살기가 있는 것이 보여. 반드시 이혼할 거야. 내가 살기 위해서라도.

—어머나 정말 무섭겠다. 아이고, 불쌍한 내 사랑.

여자는 고양이 울음소리와도 같은 소리를 내었고 이내 쩝쩝 뭔가를 빨아대는 소리가 났다. 고열로 신음을 내는 듯한 소리도 들렸다. 나는 옆에서 녹음을 듣고 있는 고모를 보았다. 고모부가 말했듯이 고모의 눈에 살기가 흘렀다. 엄마를 두들겨 팼을 때의 아버지의 눈빛과 닮아 있었다. 고모는 고모부의 회사로 당장 달려갔다. 나는 고모가 내던지고 간 녹음기에서 고모부와 여자가 섹스를 나누는 대목만 반복하며 들었다. 그걸 듣자니 몸이 간지럽고 하늘을 붕붕 나는 듯한 느낌이 들었다. 이내 단잠을 잘 수 있었다. 더 이상 수면제를 먹을 필요가 없었다.

고모는 이혼하면서 고모부에게 아파트와 수천만 원의 돈을 뜯어내었다. 고모부는 순순히 알거지가 되는 것을 택했다. 나와 할아버지는 고모의 아파트로 들어왔고 고모는 나에게 포상으로 최신 휴대전화기를 사주었다. 나는 고모가 준 녹음기를 단 한 번도 손에서 놓지 않았다. 모든 것을 녹음하였다. 싸움질하거나 떠들어대는 친구들, 교감을 험담하는 선생들, 꾸중하거나 훈계하는 교감, 온갖 야한 이야기를 하는 문방구 앞의 아줌마들까지. 흥미진진한 것도 있었고 지루한 것도 있었다.

특히 교실에서의 녹음 내용은 재미없었다. 담임의 휴대전화의 통화 내용은 한결같았다. '학원 가야지? 간식은 먹었니? 엄마가 사랑하는 거 알지?'하고 말하는 것이 다였다. 나는 담임이 이혼했다는 것, 학원과 집을 오가는 아들이 하나 있다는 것, 그런 아이를 담임이 지독하게 사랑한다는 것, 자주 아이와 함께 폭식한다는 것을 알게 되었다. 나는 녹음 공간을 학교에서 벗어나 아동센터로 옮겼다. 센터 상담실의 테이블 아래쪽에 스카치테이프로 녹음기를 붙여놓았다. 아동센터는 변화무쌍하고 다양하였다. 상담실엔 하루 고정적으로 다섯 명의 아이들이 센터장과의 만남이라는 명목으로 드나들었고 반성문을 자주 쓰는 나는 언제라도 그곳을 자유롭게 드나들 수 있었다.

나는 민호가 상담하게 되는 날을 노렸다. 민호가 어떤 생각을 하는지, 누구를 좋아하는지 알고 싶었다. 그러나 태권도학원이며 영어학원에 다니느라 바쁜 민호가 상담실에 들어가는 시간은 좀처럼 없었고 이제 학폭위가 끝나고 나면 상담실에 들어갈 일조차 없게 될지도 모른다. 민호는 나에게 사과문을 쓰고 다른 학교로 전학을 가야 할지도 모르고 아동센터에서도 잘릴 게 분명하다. 그럼 민호를 볼 수 없게 된다. 그게 슬프다. 첫사랑을 배반한 것은 민호인데 그 대가는 내가 받는 셈이다.

민호를 좋아하게 된 것은 순전히 개새끼 때문이었다. 야외 체험 활동하던 날, 센터장은 집에서 키우는 개새끼 두 마리를 데리고 왔다. 그 개새끼들을 안고 뺨을 비비고 만지느라 우리들에겐 전혀 관심이 없었다. 말이 체험 활동이지, 순전히 자기 집 개새끼를 애견숍의 여러 개새끼들과 함께 놀아주는 것이었다. 센터장은 애견숍 사장과 농담을 나누고 있었는데 사장이 야릇한 미소를 지으며 센터장의 손 위에 자신의 손을 겹치는 것을 나는 놓치지 않았다. 우린 개새끼들과 놀아주었던 손도

닭지 못한 채 사장이 던져준 빵을 먹어야 했다. 민호가 말했다. '먹지 마, 유통기한이 지난 빵일지도 몰라.' 하지만 빵을 먹지 않은 것은 나와 민호 둘 뿐이었다.

센터장의 두 마리의 개새끼는 조수석에 앉아 뒷좌석의 우리 쪽을 바라보았는데 그 개새끼들조차 센터장처럼 보였다. 그때 민호가 개새끼의 꼬리를 잡아당겼다. 개새끼가 깽깽 소리를 내었고 그러자 센터장이 전화 통화를 하다 말고 '에구 내 새끼, 멀미가 나는구나. 조금만 참아줘. 여기 애들 내려주고 집으로 돌아가자. 너희들 시끄럽게 떠들지 말고 똑바로 앉아. 우리 아기가 스트레스받지 않니!' 하고 말했다. 그러자 민호가 말했다.

"우리가 이 개새끼보다 못한가요?"

아이들이 킬킬거렸다. 그러자 개새끼들이 더욱 짖어대었다.

"여기서 모두들 내려. 못 데려다주겠다. 너희들은 정말 이 아기만도 못 해."

센터장은 우리들을 길바닥에 버리다시피 떨구고 가버렸다. 난 그때 민호에게 사랑의 감정을 느꼈다. 민호는 어른들의 비위나 맞추고 아양 떠는 다른 아이들과는 달랐다. 나는 민호와 첫 경험을 하게 될 것이라는 희망을 품었다. 그러나 지금은 어떤가. 민호를 신고한 처지가 되고 말았다. 나는 가슴이 답답해졌다.

이때 고모가 물었다.

"참, 근데 이번에 네가 신고한 이유가 뭐였지? 너도 참 어지 간하다. 이런 일이 한두 번이라야 말이지.⋯ 그건 그렇고 내가 보호자이면서 내막을 모르면 다른 사람들이 나를 이상하게 볼 것 아니니?"

곧잘 어른들은 이렇게 타인의 말을 경청하지 않는다. 나는 입이 아프게 고모에게 말했었다. 나는 고모에게 화를 내며 말 했다.

"민호가 내 젖가슴을 만지고 찍었는데 그 사진을 예준이에 게 돌린 거야. 예준이는 내 젖가슴을 때렸단 말이야."

"아, 맞다. 그랬지, 그랬어."

고모가 고개를 끄덕였다.

민호와 그렇고 그런 일이 있고 난 다음날 내가 교실에 들어 서자마자 예준이가 휴대전화기를 흔들면서 말했다. '드디어 걸레가 나타났네. 젖가슴이 정말 못생겼어. 히히. 이 사진 다 른 아이들에게 모두 보내버리고 말아야지.' 나는 내 벗은 상 체가 적나라하게 나와 있는 것을 보자 단번에 알아차렸다. 나 는 예준이의 머리통을 잡고 벽에다 찧고 싶은 충동을 느꼈다. 나는 약을 끊은 지 몇 달이 지났다는 것을 알았다. 생활 복지 사 선생이 말한 위기 상황이 바로 그때였다. '만약 네가 그런 기분이 드는 때가 있다면 우선 숨을 깊게 쉬어 봐. 하나 둘 셋넷, 다섯까지 세고 다시 다섯에서 하나까지 세는 거야. 그리고 일단 그 자리를 빠져나와. 그리고 병원으로 가서 의사 선생님을 찾아가.'

새로 온 생활 복지사 선생은 사람을 너무 좋게 보는 경향이 있다. 정신과 의사는 내게 그림을 그려보라고 시키고는 전화 통화를 하거나 하품을 하며 내 이야기를 듣는 둥 마는 둥 하다가 처방전을 써주는 게 다였다. '약 빼먹으면 안 된다.' 상한 동태 눈알의 정신과 의사는 약을 먹으라고 하고 나는 고분고분 말 잘 듣는 환자처럼 고개를 끄덕인다. 고모는 내가 약을 먹었는지 몇 차례 확인하는 시늉을 하다가 더 이상 관심을 가지지 않았다. 고모는 고모부와 이혼하고 난 뒤 하루 종일 방에서 게임을 하거나 고스톱을 쳤고 판돈이 다 떨어지면 더 이상 전화를 받지 않는 고모부에게 혼자 욕설을 퍼부었다. 정신과 치료를 받아야 할 사람은 내가 아니라 고모다.

나는 숨을 셋까지 다 세지 못하고 예준이의 머리통을 갈겼지만 이내 예준이가 내 가슴을 향해 주먹을 날렸다. 나는 가슴을 부여잡은 채 바닥에 쓰러졌다. 쓰러질 정도는 아니지만 일단은 쓰러져야 했다. 피해자가 되어야 했다. 담임이 달려오는 것이 보였다. 담임은 상담실로 나를 데려갔다.

나는 담임에게 자초지종 모두 말했다.

"그러니까 학폭위를 열어주세요."

"또? 이번에는 정말 그냥 넘어가면 안 될까? 근데 어제 왜 센터에 먼저 말하지 못했니? 센터에서 일어난 일인데."

담임의 말은 '어제 센터에 신고했더라면 내가 이런 성가신 일을 처리할 필요는 없었을 텐데 말이야.'하는 기색이 역력했다.

나와 고모는 회의실 문을 열고 들어갔다. 커다랗고 네모난 테이블에 앉아 있는 사람들이 일제히 우리 쪽을 향해 고개를 돌렸다. 교감과 상담, 담임, 여자 경찰, 센터장, 그리고 내가 모르는 사람들이 앉아 있었다. 나는 센터장과 고모 사이에 앉았다. 센터장 얼굴이 나를 향해 미소를 짓는가 하더니 이내 싸늘하게 변했다. 나는 주머니 속의 녹음기를 켰다. 교감이 말했다.

"이번 학폭위를 위해 위원님들 모두 바쁜 걸음 해줘서 감사합니다. 학교 내에서 이런 불미스러운 일이 생겨서 많은 책임을 느낍니다. 이미 피해자 학생이 쓴 내용을 보신 것으로 압니다만 먼저 정연 학생의 말을 들어보는 것도 사건을 해결하는 데 도움이 되리라고 판단됩니다. 정연 학생 말해 줄 수 있어요? 아니, 앉아서 말해도 돼요."

어쩐지 교감이 다르게 보였다. 목소리가 부드럽고 태도는 친절하다. '공부를 안 하면 환경미화원이나 공장에 다니게 될 거야. 그러니까 그런 사람이 되지 않으려면 공부를 열심히 해야 해.' 교감이 이런 훈화를 할 때마다 민호가 욕을 퍼부었다. 민호의 아버지는 환경미화원이고 엄마는 자동차 부품 공장에 다니고 있었다. 민호가 욕을 할 때마다 여자아이들의 눈에 하트가 뿡뿡 그려졌다. 나는 그런 여자아이들이 모두 암에 걸렸으면 좋겠다고 생각했다.

나는 의자에서 일어나 양손을 배 위에 다소곳이 모으고 고개를 숙여 인사를 했다. 어른들이란 대접받는 것을 좋아하고 최대한 그들의 비위에 맞춰야 내게 유리하다.

"그날은 영화를 보는 날이었어요. 영화를 보고 있었는데 민호가 저에게 다가와서 할 이야기가 있다면서 도서실로 잠깐 가자고 했고요. 그래서 갔더니 민호가 나를 좋아한다고, 잘 사귀어보자고 했어요. 그러고는 화장실로 가자고 했어요. 그래서 따라갔는데 민호가 가슴을 보여 달라고 했어요. 내가 싫다고 했더니 때리려고 하는 거예요. 겁이 나서 보여주었더니 휴대폰으로 사진을 찍는 거예요. 난 무서워서 도망쳐 나왔어요. 그랬는데 다음날 학교에 왔더니 예준이가 날 보고 걸레라고 했고 내 가슴을 주먹으로 쳤어요. 민호가 반 다른 아이들에게 내 가슴 사진을 돌렸다는 것도 알게 되었어요."

"힘든 일을 말해 주어서 고맙구나. 이제 자리에 앉아도 돼."

교감이 말했다. 나는 자리에 앉았다.

"대상 아동 둘 다 불러서 조사했더니 정연 학생이 말한 내용과는 좀 달랐어요. 민호는 먼저 좋아한다고 말한 것도, 가슴을 만지라고 말한 것도 자신이 아니라 정연이라고 했어요. 하지만 사진을 찍은 것은 시인했어요. 사진을 다른 아이들에게 돌린 것도 시인했고요. 예준이는 욕한 거와 때린 것 모두 시인했고요."

여자 경찰이 말했다.

"정연이가 다니는 아동센터에 방문해서 CCTV를 판독한 결과, 정연이와 민호가 도서관 쪽으로 들어가서 1분 30초, 그리고 여자 화장실 쪽으로 들어간 것이 3분 정도로 확인되었습니다."

그때 위원 중 한 사람이 말했다.

"서로 말은 달라도 남학생이 여학생의 가슴 사진을 찍고 공유한 것은 문제입니다. 그에 합당한 조치를 하는 게 좋을 듯싶네요."

"맞습니다. 두 남학생을 전학 조치하고 센터에서도 퇴소 처리하는 게 나을 것 같습니다. 정연이가 해당 애들을 계속 보아야 하는 것은 부당하니까요."

바로 그때였다. 교감을 제외하고는 유일한 한 남자가 말했다.

"근데 왜 정연이는 그날 센터에 말하지 않고 다음날 학교에 와서야 신고를 했을까요? 여기 정연이가 다니는 지역 아동센터 책임자도 함께 있는 것으로 아는데요, 한번 확인해 보는 게 좋을 것 같네요."

나는 숨을 골랐다. 하나 둘 셋. 여기서 정신을 차리지 않으면 안 된다. 고모도 말했었다. '왜 처음 화장실에서 그런 일을 당했을 때 신고하지 않았어? 그리고 그따위 사진을 찍도록 내버려 두다니. 정말 너답지 않아. 너는 바로 달려들 계집앤데 말이야. 네가 학폭위 신고한 게 벌써 몇 번째니? 몇 번째냐고.'

난 들숨 날숨 숨의 횟수를 세었다. 그리고 오른쪽 주머니 속녹음기를 살며시 만져보았다.

나는 다시 자리에서 일어서서 말했다.

"물론 전 센터장님에게 말했어요. 민호가 이상한 짓을 했다고. 근데 센터장님이 '그건 별 거 아냐. 남자아이들은 그런 장난을 잘 쳐. 다 네가 예뻐서 그런 거야'하고 말씀하셨어요."

사람들의 시선이 일제히 센터장에게 집중되었다. 센터장의 얼굴이 붉으락푸르락 변했다. 교감이 센터장에게 물었다.

"정연이 말이 맞나요?"

그러자 미간을 찌푸리며 센터장이 말했다.

"경찰에게 말했듯이 나는 정연이에게 그런 말을 들어본 적도 내가 그렇게 말한 적도 없어요. 잘 아시다시피 전 교육자입니다."

이제 교감이 나를 향해 다시 물었다.

"지금까지 잘 말했듯이 이번 일도 정직하게 말해 주면 좋겠구나."

나는 울먹이는 목소리로 말했다.

"정말이에요. 별 거 아니라고 말씀하셔서 그냥 참은 것뿐이에요."

센터장이 처참한 얼굴로 나를 향해 말했다.

"센터장님이 정말 생각이 나지 않아서 묻는 건데 그때가 정확하게 언제니?"

"영화가 끝나고 센터장실에 갔을 때였어요. 센터장님은 군오징어를 먹고 계셨잖아요? 제게 오징어 다리를 하나 주시며 씹고 다 잊어버리라고 하셨잖아요?"

센터장의 얼굴은 붉다 못해 이제 검게 변했다.

"전 아동센터를 십수 년 운영해 오면서 열악한 상황에 놓여 있는 아동들이 보다 건강하고 행복해지길 바라면서 일해 왔습니다. 그런 말을 듣고도 별거 아니라고 말할 사람이 아닙니다."

나는 속으로 '거짓말' 이렇게 혼잣말로 중얼거렸다. 내 뺨을 후려갈기고 미안하다고 사과도 하지 않았던 센터장은 나를 사이코패스라고 했다. 녹음기를 통해 들었던 센터장의 목소리는 아직도 귀에 쟁쟁하다.

—아니 이것 좀 봐, 예준이의 SNS에 이게 올라와 있어요. '정말 재수 없네. 정연이 이 미친년이 내 짝이라니.' 정연이가 정신적으로 문제가 있다는 것을 예준이도 알아차린 모양이에요. 이걸 어쩌지. 센터에 정연이를 더 이상 놔두면 안 되겠어. 하루빨리 내보낼 구실을 만들어야겠는데. 선생님, 정연이가 하는 행동 하나하나 잘 관찰하고 하나도 빠짐없이 보고해 주세요.

도서관에 꽂혀있는 책처럼 내 휴대폰 녹음 파일에는 녹음 내용이 날짜별로 분류, 저장되어 있다. 녹음기 안에는 생활 복지사 선생에게 내 일거수일투족을 감시하라는 센터장의 지시가 있었다. 나는 녹음한 것을 모두 들려주고 싶은 충동이 일어났다. 하지만 지금은 때가 아니다. 어쩔 줄 몰라하며 당황하는 센터장의 얼굴을 보는 것을 기다리려면 인내가 필요하다.

　센터장이 벌게진 얼굴로 말했다.

　"사무실엔 CCTV가 없어서 제 말을 입증할 자료가 없어요. 하지만 절대 전 그런 사람이 아니에요."

　교감이 센터장을 두둔하듯 말했다.

　"취약계층의 사춘기 애들을 지도하기란 정말 어려운 일입니다. 처우가 열악한데도 불구하고 이 지역사회 내에서 어려운 일을 도맡아 하고 있는 책임자라는 것을 잘 알고 있습니다."

　교감의 말이 떨어지기가 무섭게 센터장이 말했다.

　"여기 애들은 사춘기를 겪고 있고 그래서 감정의 변화가 많고… 정연아, 다시 한번 생각해 봐. 내가 정말로 그렇게 말했는지. 너도 알잖니? 내가 너희들을, 너를 얼마나 사랑하는지."

　센터장의 목소리가 울먹이는 듯했다. 그 표정은 엄마를 닮았다. 나는 하마터면 내가 한 말이 거짓말이라고 말할 뻔하였다. 엄마는 아버지에게 두들겨 맞을 때마다 나를 끌어안고 '같이 죽자, 같이 죽자'하고 말했다. 그때마다 나는 생각했다. '그럼 나를 먼저 죽이겠지. 나만 죽이고 엄만 죽는데 실패할 수도 있겠지. 어쩌면 나를 죽이는 것이 엄마의 본래 목적일지도 몰라. 나를 죽이는 것보다 아버질 죽이는 것이 더 나을 텐데 말이야.' 결국 말과 행동이 딴판인 엄마는 그 유약함 때문에 아버지에게 어처구니없는 죽음을 당했을지도 모른다.

몇 달 전 센터장은 나의 뺨을 갈기고는 '아, 왜 내게 이런 일이 생기는 거야. 재수 없게.'하고 말했다. 옆에 서 있던 생활 복지사 선생이 나를 차에 태워 집으로 데려다주었다. '정연아 기억해, 오늘 있었던 어른의 실수를, 그리고 네가 어른이 되면 절대로 똑같이 실수하지 않겠다고.' 나는 이상하게도 마음이 좀 풀어지는 듯했다. 그러나 집에 와서 녹음기를 켜자 평화로웠던 마음이 흔적도 없이 사라져 버렸다.

—그 아인 사이코패스예요. 나처럼 마음 약한 사람이 뺨을 때리도록 만들었으니 말이에요. 그러니까 이 아이들은 훈육의 대상이지, 인격적으로 대우해선 안 된다는 겁니다. 정연이는 조만간 스스로 나가게 내가 만들 거예요.

—아이들은 훈육의 대상이 아니에요. 통제하면 할수록 정연이는 저항을 하게 될 겁니다.

—아니 선생님, 지금 나에게 훈계하는 거예요? 내가 통제한다고요? 참 나, 어이가 없어서. 가만 보아하니 아이들 편을 들면 무조건 선한 사람이 된다고 생각하는 모양인데, 아니 왜 그

렇게 선한 사람이 되고 싶어 난리예요? 촌스럽게.

─센터장님, 녹음해도 될까요? 지금 말씀하시는 거, 저에겐 인격 모독에 해당됩니다.

─아니, 뭐 이런 게 다 있어. 인격 모독 같은 소리 하고 있네. 그럼 당장 녹음해요. 말대로 해. 선생은 오늘로 마지막이에요. 그만 나가줘야겠어요. 난 당신 같은 선생과 맞먹을 수 있는 그런 사람이 아냐. 난 여기 주인이니까.

─주인이어서 그렇게 아이들에게 온 후원 물품을 빼돌립니까?

─무슨 소리예요?

─아이들 앞으로 온 기업 후원 물품을 왜 아이들에게 지급하지 않습니까?

─아, 그건… 후원자들에게 돌렸잖아요. 매달 몇만 원씩 후원해 주는 분들에게 그 정도 사례는 표시해야 후원금이 끊어지지 않을 거 아니에요. 그럼 선생이 후원자들 한번 모집해 볼래요?

─그래도 그건 아이들 앞으로 보낸 거예요. 응당 아이들에게 줘야죠.

─정말 앞뒤가 꽉 막힌 사람이네요. 그런 좁아터진 시각을 가지고 어떻게 애들을 관리하겠다고 하는지 원. 그러니까 어떻게 하겠다는 말이에요? 고발이라도 할 건가요? … 근데 어

쩌지요 내가 먼저 선생을 잘랐는데.

—고발할 겁니다. 정연이 체벌한 거 하며 아이들 후원 물품을 빼돌린 거 하며.

—그래요. 마음대로 해 봐요. 난 이 지역에서 함부로 할 수 없는 사람이니까. 그리고 선생이 모르는 게 있는데 정연이는 정신과 치료를 받는 처지고 학교에서도 문제아로 낙인이 찍힌 지 오래된 골치 덩어리예요. 그런 아이 손 한번 댔다고 내가 뭐 처벌받을 것 같아요? 열두 살 여자아이가 벌써부터 정신과 치료받는다면 이미 끝난 거예요.

나는 미칠 것 같은 기분에 사로잡혔다. 할아버지의 바람기, 아버지의 폭력성, 엄마의 무기력함, 고모의 조울증이 한꺼번에 점화되는 기분이 들었다.

지금 이 녹음 내용을 틀어주면 어떻게 될까. 그러면 센터장이 하는 말이 모두 새빨간 거짓말이며 그녀가 이중적인 인간이라는 것을 알 수 있다. 하지만 아직은 때가 아니다. 지금은 그 카드를 쓸 때가 아니다. 우선 나는 눈물을 짜내야 한다. 우는 게 아니라 눈물이 그렁그렁 맺혀야 한다. 그래야 나에게 동정심을 느낄 것이다. 그때 교감이 말했다.

"이제 이쯤에서 우리 위원들끼리만 의논하면 안 될까요? 정연이도 지금 부담을 느끼고 있을 거니까요."

그 말과 동시에 모든 사람들이 안도감을 느낀 듯한 표정을 지으며 의자 깊숙이 등을 밀어 넣었다. 고작 여자아이 하나 요리하지 못해서 이렇게 시간을 끌어야 하나 하는 표정이었다. 교감이 다시 말했다.

"넌 이제 나가도 돼. 이건 어른들이 해결해야 될 문제니까. 고모님은 계셔도 좋아요."

나는 센터장을 쳐다보았다. 센터장의 입가에 묘한 미소가 걸리는 것을 보았다. 고모가 턱을 올리며 나가라는 신호를 보냈다. 나는 녹음기를 어떻게 해야 할지 망설여졌다. 중요한 타이밍이다. 나는 의자에서 일어섰고 고모 앞을 지나치면서 녹음기를 떨어뜨렸다. 녹음기는 고모의 요란한 장식이 달린 핸드백 안으로 사뿐히 떨어졌다.

나는 복도의 의자에 앉았다. 휴대전화의 파일함을 열어 리스트를 보았다. 센터장을 파멸로 이끌 수 있는 증거자료는 차고 넘쳤다. 나는 창가로 다가갔다. 아이들이 모두 하교한 운동장은 조용했다. 또다시 민호가 떠올랐다. 그날, 영화가 시작되고 얼마 지나지 않아 민호가 내 앞으로 다가왔다. 나는 '멋진 널 사랑해, 정연이가.'하고 쓴 쪽지를 민호의 사물함에 넣어두었고 그것을 읽은 민호가 나에게 뭔가를 말하려고 다가오는 것임을 알았다. '이런 짓 하지 마.' 하고 민호가 말했다. 하지만 나는 실망하지 않았다. 남자는 모두 이런 식으로 자신의 감정을 속이기 때문이다. 나는 민호에게 말했다.

"도서관에서 잠깐 봐."

"왜"

"보여줄 게 있어."

"아, 난 영화 봐야 해."

민호는 귀찮은 듯 말했지만 이내 나를 따라나섰다.

"뭘 보여준다는 거야?"

민호의 말이 끝나기도 전에 나는 티셔츠를 위로 올렸다. 민호의 얼굴이 빨개졌다.

"뭐 하는 짓이야?"

"만져 봐. 사랑하니까 허락하는 거야. 가슴보다 더한 것도 허락해 줄 수 있어."

"진짜 만져 봐도 돼?"

"그래, 지금 빨리."

"너에게 처음으로 보여주는 거야. 자, 만져 봐."

민호는 망설이는 듯하더니 천천히 내 젖가슴 위에 손을 얹었다. 민호의 따스한 손길에 눈이 스르르 감겼다. 나는 오줌을 쌀 것 같아 허벅지에 힘을 주고 다리를 오므렸다. 그러다가 민호가 말했다.

"여긴 친구들이 올지도 모르니까 화장실로 가자. 만져봤으니 이제 사진 찍을래."

난 나의 젖가슴을 기억하고 저장하고 싶어 하는 민호를 이

해할 수 있었다. 사진을 찍는 것과 녹음하는 것은 똑같은 의미이기 때문이다. 민호는 화장실로 나를 이끌었다. 민호는 자신의 휴대전화로 내 젖가슴을 찍고 서둘러 화장실 문을 열고 나갔다. '한 번만 더 만져주면 좋을 텐데.' 하는 생각이 들었지만 오늘만 있는 것은 아니니까, 하고 생각했다. 근데 그 사진을 내가 제일 싫어하는 예준에게 보여주었다니. 고모는 늘 이렇게 징징거렸다.

"남자들은 모두 짐승이야. 발정 난 짐승. 네 고모부 봐라. 상간년 그년과 차에서도 그런 짓을 하지 않든. 네 아빠도 그렇고. 네 엄마가 괜히 그랬겠니? 네 할아버지는 어떻고. 할머니가 왜 그렇게 빨리 죽었는지 알아? 바람둥이 할아버지 때문이지. 할아버지가 저렇게 귀가 빨리 어두워진 것은 섹스를 너무 많이 해서 그런 거야. 기가 빨린 거지."

바로 그때 회의실 안에서 소란한 소리가 들려왔다. 교감과 다른 사람들이 모두 밖으로 나오고 있었다. 다들 얼굴이 붉게 달아오른 듯했다. 모두들 나를 벌레 보듯 피한 채 굳은 얼굴로 계단을 내려갔다. 센터장의 얼굴에 미소가 가득했다.

"에구, 아직도 안 가고 있었구나. 이따 센터에서 보자."

센터장이 계단을 내려가자마자 고모가 내 손을 잡고 벽 쪽으로 밀었다.

"너 좀 전에 왜 이걸 놔두고 갔어?"

"어떻게 되었어?"

"그게 문제야? 말해 이게 뭐야?"

"뭐긴 뭐야. 고모가 준 녹음기지."

"근데 이걸 왜 네가 가지고 있는 거야? 내가 버렸던 건데. 그리고 왜 녹음하는 거냐고? 너 이번 일 거짓말 한 거지? 네가 민호를 유혹한 거지? 조금 전 센터장이 네가 민호에게 준 쪽지를 공개했어. 네가 정신 치료 받는 것도 모두 이야기했어. 이제 아무도 네 말을 믿지 않아. 이번엔 아무래도 네가 피해자라는 것을 밝히긴 어려울 것 같아. 이 거짓말쟁이야. 어쩌자고."

난 쿡쿡, 비둘기처럼 웃었다.

"뭐야 지금 웃음이 나니? 이 계집애야. 잘못하면 네가 퇴학당할 수도 있어."

"과연 그렇게 될까. 고모, 지금 내게 뭐가 있는지 모르지? 내가 지금 교감이고 학폭위 위원들 모두에게 이 녹음 파일을 보내면 어떻게 되는지 알아?"

"너 정말 왜 그래?"

"몰라서 물어? 이런 거 다 고모가 가르쳐 준 거야."

"무서운 계집애, 아 몰라, 어쩌면 좋으니. 이건 아니야. 이러면 안 돼."

나는 또다시 롤러코스터를 타고 있는 고모를 내버려 두고 계단을 내려갔다. 센터장이 교감의 옆에 바짝 붙어 서서 뭐라고 말하고 있다. 나는 휴대전화의 녹음 파일을 열었다. 침이 고인다.

경찰이 와서 CCTV를 판독하고 돌아갔던 날의 녹음을 열었다.

—갈수록 골치 아픈 일만 벌어지네. 미꾸라지 한 마리가 온 웅덩이를 흐려 놓고 있어. 그 미꾸라지가 누군지 너희들은 알 거야. 이제까지 난 너희들을 위해 헌신했어. 근데 너희들은 나에게 뭘 해 줄 수 있니? 해 줄 수 있는 게 없다면 그냥 조용히 있어주면 안 될까. 이게 너희들이 나에게 보답하는 거야.

—춤은 춰 드릴 수 있어요.

—역시 예준인 내 마음을 잘 알아. 좋네. 너의 그런 자세가 좋구나. 마음에 들어. 춤이든 뭐든 너희들은 나에게 보답해야 해. 너희 부모들이 못하고 있는 일을 내가 해주고 있는 셈이니까 말이야.

하지만 이것으론 약하다. 이것으로 센터장의 명예를 훼손시킬 수는 없다. 고모부를 알거지로 만든 것처럼 뭔가 은밀하고 강력한 것이어야 한다. 나는 다른 파일을 열었다. 이것은 깜빡 잊고 녹음기를 두고 가는 바람에 얻은 일요일 녹음분이다.

—이렇게 여기 들어와도 되나?

—오늘은 일요일이잖아. 그리고 여긴 내가 주인인데 뭐. 여기 있으면 모텔비를 절약할 수 있잖아? 저기 도서실 안쪽에 방

이 하나 있어. 이불도 베개도 있지. 후훗. 여기 얘들은 제대로
된 집안이 하나도 없어. 부모들은 집에 오자마자 쓰러져 자거
나 싸우거나 하기 때문에 얘들은 아예 버려진 상태야. 얘들은
밤새도록 게임을 하다가 센터에 오면 자려고 들거든.

　―대단하네. 이런 성가신 일을 이렇게 오래 하고 있으니.

　―난 이렇게 훌륭한 여자니까 뜨겁게 잘해줘. 내 남편은 이
제 제구실을 못하니까 말이야.

　―당연하지. 이런 훌륭한 일을 한다는데 그 정도 서비스야.
예 마님. 분부만 내리세요.

　―호호호, 참 근데 내일 얘들 견학 때 함께 가는 거 잊지 않
았지? 외부 봉사자로 내정해 놓았으니까 절대 애인인 거 표시
내면 안 돼. 그때처럼 말이야. 애견숍에 갔을 때 자기가 내 손
을 잡은 거, 한 계집애가 본 것 같단 말이야. 그 계집애는 사이
코거든. 어쨌든 내일 근사한 고깃집에 갈 거니까. 실컷 먹어둬.

　―알았어. 알았어. 근데 자기에게 이렇게 받기만 해서 어떡
하지? 아이들 몫으로 나온 후원 물품까지 나에게 돌아오니까
마음이 좀 그래.

　―여기 아동들은 줘도 고마운 줄도 몰라. 어차피 이런 얘들
은 평생 실패자로 살아갈 거고 내가 투자한다고 해도 용은커
녕 이무기도 되지 못할 운명인 걸 뭐. 평생 지렁이처럼 밟혀
사는 거지. 근데 자기, 후원 물품 이런 이야기는 절대 발설하

면 안 돼. 어떻게 되는지 알지?

　—내가 멍청인 줄 아나. 자, 여기 이쪽으로 와서 안겨봐. 뜨겁게 해 줄 테니까.

　나는 녹음 파일을 교감과 담임, 센터장에게 전송하였다. 그들은 학교 교문을 무사히 빠져나가기 어려울 것이다. 얼굴이 새파랗게 된 채 내가 있는 쪽으로 달려올 것이다. 위원들은 학교교육위원회 회의에 새삼 흥미를 느낄 것이며 고모는 진저리를 치는 척하면서도 이것을 즐길 것이며 무엇보다 민호는 전학을 가지 않아도 될지도 모른다. 불똥은 민호가 아니라 센터장에게 떨어지게 된다. 센터장은 센터에서도 이 지역에서도 떠나야 할 것이다. 마침내 나는 내 뺨을 갈기고 사이코패스라고 낙인찍었던 한 인간을 물리치는 데 성공할 수 있을 것이라는 기대감에 부풀었다.

　'너 어쩌다가 이렇게 되어버렸니.' 나는 이렇게 물어볼지도 모르는 죽은 엄마에게 이렇게 말하고 싶다. '내가 이렇게 된 이유? 나도 몰라. 다만 나는 나를 함부로 막 대하는 사람을 처벌하겠다는 것뿐이야. 이제 아버지 차례야. 엄마의 원수는 내가 대신 갚아줄게.'

　이제 아버지에게 면회 갈 시간이 얼마 남지 않았다. 면회할 때마다 아버지의 목소리를 녹음하고 아버지의 생각과 습관, 감정을 낱낱이 분석해야겠다. 난 빠르게 성장할 것이고 아버지는 점점 더 늙어갈 테니까. 더 이상 머리로도 완력으로도 나를 이길 수 없게 된다. 아버지가 출소하여 집으로 돌아온다고 하더라도 집에 발을 붙이지 못하도록 평생 교도소에서 살다가 끝내 거기서 죽도록 하고 말 것이다. 나를 성폭행했다고 신고할 것이다. 친딸을 성폭행한 혐의를 만들어 다시는 나를 보는 날이 없도록 만들 것이다.

바로 그때 센터장이 비명을 지르며 계단을 뛰어오고 있었다. 그 뒤로 교감과 위원들, 그리고 고모가 창백한 얼굴로 뛰어오고 있었다. 나는 녹음기의 버튼을 또다시 켰다.

부끄럽지 않은 사람

낯선 전화번호가 화면에 떠 있다. 전화벨은 끊어질 줄 모른다. 광고 전화라면 이렇게 오래도록 울리지 않을 텐데, 하는 생각이 뒤늦게 들면서 다급하게 액정화면을 문질렀다.

남자 목소리가 튀어나왔다. 남자는 내 이름과 또 다른 이름을 묻고는 파출소임을 알렸다. 또 다른 이름은 바로 엄마였다. 엄마와 파출소가 연결이 되지 않아 나는 '파출소라고요?'라고 되물었고 남자는 다소 짜증기가 얹힌 목소리로 '예, 그렇다니까요.'라고 말했다. 파출소라니. 엄마가 무슨 사고를 당한 것인가 하는 생각에 다시 물으려고 하는 찰나 '어머니가 폭행을 했어요. 엄밀히 말해서 이것도 폭행입니다. 보호자가 지금 바로 오시는 것으로 알겠습니다.'하고 말했다. 그리고 내 반응을 듣기 위해서인지 전화를 끊지 않았다. 피해자가 아니고 가해자라니, 한 달 전에 심장 스텐트 시술을 한 사람이 폭력이라니.

이른 아침부터 문을 여는 동네 카페에 앉아 소설의 진도를 내지 못하고 있는 나를 마치 아주 가까운 곳에서 훔쳐보기라도 하듯 남자는 단호한 목소리로 '그럼 기다리겠습니다. 어르신들이 목욕탕에서 나와서 감기 우려도 있고. 계속 이렇게 붙잡아둘 순 없거든요.'하고는 전화를 끊었다. 나는 겨우 첫 문장이 끝난 지점에 커서가 깜박이는 것을 보며 중얼거렸다.

'그렇지. 꼭 한 달이 되었네. 엄마가 존재를 드러낼 때가 되었지.' 기막히게도 엄마는 내가 뭔가를 도모하거나 열중하거나 행복의 절정이라고 할 것까진 없지만 다소 만족한 상태에 놓여있을 때면 어김없이 문제를 들고 나타났다. 마치 협박하며 강탈하는 강도처럼 말이다. 그럴 때면 금품과는 비교도 할 수 없는 창작의 몰입에서 오는 희열감을 도난당하곤 했다.

지난해 여름, 제주도 올레길을 완주할 때도 그랬다. 엄마의 전화로 남은 구간 전체가 사라지는 듯한 느낌에 사로잡혔다. 제주공항에 도착하자마자 4·3 평화공원을 참배하고 난 뒤 시작한 올레길 트레킹은 비장하고 절박했다. 소설은 당초의 주제에서 한참이나 벗어나 그저 신변잡기를 떠들고 있는 판국이었고 이러다간 소설을 접어야 하지 않을까 하는 위기감마저 들었다. 나는 마치 타인의 슬픔을 먹어야만 생존할 수 있는 괴물처럼 과거 이념의 희생양이 되었던 억울하고 고통스러운 제주의 길을 걷는 것으로 소설의 주제를 형상화하고 싶었던 것이다.

올레길 첫 구간을 완주한 쾌거에 도취되어 해거름의 제주도 풍광을 감상하고 있을 때, 정확히 바로 그때 엄마가 나타난 것이다. 휴대전화를 통해 엄마는 '넌 이 엄마가 보고 싶지도 않니? 어떻게 잘 도착했다, 전화 한 통 없니?'하고 말했다. 전화를 받지 않았어도 되었는데, 나는 어쩌자고 액정화면을 터치했을까. 그건 20킬로미터를 혼자 터벅터벅 걸으며 제주도의 푸른 풍광 속에 빠져 그만 엄마의 이기적인 모성을 망각했던 것이다. '내가 보고 싶지도 않니?'라는 엄마의 말은 넌 이 어미가 걱정되지도 않니, 하는 말이고 전화 한 통 없니, 라는 말은 네가 그렇게 제주도를 여행하는 그 시간에 나는 혼자 집에서 독수공방 하고 있다, 하는 신세 한탄이라는 것을 나는 진즉에 알고 있었다. 어, 어, 뭐라 대답을 하지 못하는 나를 더 이상 참지 못하고 일방적으로 전화를 끊어버리는 엄마를 향해 나는 보고 싶을 게 뭐람. 이렇게 좋은 곳에 와서 엄마를 떠올릴 게 뭐야, 하며 이미 끊어진 휴대전화기를 붙들고 독백을 하고 있었다.

엄마의 전화 예절은 엉망이었다. 신호음이 계속 가도 받지 않다가 마침내 전화를 끊을 때쯤에야 엄마는 전화를 받곤 했다. '지금 내가 머리 샴푸 중 아니니? 목욕 중이지 않니? 나물 무치는 중 아니니? 세입자와 이야기하는 중 아니니? 화분 분

같이 하는 중 아니니, 어떻게 그렇게 타이밍을 딱딱 못 맞출까, 이 어미가 대충 지금 시간이면 뭐 하는 중인지 짐작이 안 가니?' 하고는 전화를 끊기 일쑤였다. 오죽하면 엄마에게 아침 저녁으로 안부 전화를 했던 큰올케가 정신과 상담을 받았다고 했을까. 영리한 막내 올케는 처음부터 그것을 간파하였던지 절대 전화를 걸지도 받지도 않아 엄마는 '이 시어밀 뭘로 보고. 못 배운 것 같으니라고.'하며 분을 삭이곤 했다. 하지만 엄마는 명절이나 자신의 생일 때야 접견을 오듯 하는 막내 올케에게 깍듯이 손님 대접을 하지 않았던가. 강한 자에겐 약하고 약한 자에겐 강한 것이 엄마의 생존 철학이었다.

그것을 간파하고부터 나는 안부 전화나 방문을 계획적이며 기술적으로 하였다. 엄마의 늘어지는 신세 한탄이나 다른 사람을 흉보거나 욕하는 것에 유체 이탈한 듯 심드렁하게 반응했다. 얼마 지나지 않아 그것을 알아차린 엄마는 나를 쏘아보았고 나는 혹여 말꼬리에 발목이 묶일까 봐 '급한 일이 있어서 가야겠어. 바빠서 한 달은 못 올 거야.'하며 서둘러 집을 빠져 나오곤 했다. 그리고 정확하게 한 달 뒤 안부 전화를 했고 방문을 했을 때도 바쁜 척하며 서둘러 집을 나섰다.

그러나 엄마는 얼치기 배우처럼 서툰 연기를 하는 나 같은 족속이 감히 대적할 상대가 아니었다. 엄마는 얼마 지나지 않아 구급차를 불렀고 종합병원 응급실 침대에 누워 원망 어린 눈으로 우리 삼 남매를 쳐다보았다. 게다가 우린 '이런 변비 정도로 구급차를 불러선 안 됩니다.'하는 응급구조사의 힐난을 들어야 했다. 병실엔 한 사람의 보호자만 간호가 가능하다는 지침에 따라 나는 응급실에 버려지듯 남았고 두 동생 내외는 홀가분한 것인지, 안쓰럽다는 것인지 모를 야릇한 표정을 짓고는 이내 사라졌다.

나는 거구의 엄마를 옆으로 뉘어야 했고 마치 수류탄과도 같은 관장기구를 엄마의 항문으로 밀어 넣고는 '보호자 분, 여기 항문을 정확히 15분 동안 꽉 막고 있어야 해요. 약이 안에서 돌아야 하거든요.'하는 간호사의 지시에 따라야 했다. 나는 거즈 뭉치를 쥔 손바닥으로 힘주어 항문을 막아야 했고 '참아. 화장실이 바로 지척이야.'하며 엄마를 겁박했다.

잔뜩 얼굴을 찡그린 엄마는 다행히 새하얀 시트가 똥칠갑이 되는 일은 만들지 않았다. 하지만 그것에 내가 감복하는 것도 잠깐, 링거를 단 채 화장실 안으로 들어가는 엄마를 따라 들어가야 했고 의사의 지시에 따라 똥이 콩알 크기인지 계란 크기인지 참외 크기인지 알아내기 위해 변기 위에 앉은 엄마의 가랑이 사이로 떨어진 똥의 형태를 살펴야 했다. 오만상 인상을 다 쓰고 있는 엄마가 쾌변에 성공하여 변기 위에서 개선장군처럼 일어서기만을 기다렸다. 그래야 엄마를 택배 물건처럼 엄마의 아파트에 부려놓고 탈출할 수 있는 것이다. "애 낳는 것보다 아파?" 나는 지독한 냄새에 코를 막으며 엄마에게 물었고 엄마가 진땀을 흘리며 고개를 끄덕거렸다. "거짓말. 출산보다 더 고통스러운 것은 없어. 어떻게 매번 이렇게 반응이 달라." 하며 비아냥거렸다. 안 되겠다. 다리만 아프다, 하며 엄마는 변기에서 일어섰고 나는 멀찍이 서서 휴대전화의 카메라로 변기 안을 찍었다. 그리고 변기 레버를 눌렀다. 물이 내려가는 소리가 들렸고 '물 내리는 게 뭐가 그리 급한지? 쯧쯧. 어서 나 좀 부축해라.'하며 엄마가 온몸을 내 어깨에 기댔다. 나는 엄마를 화장실에 가두고 나 혼자 빠져나가고 싶었다. 상대가 아버지였다면, 이렇게 내가 패륜적인 생각은 하지 않았을 것이다. 물론 아버지라면 이렇게 대놓고 자식을 의지하고 의존하지도 않았을 것이다. 아버진 우리 삼 남매에게 용돈 한 번 받지 않았다. 어버이날 카네이션 꽃조차 받지 않으려고 하셨다. '내가 무슨 자격이 있을까. 이 더러운 세상에 너희들을 태어나게 한 이 아비가 죄가 많다.' 아버진 이렇게 자식들에게 전전긍긍했다. 그때 엄마가 거칠게 화장실 문을 밀치고 나갔다.

"무슨 문이 이렇게 무겁니? 종합병원인데 시설은 엉망이구면."

엄마의 큰 목소리에 응급실에 있던 간호사와 의사가 엄마와 내 쪽으로 일제히 고개를 돌렸다. 엄마는 침상 위로 올라가 다시 누웠고 나는 간호사와 의사가 있는 곳으로 갔다. 나는 조금 전 찍었던 휴대전화 속의 사진을 보여주었다. 의사가 알겠다는 듯 '계란 크기네요. 어떻게, 입원하시겠습니까? 환자분이 지금 퇴원을 한다고 해도 다시 병원에 올 확률이 높아요. 이참에 장 내시경도 한번 해보는 게 좋겠네요.'하고 말했다. 한참 떨어진 곳에서 엄마의 목소리가 울려 퍼졌다.

"당연하지. 이번 참에 장내시경도 위내시경도 골다공증 검사도 다 할 거야. 이렇게 아픈 데는 다 이유가 있어."

나는 저절로 얼굴이 찌푸려졌다. 의사가 낮은 목소리로 말했다.

"하하. 변비에 119 구급차를 부르는 어르신답습니다."

거의 조롱에 가까운 말인데도 나는 아무런 반응도 하지 않았다.

나는 거울을 보지 않아도 지금 내 얼굴이 구겨진 골판지 같은 꼴일 것이라고 생각했다. 엄마와 엮이면 이렇게 중노동을 한 것과도 같은 피로감이 한꺼번에 몰려왔다. 동시에 오래전 돌아가신 아버지의 얼굴이 떠오르는 것을 막을 수가 없었다. 원산폭격. 어느 누구에게도 발설할 수 없는 그때의 그 사건. 나는 입술을 꼭 깨물며 자리에서 일어섰다. 가방에 노트북을 넣으면서 나도 모르게 욕설이 터져 나왔다. '독사 같은.' 아버지가 어머니에게 했던 유일한 욕설이었다. 나는 독사의 아가리에 반쯤은 들어가고 있는 나 자신을 느꼈다. 카페 입구 반투

명의 벽면에는 고통스러운 표정의 내가 있었다. 나는 출입문을 거칠게 밀며 나왔다.

지하철로 가는 도로는 현수막으로 가득 차 있었다. 보수 지역답게 보수당의 현수막은 좌파척결, 노인 복지 증대가 주였고 진보당의 현수막은 수세적인 문구로 겨우 당의 명목만 유지하는 형국이었다. '선거 공약은 빈 약속일뿐, 뽑아주고 나면 언제 그랬냐는 듯 입을 닦지. 국민을 개돼지로 보는 거야.' 아버지는 자주 이렇게 말했었다. 불콰하게 술이 오르면 어김없이 할아버지가 등장했다.

"일본 군인이 네 할아버지에게 총을 들이대며 어디론가 끌고 갔어. 그놈들이 자기 손에 피를 묻히지 않으려고 아버지에게 밤낮으로 소를 셀 수 없이 도축하고 발골을 하도록 시켰던 거야. 동네 사람들 중 누군가가 할아버지를 지목한 때문이지. 기가 막히게 소를 발골할 줄 아는 사람이 바로 네 할아버지라고 말이지. 할아버진 사흘이 지나 겨우 돌아오셨는데 몸이 완전히 탈진한 상태였어. 할아버지가 말씀하셨어. '힘이 없으면 이런 꼴이 된다. 노예가 되는 거지. 정신 똑바로 차리고 살아야 한다. 그리고 말이다. 어느 누구도 믿어선 안 된다. 일본 놈보다 일본 앞잡이가 더 악랄해.'"

실제로 일본이 강제 공출을 지시했을 때 동네 사람들이 서로 자기 집이 아니라 이웃집 사람이 공출을 숨겼다고 고발해서 그만 한 동네가 쑥대밭이 되었다고 했다. 해방되고 난 뒤엔 그 사흘 동안 소를 잡아준 할아버지에 대해 일제에 부역한 앞잡이라고 몰아세우는 바람에 이루 말할 수 없는 고초를 당했다고 했다. 할아버진 돌아가시기 전까지 백범 김구 선생의 말을 자주 인용하셨다고 했다.「나에게 단 한 발의 총알이 남아 있다면 왜놈보다 나라와 민중을 팔아넘긴 매국노, 변절자를 먼저 처단할 것이다. 왜? 그들은 왜놈보다 더 무서운 적이기 때문이다.」

나는 생전에 만나보지도 못했던 할아버지의 유훈이 내 생애 전체를 관통하는 듯한 착각에 빠지는 것을 즐겼다. 이와 반대로 엄마의 집안은 달랐다. 인민군이 총을 쏘아 소를 잡아먹는 것을 지켜봐야 했던 외할아버지는 '인민군이 총을 쏘아 죽여 놓은 소를 내가 수레에 싣고 왔어. 아까워서 견딜 수가 있어야지. 소를 발골한 것을 그늘진 깊은 산기슭 아래 깊게 구덩이를 파묻어 놓고 피난을 갔다. 솔잎으로 켜켜이 덮고 가마니로 싼 그 생고기는 용케 상하지 않아 이웃 사람들 모르게 두고두고 먹었지' 하며 자랑스럽게 말했다고 했다. 이런 외할아버지의 피를 이어받은 외가는 돈이라면 뭐든 다 할 사람들로 보였다. 인색하기는 말도 못 해 밥값을 내는 게 아까워서 먼저 만나자고 말을 꺼내지도 않을 지경이었다. 제사 비용을 아끼려고 몽땅 기독교로 개종할 정도였으니 정치적 성향은 말할 것도 없어 빨랫비누 한 장, 휴지 한 묶음에도 따지고 묻지도 않고 투표권을 팔았다.

결혼 후 대구로 이사한 아버지는 철두철미했다. 선거철이면 통장이 의례히 돌리는 그 흔한 비누 한 장, 수건 한 장 집에 들어오지 못하게 했다. 비밀투표인데 대놓고 선거운동을 하면 되느냐! 하는 아버지의 불호령 때문이었다. 일단 비누를 받고 다른 사람 찍으면 되지, 하며 엄만 짜증을 내었다.

아버지가 돌아가시기 몇 해 전 보수당의 한 대통령 후보자가 유세를 위해 서문시장에 왔을 때였다. 그야말로 인산인해를 이루었다는 시장 풍경을 전하며 아버지가 말했다.

"시장 여자들이 전부 다 나와서 연호하는데 정말 못 봐주겠더라. 정치의 '정'자도 모르는 것들이 하나같이 나와서 이명박! 이명박! 하며 환장을 하는데. 마치 이명박의 첩이라도 된 듯 나와서 말이야. 그런데 글쎄, 네 엄마도 나왔단다. 제 남편이 그 후보를 얼마나 싫어하는지 잘 알면서 말이지. 이혼해야 하겠어. 정말 못 살겠다. 저런 여편네 하고는."

나는 아버지의 잔에 소주를 따라주며 엄마를 쳐다보았다. 서울특별시를 하느님에게 봉헌하겠다는, 공익인지 사익인지 똥오줌도 구분하지 못하는 그 따위의 후보자를 보려고 장사도 팽개치고 엄마가 나왔다는 것에 어이가 없었다. 엄마가 큰소리로 말했다.

"당연히 나가야지. 나는 이명박의 첩년이라도 되었으면 좋겠구먼."

그 말에 아버지가 결국 화를 못 이겨 마시던 술잔을 엄마 쪽으로 내던졌다. 엄마가 아니 이 영감이 오늘따라 미쳤나, 하며 소릴 질렀고 그에 나도 질세라 엄마의 부아를 돋우었다.

"신경 쓰지 마. 엄만 좀 무식하잖아."

그와 동시에 엄마의 얼굴 위로 그의 얼굴이 떠올랐다. 학교 선배였던 그는 졸업 후 보수당의 당사무소에 취직했었다. 학생 시위 전력으로 취업문이 막혀 학원 강사로 몇 해 있다가 결국 생활고에 떠밀려 정치 노선을 바꾼 것이다. 그는 대놓고 기득권 세력을 옹호하는 발언을 하기 시작했다.

잇몸이 약해 치아가 흔들려 고생을 했던 그는 음식점 화장실 깨진 양변기에 자주 부추전의 흔적을 남기곤 했었는데 더이상 그런 일은 없었다. 또한 캠퍼스 차가운 벤치 위에서 도시락을 나눠 먹자고 했던 궁색함도 보이지 않았다. 그의 옷은 고급 양복으로 바뀌었고 차종 또한 자주 바뀌었다. 그는 내가 사는 재래시장 동네에 오는 것을 꺼렸고 이곳은 영원히 개발이 불가능한 지역임을 일러주었다.

"예식장에 올 때 신경 좀 써서 와. 미장원도 가고. 옷도 정장 치마로. 지역 국회의원 자제분 결혼식이거든."

그의 말을 의식해 한껏 치장해야만 했던 나는 결혼식이 끝나고 난 뒤 '어쩌지? 뒤풀이 연회에 가야 해서. 남자들만 가거든. 나중에 마치고 전화할게.' 하고는 뒤도 돌아보지 않고 돌아서는 그를 보아야 했다. 빠르게 사라지는 그의 뒷모습에서 결별의 징후를 보았다. 나는 예식장 화장실에 들어가 차가운 물로 지워지지 않는 화장을 연신 문지르며 씻었다. 그는 결별을 선언한 나의 집으로 찾아왔다. 그는 연신 쿵쿵 냄새를 맡는 듯 콧구멍을 벌렁거렸다.

"뭔가 냄새가 나지 않나? 비가 온 뒤라서 그런지 더 심하네. 오수 냄새가."

"가난의 냄새겠지. 하지만 이건 선배의 동네에서도 자주 났던 냄샌데 말이야. 이젠 그것도 잊었나 보네?"

"그럼 계속 맡아야 한다는 말이야? 평생 이 냄새를."

"알아? 내가 선배의 동네에서 미처 맡지 못했던 똥 냄새가 지금 코를 찌르고 있다는 것을, 선배의 몸 전제가 똥통이라는 것을 말이야."

그는 화가 난 것을 애써 감추지 않았다.

"돌이킬 수 없는 짓을 하네. 기어코."

"맞아. 우린 다시 되돌아갈 수 없어. 선배는 우리가 함께 했던 공간과 시간을 부인하니까. 그건 변절과도 같아."

나는 그가 연인의 변심에 절망하는 위선을 떨까 봐 두려웠다. 아니, 그래. 우리 결혼해. 나도 이 가난이 지긋지긋했어, 하며 매달리는 나를 직면하게 될까 봐 더 두려웠던 건지도 몰랐다. 그는 두 번 다시 찾아오지 않았다.

쓴웃음이 고였다. 이제 그보다 수십 배 더 지독한 사람을 대적해야 한다. 지울 수도 버릴 수도 없는, 빠지면 결코 헤어 나올 수 없는 블랙홀과도 같은 엄마를 대면해야 한다. 나는 깊은 한숨을 내쉬며 지하철 계단을 내려갔다.

파출소에서 앉아있는 엄마는 낯설었다. 파출소라는 공간 때문일까 한없이 유순해 보였다. 나는 다소곳하게 앉아있는 엄마를 보자 살짝 겁이 났다. 큰 동생은 치매의 전조 증상이 바로 공격성이라고 말했다. 그 말에 나는 그럴 리가 없지. 엄마야 늘 공격적이었으니까 말이지, 하고 말했었다. 그런 엄마가 지금은 찌그러진 깡통처럼 볼품없었다. 분홍색 털모자가 무색하게 처진 입가의 팔자 주름과 뭔가 짜증이 난 듯 찌푸린 표정은 팔순 중반의 나이를 여과 없이 노출시키고 있었다. 엄마는 그저 멍한 얼굴로 앉아 있다가- 나는 파출소 유리창 너머 의자에 앉아있는 엄마의 모습을 확인하고서도 한참 동안 망설였다. 그냥 남동생에게 엄마를 넘겨버릴까, 하는 마음이 들었다. 하지만 이내 마음을 돌려야 했다. 작업 지시를 어기는 노령의 공사 인부에게 시달리고 있을지도 모르는 동생의 고단한 노동

현장이 생각났기 때문이다.- 도살장에 끌려가는 소의 심정으로 파출소 문을 밀었다.

엄마는 나를 보더니 만개한 꽃처럼 활짝 웃다가 이내 굳은 표정으로 바뀌었다. 나의 심각한 표정을 보았기 때문이다. 자신을 대할 때면 늘 얼굴을 찌푸리는 딸을 간파한 지 오래되었다, 라고 나는 알고 있었다. 하지만 모성이라는 따스한 감정을 없은 엄마의 얼굴 위에 늘 허망한 표정의 아버지가 어른거리고 있다는 것을 엄마는 알 리가 없었다. 나 또한 겨우 최근에 들어서야 알게 된 사실이었다. 아버지라는 존재는 아무리 기억을 지우려고 해도 안되는 것은 물론이고 엄마가 존재하는 한 아버지에 대한 기억의 완전한 봉인은 가능하지 않으며 오히려 더욱더 나를 그 영원 같던 절대의 시간으로 밀어 넣는다는 것을.

한 심리상담소에서 난 엄마와의 불화에 대한 심리상담을 받았다. 엄마의 지독한 자기애와 자식에 대한 통제, 그 간섭을 이간질하는 간신처럼 떠들어대는 내 말을 듣고 있던 상담사는 상담이 끝날 무렵에 뜬금없이 물었다.

"왜 아버지 이야기는 단 한 번도 하지 않지요?"

나는 그 말에 정체가 탄로 난 밀정처럼 꼼짝할 수 없었다. 당황함을 감추려고 의자에 앉은 상담사의 상반신 뒤로 보이는 추상화 그림을 바라보았다.

"말하지 않는 게 해결책일 수가 있어요. 아버지를 대면하지 않으려고 엄마를 대상화하고 적개심을 갖고 있는지도 몰라요. 아버지에 대한 감정을 잘 관찰해 보세요."

상담사는 노련했다. 아버지. 아버지라는 존재가 엄마와의 불화의 원인이고 해결책이라는 것. 하지만 나는 아버지에 대한 말을 꺼내는 것이 끔찍하게 느껴졌다. 아버지를 직면하고 싶지 않았다. 나는 상담을 중지했다. 남은 2회의 상담비가 아까웠지만 더 이상 상담소를 가고 싶지 않았다. 아버지에 대한 가슴 아픈 기억이 무의식 속에 잠재되어 있다는 것을 들킨 것만으로도 상담을 했다는 것이 후회되었다.

나는 엄마와 멀찍이 떨어진 의자에 앉아 있는 한 여자를 보았다. 엄마 또래의 나이인데 낯이 익었다. 바로 엄마가 박복한 팔자라고 말했던 여자임을 알 수 있었다. '꼴에 고등학교 나왔다고 낭만은 알아가지고 무슨 사랑이 밥 먹여 준다고 가난하고 병든 시인과 결혼을 해.'라며 엄마는 비아냥댔었다. 재개발 허가가 떨어져 아파트로 들어간 엄마와 달리 아파트 단지로 편입이 되지 않았으며 정신병원을 들락날락하는 아들이 하나 있다고 했던가. 몇 번인가 엄마를 찾아 경로당에 갔을 때 스치듯 보기도 했었다.

"세상에 내 아들은 대학교에 떨어져 재수를 하느니 마느니 하는데 저 여편네가 와서 제 아들 등록금을 좀 빌려달라고 하더라고. 내 아들 등록금 하려고 모아둔 것을 용케 알고는 말이야. 얼마나 얄미운지. 그때 빌려주지 않길 잘했지. 돌려받지도 못했을 거니까. 그 아들이 글쎄 데모한다고 난리를 치더니 결국 대학 졸업장도 못 따고 무슨 병원인지는 모르지만 병원을 들락거리고, 남편은 골골거리다가 죽었다고 하니까 말이야. 쯧쯧. 고등학교 나오면 뭘 해. 세상 물정 모르고 저렇게 청승 스럽게 사는 팔자인데."

나는 엄마가 험담을 할 때마다 얼굴을 찌푸렸는데 유독 저 여자를 이야기할 때 감정의 강도가 더 세다는 것을 눈치챘다. 고졸자라는 여자의 학력에 대한 엄마의 열등감이 작동되고 있다는 것을, 동정을 가장한 엄마의 자기애도 열등감에 정비례 한다는 것도.

나는 경찰관 앞으로 다가갔다.

"전화받고 왔는데요. 딸입니다."

경찰관이 고개를 들고 쳐다보며 말했다.

"예석희, 김연옥 두 사람 중 어느 분 딸이라는 겁니까?"

나는 엄마 쪽을 바라보았다. 엄마가 손을 흔들었다.

"김연옥 어르신의 자제분이군요. 아직 조사가 덜 끝났어요. 목욕탕 때밀이 아줌마가 신고했네요. 연세도 지긋하신 분들이 목욕탕 안에서 싸움이 있었다는데, 김연옥 어르신이 저 분에 게 대야를 던졌다는 거 아닙니까? 맞지요?"

그러자 엄마가 소리쳤다.

"말도 되지도 않는 소리를 하니까 그렇지. 우리 대통령을 탄핵해야 한다고 하니까 그렇지. 할 일이 없으면 잠이나 처 자지, 전단지를 들고 사람들을 선동하고 다니니까, 나에게도 주더라고. 목욕탕에 들어오는데 말이야. 읽어보니까 완전 빨갱이야. 야, 이 여편네야 그렇게 대통령이 마음에 안 들면 북한으로 넘어가 거기서 살아."

경찰관의 얼굴이 구겨졌다.

"그래서 저분에게 대야를 던졌어요? 안 던졌어요?"

"그게 무슨 대야야. 작은 쪽박 같은 걸로 내가 던졌지."

"던지긴 던졌네요. 빗나가서 그렇지, 맞았으면 폭행입니다. 던진 것도 폭행이긴 하지만요. 근데 이렇게 신고까지 한 걸 보면 몸싸움도 했겠네요. 그것도 일방적으로다가 저분이 당하셨고요."

"아니 경찰관님, 왜 무조건 저 여편네 편만 들어요? 내가 뭘 했는데? 난 맞는 말만 했어. 저런 빨갱이들은 모두 북한으로 가야 해. 대통령을 욕하면 말이야. 지금까지 이렇게 학벌이 빵빵한 대통령 봤어요? 서울대 출신에 사시 합격한 사람이야. 이번엔 안 돼요. 절대 안 돼. 지난번 박근혜 대통령 탄핵될 때 내가 얼마나 마음고생 했는지 말도 못 해. 얼마나 불쌍한 대통령이야. 엄마가 북한 간첩의 총 맞아 돌아가시고 아버지는 부하에게 총 맞아 돌아가시고. 밑에 신하들이 제 주머니 채우려고 한 것을 가지고 탄핵했으니… 그런데 저 여편네가 글쎄 뭐라는 줄 알아요? 박근혜 대통령은 감옥에서 죽어서 나와야 한다는 거야. 얼마나 잔인한 말이냐고요? 그리고 저 여편네도 물바가지로 나의 젖가슴 위로 물을 끼얹었어. 얼마나 뜨겁던지. 내 가슴이 익었다고."

엄마는 겨울 외투의 단추를 끌러 금방이라도 익은 젖가슴을 보여주기라도 할 듯 옷에 손을 갖다 대었는데 순간 내 얼굴이 뜨거워졌다. 목욕탕 안의 전경이 훤하게 그려졌고 엄마의 젖가슴도 떠올랐기 때문이었다. 나이에 비해 탄력적인 젖가슴을 가지고 있는 엄마는 자주 나에게 자랑하듯 그것을 드러내었는데 나는 그럴 때마다 노화가 되어서도 여자라는 생물학적 특성을 추앙하고 있는 엄마를 혐오했다.

그때 경찰관이 손에 쥐고 있던 볼펜으로 테이블 위를 톡톡 두들겼다. 노인이면서 게다가 여자라는 것을 일견 무시하는 듯한 자세라고 여겨지기도 했지만 이내 안도감이 들기도 했다. 팔순 넘은 노인들의 다툼 같은 것은 볼펜을 두들기는 습관처럼 사소한 일이라는 반증일 수도 있는 것이다.

"때밀이 아줌마 이야기로는 일방적으로다가 김연옥 어르신이 예석희 어르신을 빨갱이라고 몰아세웠고 목욕탕에 있던 다른 손님들에게까지 가서 예석희 어르신의 욕을 했다고 했어요. 나이 지긋하신 분들이 대통령 때문에 이렇게 경찰서에 오시기까지 하다니. 그래 김연옥 어르신은 이제 그만 이야기하시고요. 거기 예석희 어르신 말씀해 보세요. 여기 김연옥 어르신의 말이 맞아요? 전단지를 돌렸다는 게."

벤치에 앉아있는 예석희 씨는 추운지 몸을 떨고 있었다. 모자와 두툼한 목도리까지 하고 있는 엄마와 달리 예석희 씨는 옷이 얇은 듯 보였고 얼마 남지 않은 머리카락도 물에 젖은 채 두피를 훤히 드러내고 있었다.

"내가 할 수 있는 게 이것밖에 없어요. 컴퓨터도 할 줄 모르고 휴대전화도 없어서 젊은 사람들이 하는 댓글 같은 것도 쓰지 못하니까 이렇게 종이에다가 써서 나눠주는 수밖에. 이건 언론의 자유고 출판의 자유거든요. 근데 날 보고 빨갱이라고 했어요. 북한에 가서 살라고 했어요."

예석희 씨의 목소리는 노기에 가득 차 있었다. 엄마가 소리쳤다.

"아이고 가방끈 길다고 하는 말 좀 봐라. 무슨 자유? 빨갱이에게 자유가 어디 있어? 그리고 빨갱이 보고 빨갱이라고 하지? 그럼 파랑이라고 하나! 저런 여편네 때문에 북한에 막 퍼주는 정권이 생겨났던 거라고. 맞지요? 경찰 나으리."

"그만해. 엄마. 뭐 잘했다고!"

나는 소리를 빽 질렀다. 엄마가 놀란 눈으로 나를 보았다.

예석희 씨도 마찬가지였고 경찰관도 황당한 표정으로 나를 치켜 보았다.

"엄마가 사과해. 그냥 사과해. 빨갱이라고 한 거 폭언이고 쪽박이든 물바가지든 던진 것도 폭행이야. 사과하고 밥 먹으러 가. 아줌마도 함께 가요. 이러다가 두 분 다 감기 들겠어요."

경찰관이 볼펜을 책상 위에 놓고는 정수기 쪽으로 다가갔고 종이컵에 녹차 팩을 우려내어 엄마와 예석희 씨에게 건넸다. 그들은 그것을 받아 들었다. 먼저 종이컵에 입을 댄 것은 엄마였다. 예석희 씨는 그저 종이컵을 감싼 채 물끄러미 종이컵 안을 그저 들여다보고만 있었다.

"자, 따뜻한 차 한 잔 드시고 여기 따님 말대로 화해하고 나가서 점심 드세요. 뜨끈한 걸로다가. 이런 날 곰탕이나 갈비탕, 감자탕도 좋겠지요. 반주도 한 잔 하면서요. 저는 화장실에 좀 다녀오겠습니다. 아침부터 목욕탕에 출동하느라 그만 시기를 놓쳤거든요."

경찰관이 말하자 엄마와 예석희 씨가 동시에 말문을 열었다.

"아이고 저런."

"어서 볼일 봐요."

경찰관이 사무실 뒤쪽으로 나가자 또다시 침묵이 흘렀다. 나는 예석희 씨 쪽으로 다가갔다.

"아주머니, 제가 대신 사과드리겠습니다. 저희 어머니가 잘

못했네요."

예석희 씨가 종이컵을 내려놓으며 나를 올려다보다가 엄마 쪽을 보았다. 엄만 종이컵을 다시 입으로 가져갔다.

"빨갱이라고 한 거 사과하라고 해요. 어머니에게 직접 들어야겠어요."

예석희 씨가 여전히 노기가 가시지 않은 목소리로 말했다. 나는 엄마를 바라보았다. '사과해요. 나에게 한 말들, 그 폭언도.' 나는 속으로 중얼거렸다.

"난 네가 하늘의 별이라도 따줄 줄 알았다. 대학만 시켜 놓으면 말이야. 아무것도 해낸 게 없어. 결혼도 직업도."

"엄만 자식에게 절대 해선 안 되는 말을 해버렸어. 다신 돌아오지 못할 강을 건넜어."

"부모가 자식에게 하지 못할 말이 어디 있다고? 이놈의 자식들은 모두 지 아빌 닮아서 고매하기가 짝이 없어. 당최 돈도 되지 않을 생각만 머리에 가득 들어가 있고."

'엄마 때문에 아버진 외로웠을 거야. 늘 지루하다고 했지. 세월이. 삶이. 그래서 그렇게 술을 마셨던지 몰라.' 나는 이 말을 하려다가 매번 삼켜야 했다. 뒷감당이 성가셨다.

"내가 이런 대접받으려고 먹이고 키웠나. 헛살았다. 남편 복 없는 년은 자식 복도 없다더니."

말꼬리를 잡고 늘어지다가 나중엔 자신을 향한 끝없는 연민과 한탄에 애꿎은 두 남동생 내외는 주말마다 호출당해야 했다.

"누나, 너무 그러지 마. 아버지 때문에 엄마가 힘들었던 것은 사실이었잖아. 무력감에 젖은 아버지 대신에 집안을 일으켜 세웠으니 말이야. 엄마도 마음에 병이 있을지도 몰라. 워낙 자존심이 세서 내색을 하지 않아서 그렇지."

엄마는 예석희 씨의 시선을 외면하였다. 사과할 용기도 없겠지. 강한 자에게 약하고 약한 자에게 강했지. 학생들에게 체벌을 일삼고 학부모에게 뇌물을 받는 선생님에게 굽실거리기도 했으니까 말이야. 담임의 호출을 받고 학교로 온 엄마는 딸을 잘못 키운 죄라고, 말버릇이 나빠서 집에서도 자주 혼난다고, 부디 학교에서 매를 들어서라도 잘 다스려 달라고 연신 담임에게 빌었다. 하지만 나와 함께 벌을 받고 있었던 친구의 어머니는 달랐다.

"아니 이 아이들 말도 맞지 않나요? 장학사 온다고 교실 커튼을 묶었다가 풀었다가 몇 번이나 시켰다는데. 묶은 교실도 있고 묶지 않은 교실도 있고 또 한 교실 안에서도 묶는 게 편하기도 하고 묶지 않는 게 편한 창가도 있지 않습니까? 도대체 이런 일로 바쁜 학부모를 부르고 아이들 체벌이나 하고 너무 하지 않나요?"

교무실에서 정자세로 서 있어야 하는 체벌을 받고 있던 나는 친구 엄마의 선명한 주장에 감복하여 한없이 존경스러운 눈빛으로 그 엄마를 바라보았고 그 친구에 대한 부러움이 뭉게구름처럼 일어났다. 결국 선생님은 헛기침을 하며 손수 커피를 타서 친구 엄마와 교권에 대한 반역으로 뭔가 친구에게 불이익이 돌아갈 것이 분명하다는 회심의 표정을 지으며 앉아 있는 엄마에게도 건넸다.

옆에 서 있던 친구가 귓속말로 속삭였다.

"부끄러워 죽겠어. 우리 엄마 때문에. 그냥 미안하다고 하면 될 텐데 꼭 저렇게 시시비비를 가려서 일을 더 망쳐. 이제 두고 봐라. 담임, 나를 못 잡아먹어서 난리일 거야."

나는 친구의 말에 친구의 귓바퀴를 잡아당기며 속삭였다.

"넌 호강에 겨워 요강에 똥 싸는 격이니까, 입 닥쳐. 네 엄마 너무 멋있다. 당당하고 용감하고. 마치 유관순처럼."

그러자 친구가 정말 내 말이 맞는 말인지 확인이라도 할 듯 나를 뚫어져라 쳐다보았고 나는 담임의 눈치를 보고 있는 엄마를 째려보았다. 담임은 순종적인 엄마보다 저항의 깃발을 휘두른 친구 엄마에게 쩔쩔매었고 그때마다 엄마의 미간이 찌푸려지는 것을 똑똑히 볼 수 있었다.

순간 예석희 씨가 소리쳤다.

"안 들려요? 사과하라고요. 빨갱이라고 한 말."

그러자 엄마의 말이 속사포처럼 터졌다.

"빨갱이니까 빨갱이라고 했지. 내가 틀린 말 했어? 나라 경제 망한 게 뭐 대통령 탓이냐고? 전 대통령이 싸놓은 똥 치운다고 정신이 없는데. 이왕 뽑았으니 임기는 마쳐야지."

그때 화장실에 갔던 경찰관이 돌아왔다. 경찰관은 엄마의 말을 들었을까, '아니 두 분 아직도 화해하지 않으셨어요? 한 동네 사신다면서 왜 이러십니까?'하고 말했다. 나는 경찰관의 말이 '아니 살날도 얼마 남지 않으신 분들이 왜 이렇게 헛발질하고 있나?'하는 말로 들렸다.

"엄마가 사과해. 엄마가 잘못했어. 폭언에다가 물바가지도 던졌고. 빨리 사과하고 나가자. 나 바빠."

엄마는 묵묵부답으로 앉아있었다. 그때 예석희 씨가 일어섰다.

"저 사람이 사과할 거라고 생각한 내가 잘못이지. 엄마 모시고 가요. 그래도 엄마 대신에 따님의 사과라도 받았으니 됐어요."

나는 예석희 씨의 손에 걸린 목욕 바구니를 보았다. 비누 한 장과 수건이 다였다. 샴푸와 바디클렌저, 칫솔, 치약, 각질 제거용 돌멩이, 갈아입을 속옷과 수건 두 장이 플라스틱 바구니 위로 수북한 엄마의 바구니와는 천양지차였다.

경찰관이 말했다.

"그럼 김연옥 어르신도 가셔도 됩니다. 서로 사이좋게 지내세요. 정치의 정 자도 이젠 꺼내지 마시고요."

엄마의 얼굴이 다소 환해진 듯했다. 파출소를 나가는 예석희 씨의 구부정한 등이 보였다. 나는 엄마의 목욕 바구니를 손에 들었다. 마지못한 듯 엄마도 일어섰다. 엄마는 경찰관에게 허리를 굽혀 절했다. '수고하시우.' 경찰관도 고개를 숙였다.

경찰서 문을 나서자 차가운 겨울바람이 코끝을 스치고 지나 갔다. 엄마가 몸을 떨었다.

"안 되겠어. 어디 뜨끈한 거 먹고 집에 가."

"아니 무슨 경찰서가 난방이 왜 그래? 세금은 다 어디다 쓰는 거지? 그래. 그러자. 여기 근처에 감자탕 잘하는 집 있다."

나는 저만치 앞에서 걷고 있는 예석희 씨의 등이 자꾸 걸렸다. 목을 파묻은 채 바람을 있는 대로 맞고 있는 예석희 씨는 위태로운 걸음을 하고 있었다. 엄마가 말했다.

"저 여편네 옷차림 좀 봐라. 한겨울에 저렇게 낡은 스웨터 차림으로 목욕탕에 오다니. 얼마나 인색한지 경로당에서도 국수 한 그릇 안 낸다. 맨날 얻어만 먹으려니 부끄러운지 이젠 오지도 않고. 그런 처지에 유인물을 나눠준다고 돌아다닌다니. 그런데 오늘 저 여편네 이름을 처음 알았네. 예석희. 배운 여자이름답게 이름 하나는 고상하네. 그나저나 저 여편네 집 방향이나 잘 알고 가나? 지금 반대 방향으로 가는데. 치매기가 있다고 하더니 맞는 말인가 보네."

"집 알아?"

"그럼 그 집을 모를까. 아파트에도 못 들어가고 마치 빠진 이빨처럼 떨어져서 시장 모퉁이에 있지. 어떡하지? 야 야, 네가 불러봐라. 집 찾아줘야 하겠다."

나는 예석희 씨가 걸어가고 있는 쪽으로 달려갔다.

"아줌마, 아줌마."

예석희 씨가 멈춰 섰다. 금세 나를 잊어버린 것일까, 텅 빈 눈빛으로 몇 초간 보았다가 정신을 차렸는지 몸을 부르르 떨며 말했다.

"아, 따님이네요. 근데, 왜?"

예석희 씨의 입술이 파랬다.

"점심 드시고 가세요. 엄마랑."

그러자 예석희 씨가 고개를 가로저었다.

"아니, 아니. 난 집에 가서 먹을 참이에요. 말만 들어도 고맙네요."

어느새 엄마가 다가왔다.

"아니 이쪽으로 가면 집과 멀어지는데 이렇게 가기만 하면 어떡해. 그리고 우리하고 같이 가. 감자탕 먹게."

예석희 씨의 얼굴에 혼란스러움이 스쳐 지나갔다. 내가 예석희 씨의 목욕 바구니를 손에 들었다.

"드시고 가세요. 지금 너무 추워요."

예석희 씨는 고개를 저었다. 순간 몸이 쓰러질 듯 휘청거렸다. 내가 예석희 씨의 팔을 붙잡았다.

"이러다가 일내겠네. 무슨 고집이 그렇게 쎄? 아, 저기 감자탕집 보이네."

이번엔 엄마가 앞장섰다. 예석희 씨는 이제 더 이상 거부하지 않았다. 말 잘 듣는 아이처럼 나의 부축을 막지도 않았다. 예석희 씨의 몸피는 얇고 가늘어 마치 낡은 솜인형을 만지는 것과도 같았다. 식당의 문을 미는 엄마의 뒤를 이어 나와 예석희 씨가 들어갔다. 식당 안의 온기가 몸을 감쌌다.

"너는 그 여편네에겐 헤벌쭉 잘 웃더니만 이 어미에겐 왜 그렇게도 웃음에 인색하니?"

식당을 나와 예석희 씨의 집을 찾아주고 난 뒤 엄마 집으로 갈 때 엄마가 불쑥 던진 말이었다. 나는 엄마의 말대로 식당 안에서 자주 웃었다. 예석희 씨는 자신의 비극적인 생애를 담담하게 아니 담담함을 지나 달관한 듯 말했다. 나는 그 말투도 말투였지만 그 예석희 씨에게 자꾸 아버지의 환영이 씌워지는 듯한 착각에 사로잡혔다. 그건 상담사가 말했던 아버지와의 고통스러운 대면이 아니라 오히려 편안한 재회처럼 느껴졌다. 예석희 씨는 대학생인 아들이 5공 전두환 시대 민주화 시위를 하다가 붙잡혔고 고문 끝에 한 선배의 이름을 대었는데 그 일로 그 선배가 정신분열에 시달리다가 죽어버렸고 아들은 그 죄책감에 결국 우울증이 심해져 고생하고 있다고 말했다. 말미에 '그래서 내가 투사가 되려고. 아들 몫까지 하려고… 이런 늙은 어미가 말이우. 우리 아들이 효자야. 이 무식한 어미의 눈을 밝게 해 줬으니 말이우.'하며 처연한 표정으로 웃었다. 이에 엄마가 말했다.

"독립운동가의 집안이 풍비박산 난 것을 알면서 그래? 나는 이 년이 대학 가서 공부는 안 하고 이상한 짓만 하는 것 같아 얼마나 마음고생 했는데."

나는 엄마의 옆구리를 쿡 찔렀다. 하지만 엄마에 대한 이전의 불편한 감정 그러니까 공감 능력이나 시대정신도 없는 엄마에 대한 혐오의 정도가 다소 옅어진 것처럼 느껴졌다. 어쩔 수 없다는 절망도 아니었다. 오래전 나라를 위해 뜨거운 심장을 내던졌던 위인들의 후예가 아직도 이어져 오고 있다는 안도감과 함께 엄마와 동년배로 자신을 객관화하는 능력을 지닌 예석희 씨와 같은 사람을 만난 것에 대해 신비감조차 들었다. 예석희 씨가 주인공인 소설을 써야겠다는 창작 욕구도 일어났다.

"우리 엄만 제가 학교에서 돌아오면 먼저 제 옷의 냄새를 맡았어요. 최루탄 냄새가 나면 책을 몽땅 마당에 던지며 학교 당장 때려치우라고 했었어요. 정말 동시대의 엄마인데 이렇게 다르네요."

내가 이렇게 말하자 엄마가 고개를 주억거리며 말했다.

"집엔 야당 편만 드는 남편이 있고 세상 위험한 줄 모르고 날뛰는 딸이 있는데 그럼 내가 중심을 잡아야지. 빨갱이 부녀 때문에 두 아들조차 빨갱이 물들까 봐 그랬지. 내가 얼마나 마음 졸였는지 알아? 내 심정은 말도 못 해."

엄마의 말에 예석희 씨가 고개를 끄덕거렸다. 예석희 씨의 그 호응 때문일까 엄마는 몇 시간 전에 벌거벗은 채로 말다툼을 하였던 상대라는 것을 그만 잊어버린 채 주절주절 이야기를 늘어놓기 시작했다. 포목 장사를 했던 엄마는 장사를 하며 있었던 온갖 추잡하고 음탕한 이야기를 꺼내기 시작했는데 예석희 씨는 얼마 남지 않은 치아를 고스란히 보이며 활짝 웃었다.

"어느 날 말이우. 결혼을 앞두고 혼수를 장만하러 온 양가 안사돈과 신랑 신부가 왔는데 말이우. 아들 엄마가 자신은 최고로 비싼 한복을 해달라고 했어. 그때는 최고 옷감이 벨벳이었거든. 근데 아들이 '그냥 장모랑 똑같은 천으로 해.'하고 말했는데 화가 난 이 엄마가 글쎄 이렇게 말하지 않겠어. '넌 나온 구녕은 잊어버리고 이제 들어갈 구녕만 찾냐? 보지 아프게 낳아놓았더니 이렇게 옷 한 벌도 못 얻어 입을까? 이 나쁜 놈아.' 그 말에 신부 엄마가 사색이 되어 슬며시 자리를 피했고 신부는 그 엄마를 따라갔지. 아들 얼굴은 붉으락푸르락 해졌지."

순간 그 도망친 신부와 신부의 어머니처럼 나 또한 식당에서 달아나고 싶었다. 엄마는 때와 장소에 어울리지 않게 음담 패설을 곧잘 해서 우리 삼 남매를 난처하게 만들곤 하였다. 나는 예석희 씨가 말할 땐 웃을 수 있었지만 엄마가 말할 땐 웃을 수가 없었다.

예석희 씨가 물었다.

"아니 그래, 그래서 벨벳 한복을 얻어 입었다는 것인가, 못 얻어 입었다는 것인가?"

"얻어 입었지. 당연히. 그 이후로 그렇게 당당한 엄마는 다시 못 봤지. 그때 그 아들 엄마가 자네와 닮았어. 오늘 그것을 파출소에서 봤구먼."

예석희 씨가 희미한 미소를 지었다.

엄마의 말이 또다시 들려왔다.

"그래 넌 내겐 웃어주지 않아. 네가 웃어준다면 나도 파출소의 그 여편네처럼 빨갱이도 되고 그 뭐라고 했나? 민주투사가 될 수 있는데."

나는 엄마가 서 있는 쪽을 올려다보았다. 오르막길 위에 엄마가 서 있었다. 순간 온몸이 얼어붙는 듯한 느낌에 사로잡혔다. 수십 년 전의 일이 마치 어제 일처럼 다가왔다. 엎드려 차렷 하는 자세로 있던, 양손을 등 뒤에 붙인 채 머리를 땅에 박고 있던 아버지. 몇몇 아저씨들 틈 사이에 있던 아버지는 온통 피가 몰려 시뻘건 얼굴이 되어 있었다. 그 옆엔 한 경찰관이 곤봉을 들고 서 있었다.

　그때 나는 막 하교하는 중이었고 친구 몇몇이 함께 있었다. 아버진 더 이상 참을 수 없었을까, 등짐을 쥔 한 손을 풀어 땅바닥을 지지하면서 머리를 들어 올렸다가 그만 그 자리에 얼어붙은 채 서 있었던 내 눈과 정면으로 부딪쳤다. 나는 '아버지'하고 부를 뻔했다. 아버지가 한 손을 입가에 갖다 대었다. 그것은 '쉿'하는 뜻이었다. 아버진 다시 머리를 바닥에 대었고 손을 등에 도로 갖다 대었다. 금방이라도 울 것 같은 표정으로 서 있는 나를 친구들이 이상한 듯 보았다.

　나는 아버지와 아저씨들이 공터에 걸려 있는 벽보판의 포스터를 찢어발겼다는 죄로 체벌을 당하고 있었다는 것을 알게 되었다. 그 포스터의 주인은 바로 같은 국민을 도륙시켰던 잔인무도한 전두환 대통령의 사진이었다.

　저녁 무렵 아버진 내 방에 들어와 신열에 들뜬 내 이마에 손을 갖다 대며 말했다.

　"이 아비는 절대 자식들에게 부끄러운 짓을 하고 싶지 않구나. … 오늘 일은 너와 나 둘만 아는 비밀이다."

　그때 부엌에서 엄마의 볼멘소리가 터져 나왔다.

　"아침때만 해도 멀쩡하던 저것이 집으로 오자마자 저렇게 온몸에 열이 나서 누웠지 뭐야? 어디 아프다고 말도 안 해. 날 보고 어쩌라고? 아니 당신은 이참에 또 술이야? 통장이 말하던데 당신 오늘도 사람 불러놓고 광주 시민들이 폭도가 아니라고 했다며. 내가 비싼 소고기 근 반 끊어서 통장 입 막으려고 했던 것도 모르지? 아니 어쩌려고 그래. 우리 집 망하는 거 보려고 그래? 자식들 앞길 망치지 말라고."

난 오르막길 아래 새끼줄이 원형으로 쳐진 공터에서 벌을 받고 있던 아버지의 장소를 응시했다. 나는 웃고 싶었다. 아버지, 아버지를 만난 듯. 아버지! 저는 '부끄럽지 않은 사람'이 되고 싶었어요. 아버지처럼 그 누구에게도, 그리고 나 자신에게도 '부끄럽지 않은 사람!' 하지만 성공하지 못했어요. 그게 아버지에게 죄스럽습니다. 그날 '아버지.'라고 용기 있게 부르지 못한 것처럼 죄스럽습니다. 나는 힘겹게 미소를 밀어 올렸다. 엄마가 나를 내려다보며 말했다.

"그래. 넌 네 아버지에게도 그렇게 잘 웃었지. 야박한 년. 어떻게 자식 세 놈이 모두 지 아버지 편이야."

엄마가 투덜대며 집 쪽으로 걸어가고 있었다. 나는 빠른 걸음으로 엄마를 뒤따라 오르막길을 올라가기 시작했다.

빈터

바람 소리에 잠이 깼다. 잇몸으로 깨문 증오가 새어 나오는 듯 음산한 소리가 사방에서 들려온다. 주방에 붙은 작은 유리창으로 바깥을 내다본다.

교사 한 채만 덩그러니 세워진 남녀공학 고등학교에서는 아침 조회가 시작되고 있다. 행진곡에 이은 교장의 훈화가 마이크를 통해 울려 퍼지고 있다. 그의 목소리는 나이 때문인지 잔뜩 힘이 들어가 있다. 어쩌면 힘을 빼는 방법을 모르는지도 모른다. 평생 누군가를 가르치거나 훈계를 하고 모범을 보이기 위해선 자신도 할 수 없는 일을 하는 것처럼, 잘하는 것처럼 보여야 하는 강박증을 가지고 있는지도 모른다.

담도 없이 훤하게 드러난 아파트 신축 공사 현장에서 요란한 굉음이 들려온다. 이 십 년이 넘은 아파트를 허물고 다시 재개발에 들어간 공사는 일 년 이상 지리멸렬하게 이어지고 있다.

반달 모양의 아파트 단지는 재개발 공사에 들어가면서 주변 일대의 주택단지를 허물어 버렸다. 아파트 단지 내에 편입되지 못한 남은 여러 집들은 엉거주춤 서 있는 꼴이 되어 있다. 성장과 낙오를 극적으로 대비시킨 탓에 동네 사람들은 승리감과 열패감이 반반 가슴에 얹혀 있다.

하루에도 몇 번씩 공사 중인 아파트 단지를 향해 종주먹을 해대는 사람은 지금 내가 살고 있는 건물의 주인이다. 그의 편입되지 못한 상가의 오 층 꼭대기 가장 오른쪽에 위치한 아홉 평의 집이 바로 내 집이다.

낡은 상가 오른쪽엔 3층 대리석의 저택이 보석처럼 박혀 있다. 마치 오백여 세대가 들어올 아파트와 대적이라도 하듯 그 집의 위용은 대단하다. 그리고 이 저택의 대각선 방향에는 족히 이백 평은 넘어 보이는 빈터가 있다. 공터엔 아파트 공사에 쓰이는 골재와 철근, 쇠파이프가 나뒹굴고 있다. 이 모든 풍경이 마치 고여 있는 시간을 에워싸듯 지루하고 황량하게 펼쳐져 있다.

먼지와 소음은 집을 뒤덮었다. 널어놓은 빨래를 걷어 보면 어김없이 흙먼지가 앉아 있다. 아이의 속옷을 대야에 담그면 거짓말처럼 황톳물이 되어 버린다. 집 안 어디에도 이 흙먼지는 군인처럼 주둔해 있다. 나는 이 먼지와 싸우느라 하루 종일

지쳐 있다. 이따금 나와 아이는 공사 현장을 가 보기도 한다. 아이가 흙덩이를 한입 가득 물어서 트럭 위에 뱉고 하는 포클레인의 단순 작업을 좋아하기 때문이다.

나는 입김을 뿜으며 일하는 사내들의 억세고 강한 어깨와 등을 훔쳐보곤 했다. 그들은 나무 조각과 쓰레기를 한데 모아 모닥불을 피웠는데 불가를 쬐고 있는 손등이 마치 기름종이처럼 번들거리기도 했다. 불빛이 빚어내는 음영 아래서의 사내들은 표정이 전혀 없는 청동 인형을 연상케 하였다. 포클레인은 탱크처럼 골목을 의기양양하게 누비고 다녔다. 아이는 이 거대한 기계가 우리 옆을 지나갈 때마다 바로 쳐다보지도 못하고 내 손을 힘주어 잡곤 했다.

아이의 병적인 공포 때문이었다. 주위 사람들이 아이의 심약함에 대해 염려했고 특히 남편은 더했다. '가방을 메고 어깨를 굽히며 걸어가는 아들의 모습을 보면 눈물이 나서 견딜 수가 없어.' 남편이 아이에 대해 얼마나 연민을 느끼고 있는지 알고 난 뒤부터는 나는 그를 사랑하지 않을 수 없었다.

아이는 남편이 사라지고 난 뒤부터 말수가 더욱 줄었다. 내가 끔찍이도 싫어하는 침묵 속으로 아이가 빠져들까 봐 나는 전전긍긍한다. 행여 자폐증이라는 소아정신과 의사의 진단이 나올까, 두려워서 나는 병원 가는 것을 차일피일 미루고 있다.

나는 잠들어 있는 아이를 내려다본다. 혼곤히 잠들고 있는 아이의 반듯한 이마에 송골송골 땀이 맺혀 있다. 아이는 지독한 감기보다 더 독한 약 기운에 잠들었다. 며칠 전 아이와 나는 밤새도록 추위에 떨어야 했다. 한밤중에 난방 기름이 떨어진 것이다. 잠든 아이의 얼굴을 손바닥으로 감싼다. 그러자 어떤 강렬한 힘이 나의 손을 아이의 머리카락 속으로 밀어 넣게 만든다. 나는 아이의 귓불을 만지기도 하고 뺨에 입술을 갖다대기도 한다. 아이는 여전히 잠에 취해 어미의 불기둥 같은 손바닥을 느끼지 못하고 있다. 아이가 눈을 뜬다면 아마도 이 손바닥은 금세 차가워지고 말 것이다, 나는 그런 생각에 빠져든다. 나는 아이가 나의 모성애를 느끼는 것이 두렵다. 아이를 바라보는 내 사랑의 눈빛이 지나치면 칠수록 아이가 뒷걸음치는 것 같은 느낌 때문이다.

아이는 내 손가락의 움직임이 성가신지 얼굴을 찌푸리며 벽쪽으로 돌아눕는다. 아이의 자그마한 등은 구근처럼 여리고 신선한 느낌을 준다. 나는 자리에서 일어나 부엌으로 나간다. 싱크대 위에 얹혀 있는 먼지가 한 줌의 햇살 아래 쥐의 털처럼 곤두서 있다. 바람이 덜컹 유리창을 흔든다.

빨래를 걷기 위해 옥상으로 올라가면 어쩔 수 없이 3층 건물의 거대한 궁궐 같은 집을 보게 된다. 몇 평이나 될까, 밤중이면 그 집의 위력은 더욱 강하게 느껴진다. 나트륨의 기운이 안온하게 그 집을 둘러싸고 있고 3층 거실에는 샹들리에가 보석처럼 빛나고 있다. 처음 이곳으로 이사 왔을 때 남편은 못마땅한 듯이 그 집을 보고 있었다.

"도대체 어떤 작자들이 사는 집이 길래 저렇게 요란한 거야?"

외벽이 모두 비둘기 빛의 대리석으로 무장이 된 그 집의 울타리는 장미와 포도 덩굴로 덧입혀 있었고 자동 감시 장치가 관상목 사이로 뿔처럼 솟아 있었다.

기역 자로 꺾어져 있는 대문 옆에 나 있는 주차장엔 네 대의 차가 주차해 있다. 주택 단지의 여자들은 곧잘 시어머니는 골프 치러 가고 며느리는 수영장 가고, 같이 다니면 될 텐데 꼭 차를 따로 타고 다닌단 말이야, 하며 입을 삐죽거리곤 하였다. 얼굴에 잔뜩 거드름과 엄살이 얹혀 있는 시어머니와 음울한 기색을 띠고 있는 며느리를 말하는 것이다.

가끔 새벽이면 그 집 3층에서 흘러나오는 피아노 소리를 들을 수 있었다. 나는 잠에서 깨어나 창문을 통해 피아노 앞에 앉아 머리를 흔들며 연주를 하고 있는 며느리의 실루엣을 훔쳐보곤 하였다. 그 여자의 남매는 2층의 넓은 야외 마당에서 놀곤 하였다. 대형 파라솔과 야외 풀장이 있는 그 마당 한쪽에는 미끄럼틀과 눈부시게 하얀 테이블이 놓여 있다. 1층에는 세 마리의 청삽사리가 위를 올려다보며 컹컹 짖곤 하였다. 벽과 칸막이로 구분된 우리 가족이 살고 있는 이곳과 그곳은 빛과 어둠처럼 견고하게 대립되었다.

　겨울비는 오랫동안 내리지 않고 있다. 물기라곤 전혀 없는 가로수와 도로는 마치 종이로 만든 건축물처럼 보인다. 건조주의보가 내려지고 사람들은 말을 할 때마다 입술에 침을 묻히곤 하였다. 인도와 차도가 따로 구분되지 않은 길로 나와 아이는 지나가고 있다. 병원에서 집으로 향하는 길은 아이의 걸음으로 인해 더디고 더디다. 나는 먼지, 종이 조각, 담배꽁초, 말라붙은 껌들로 뒤범벅된 도로를 내려다본다. 계란을 실은 트럭의 사십 대 남자가 지나가면서 차 창문을 열고 침을 뱉는다. 순간 아이가 외마디 비명을 지른다. 내장이 터진 개의 시체가 도로 한가운데에 널브러진 채 있다. 누군가의 차에 이리저리 차이며 밟힌 흔적이 역력하다. 심장에선 여전히 생명의 기운이 남아 있는지 미세한 김이 새어 나오고 있다. 시뻘건 피와 연분홍의 살점이 노출되어 있는 개의 시체로 인해 도로는 아주 잠시 생명력을 회복하는 것처럼 느껴진다. 사람들은 단말마의 비명을 지르고 아이들은 반은 눈을 감고 반은 눈을 뜬 채 보고 있다. 구급차가 불길한 경보음을 내며 지나간다. 하지만 그뿐, 어느 누구 하나 개의 시체를 어떻게 하려고 하지 않는다. 사람들은 도로 바닥에 붙어 있는 그림 한 점을 감상하기라도 하듯 무심한 얼굴로 지나간다. 저렇게 놔둔다면 아마 개의 살점은 차바퀴에 끼여 한참을 달리다가 이내 흔적 없이 사라질 것이다.

아이는 내 허리를 두 손으로 감싸며 뒤에 숨는다. 나는 아이의 손을 꼭 잡는 것으로 아이를 안심시킨다. 아이의 손은 땀으로 끈적거린다. '그래. 넌 그런 운명으로 태어났어. 아무도 널 동정하지 않아. 바보같이 차를 피하지 못한 너의 비참한 종말에 대해 조소할 뿐이지. 부주의한 대가야.' 나는 다소 잔인한 심정이 되어 개의 시체 쪽을 쳐다본다. 저렇게 짓밟힐까 봐 남편은 이 집을 떠난 것이다. '함께 있으면 모두 다 죽게 될 거야. 내가 널 제일 먼저 죽일지도 몰라. 그 다음엔 아이를 죽이고. 그리고 나도… 내가 없어지고 나면 아이와 당신은 살 수가 있는 거지.'

남편은 사라지기 전 이상한 징후를 보였다. 아이의 특수 유치원 교육비를 내지 않았음에도 계속 냈다고 우겼던 것이다. 유치원 원장은 오랜 경력의 노련함으로 처음에는 남편의 말을 믿는 체하다가 나중에는 이렇게 말했다.

"아이 교육비를 떼먹는 부모님의 아이는 맡지 않겠습니다."

남편에겐 교육비를 낸 영수증도 없었다. 선생님을 만나 아이에 대한 상담도 하지 않았다. 그러고도 계속 정말 돈을 냈다니깐. 당신도 이제 내 말을 믿지 않는 거야? 상담도 했어, 하였다. 남편의 주머니에서 아이의 교육비를 낼 돈이 고스란히 들어 있는 봉투를 보고 나서야 나는 남편이 거짓말을 했음을 알았다. 돈 문제 앞에선 강박적으로 거짓말을 했던 남편이었다.

결국 아이는 특수 유치원을 갈 수 없게 되었다. 남편은 아이가 유치원에 가지 않게 된 것을 좋아하며 아이를 데리고 놀이터에 가기도 하고 놀이동산에 데려가기도 하였다. 그러나 그것도 잠시, 얼마 되지도 않아 남편은 아이에게 싫증을 느꼈다. 계집애처럼 구는 아이가 보기 싫다며 운동장 돌기를 몇 바퀴나 시키는 것이다. 그러다가 그 일이 생겨 버렸다.

옆방에 살던 여자가 자신의 아이를 때리는 것을 듣고 있던 남편이 비명을 지르며 그 여자 방으로 달려 들어간 것이다. 그는 그 여자의 부엌으로 들어가 가위로 가스관을 잘랐고 한 손엔 라이터를 한 손엔 가스관을 들고 모두 함께 죽는 거야, 하고 소리를 질렀던 것이다. 그의 얼굴은 고통과 분노로 일그러졌다. 누군가 파출소에 신고를 하였고 순찰차가 좁은 골목 안으로 들어왔을 때 그는 어디론가 사라지고 없었다.

이상한 일은 그뿐만이 아니었다. 그는 가스 사건이 일어나기 전에 이미 나 몰래 많은 사람들에게 그리 큰 액수의 돈이라고는 할 수 없는 금액을 빌린 것이다. 그가 궁색하게 빌리면서 한 말이 더 충격적이었다. 불치병에 걸린 아내가 죽기 전 소원대로 해주기 위해 돈을 빌린다고 말했다는 것이다. 아내의 죽음을 눈물로 호소하며 돈을 빌리러 온 그에게 냉정하게 대할 수가 없었다는 것이 채권자들의 말이었다.

평소에 남에게 아쉬운 소리를 하는 것을 끔찍이도 싫어한 그가 그런 새빨간 거짓말을 하면서까지 돈을 빌렸다는 것이 믿기지 않았다. 남편은 왜 그랬던 것일까. 채권자들은 나와 아이의 방으로 불쑥 쳐들어왔다. 그들은 정말 남편이 돌아오지 않았나, 탐색하는 눈빛으로 방안을 둘러보다가 지친 나의 얼굴을 보고는 아이의 손에 몇 푼의 동전을 쥐여 주고는 나가곤 했다.

골목을 들어서는 순간 3층 대리석 집에서 컹컹 개 짖는 소리가 들려온다. 육중한 대문 밑으로 청삽사리의 발이 보인다. 그 개는 인기척이 조그만 들려도 맹렬하게 짖는다. 아이는 계단에 쪼그려 앉아 그 개를 바라본다. 연한 먹물을 뒤집어쓴 것 같은 청삽사리는 아이가 보이자 더욱 거세게 짖어댄다. 공격성 혈통을 인정받았는지 개는 하얀 이빨을 드러내며 적의를 나타낸다. 아이는 대문 밑으로 손을 넣으려고 하다가 개의 완강한 거부에 놀라 손을 다시 주머니에 넣는다. 아이는 교신을 시도하는 난파된 조종사처럼 개와의 소통을 원하고 있다. 그런 아이의 뒷모습을 물끄러미 본다. 아이가 무언가를 시도하고 그것이 좌절될 때마다 가슴이 아팠다. 글씨를 쓰다가 지우

거나 노래를 부르다가 그만둔다든지 달리다가 도중에 멈춰 서
버린다든지 할 때 나는 그만 아이와 함께 죽어버리는 것이 낫
지 않을까, 하는 극단적인 생각을 하곤 했다.

내가 죽기 전까지 보아야 할 수많은 아이의 좌절이 두렵다.
아이에 대해서 나는 너무 많은 생각을 하거나 전혀 안 하거나
하는 쪽일 것이다. 하루 종일 아이만을 관찰할 때가 있는가 하
면 전혀 생각하지 않을 때도 있다. 아이가 처음 태어났을 때
상가 1층에서 양품점을 하는 여자는 우리 집으로 올라와 아이
의 탄생을 축하한다며 기도를 해주었다.

"산모의 순산과 아기의 탄생은 모두 주님의 가호 때문입니
다."

누워 있는 아기를 내려다보면서 지치지 않고 기도를 하는
그 여자는 나를 우울하게 만들었다. 열 달 동안 뱃속에서 강인
한 생명력으로 버텼을 아이에 대해 경이로운 감탄을 하기는커
녕 하필이면 가난하고 무력한 남편과 나 사이에 태어났을까,
라며 아이의 불운한 운명에 대해 두려움을 느껴야 했던 나로
서는 아이에 대한 어떤 전망도 할 수가 없었다. 기도로써 극복
될 수 있는 것은 없어. 차라리 아무것에도 매달리지 말라고 하
는 게 아이를 위해서 좋은 것인지도 몰라.

이렇듯 아이를 바라보는 내 눈은 어지럽고 슬프다. '저 혈통
좋은 개도 차바퀴에 깔리면 조금 전의 그 개 신세가 되고 마

는 거야. 평생 주인을 위해 짖고 물어뜯는 인생이나 떠돌아다
니다가 죽은 비루먹은 개의 인생이나 다 마찬가지야. 비참할
뿐이지.' 나는 개를 쳐다보고 있는 아이에게 이런 말로 몰아붙
이고 싶다. 그러나 심약한 아이에게 이런 말을 한다는 것은 치
명적인 독이 될 것이다. 아이는 결국 개와의 소통을 이루지 못
하고 자리에서 일어선다.

어디선가 쓰레기 타는 역한 냄새가 난다. 그 노파가 쓰레기
를 태우고 있는 것이다. 일흔이 넘은 나이의 독거 노파는 단칸
방에서 힘없이 걸어 나와 공터의 마른 낙엽과 집 안의 쓰레기
를 한데 모아 태우곤 한다. 동네 여자들은 노파가 재활용 쓰레
기봉투를 사지 않기 위해 쓰레기를 태우는 것을 못마땅해했
다. 그러나 그 노파는 그런 사실을 아는지 모르는지 아랑곳도
않고 쓰레기를 태우거나 자기 집 앞에 차를 못 대게 하는 등
밉살스러운 짓을 한다.
"우리 아들이 차를 댈 곳이란 말이야. 오늘 꼭 온다고 전화
왔었어."
다른 차들이 주차하려고 할 때마다 기름통을 세워 놓고는
고래고래 소리를 질러댄다. 양팔을 벌리고 거의 필사적으로
아들이 주차할 땅을 사수하려는 노파의 행동은 여자들의 입방
아에 자주 오르내리곤 했다. 하지만 그 노파의 아들은 한 번도

오지 않아 밤새도록 기름통만이 덩그렇게 놓여 있을 뿐이었다. 쓰레기 냄새는 갈수록 더욱 진하게 느껴진다.

나는 아이의 손을 잡고 집으로 향한다. 여전히 개는 우리 등을 향해 짖어댄다. 비둘기 떼가 골목에서 무언가를 집어 먹고 있다. 아이들이 우르르 달려오자 비둘기는 푸르르 전신주 위로 올라간다. 나무 위에 걸린 까만 쓰레기 봉지가 바람에 두들겨 맞으며 비명을 질러댄다.

오늘도 남편에게서는 아무 연락이 없다. 남편의 옷가지와 신발, 남편이 읽다만 책은 신경을 자극한다. 그것들은 너무나 나태하게 널브러져 있어 오히려 폭력적으로 다가오는 느낌이 든다. 나는 한동안 그의 소지품을 정리하지 않았다. 방바닥에 그냥 나뒹굴도록 놔두어서 아이가 그 책이나 옷가지를 타 넘을 때마다 이상야릇한 쾌감을 느끼기도 하였다. 나는 남편의 옷가지 중 하나를 가위로 자른 일이 있었다. 아무 죄의식 없이 그가 즐겨 입었던 청바지를 가위로 마구 잘라냈다. 나중에는 손아귀가 빨갛게 부풀 정도로 가위질을 하였다. 나는 그 가위로 나의 손가락까지도 자르고 싶었다.

다섯 손가락이 모두 잘린 채 피를 흘리며 방바닥에 떨어져 뒹구는 상상까지 한 적이 있었다. 고통의 극한에는 자신의 몸을 자해하는 방법을 선택하는 사람들이 있다. 그리고 그 사람

중에 내가 있다. 이제 그 시기가 지났음을 느끼고 있다. 미움과 증오의 시간이 지나가고 그의 존재 자체를 지우고 있음을 느낀다. 아이마저 나와 남편의 몸에서 난 생명체가 아니라 그저 우리 몸의 종기나 흉터에 불과할지도 모른다는 생각이 든다. 남편에게서 온 마지막 전화로 인해 이제 그를 완전히 지우고 있는 중이다.

"당신 어디서 자요?"

"아무 데서나 자. 나는 잘 있어. 당신과 아이를 놔두고 잘 있다는 게 뻔뻔한 것 같은데. 그래도 잘 있다고 말하고 싶어. 당신은 어때? 아이는? 당신 보다 아이가 더 보고 싶어. 하지만 보고 나면 후회하게 될 거야. 부끄럽고 미안해서 아이를 보면 울게 될 것 같아. 옆 방의 그 여자 아직도 아이들을 그렇게 미친 듯이 때려? 내가 그 집에 계속 있었더라면 아마 난 그 여자를 죽였을지도 모르겠어. 맞고 있는 아이의 울음소리를 듣는 건 정말 괴로운 일이었어."

"당신은 우리가 불쌍하지도 않아요?"

"당신과 아이, 가련해 보여. 나는 아이를 생각해. 당신보다 아이를 생각하는 시간이 더 많을지도 몰라. 학교를 가고 있는 아이의 모습과 데려다 주고 있는 당신의 모습을 상상해 보곤 해. 상상 속의 두 사람은 늘 침울해 보여. 그래서 아이의 목소리를 듣거나 당신을 보게 되는 게 두려운지도 몰라. 당신에게 미안한 일이지만 만약 이번에도 돈을 벌지 못하면 돌아갈 수 없을 것 같아. 아이와 당신을 보게 된다면 너무나 고통스러울 거야. 아이와 당신에 대해 가지는 연민이나 죄책감이 이젠 싫어. 알겠어? 성공하지 못하면 이젠 영원히 헤어져 있을 수밖에 없어. 아이를 부탁해."

이젠 더 이상 참을 수 없어요. 당신이 돌아오길 기다리는 게 너무 힘들어요. 여기서 모든 걸 관두고 싶어요. 우리 이혼해요. 나는 이 말을 하고 싶었다. 하지만 내가 미처 말을 꺼내기도 전에 남편은 전화를 끊어 버렸다. 내가 무슨 말을 할지 다 알고 있는 듯 서둘러 전화를 끊는 것이다. 그게 한 달 전의 일이었다.

그래서 나는 그의 물건을 하나씩 버리고 있는 중이다. 그저 플라스틱처럼 아무 감정도 느껴지지 않는 소지품을 더러운 쓰레기에 섞어 내다 버린다. 그의 책은 복지관의 도서실에 기증했다. 그가 즐겨 읽었던 위대한 인물의 자서전이나 입지전이 전부인 책을 보고 사회복지사는 요즘 사람들이 선호하는 책이군요. 모두들 성공하고 싶어 하니까요, 하고 말했다.

증권회사에 다니면서 그가 즐겨 읽었던 책은 영웅들의 성공담을 담은 책이었다. 자수성가의 전형을 보여 줄 것이라고 호언하던 그는 정리해고 되었을 때조차 그 책을 손에서 놓지 않았다. '이대로 짝사랑만 하다가 끝낼 수는 없어.' 남편은 무언의 의지를 보였다. 그러나 아파트를 담보로 하여 그가 벌인 사업들은 그를 보기 좋게 배반하였다. 장의용품 백화점, 건강식품 대리점, 당구장 등 자금이 바닥나면서 사업 규모는 갈수록 줄어들고 나중엔 포장마차 같은 장사도 그의 의지대로 움직여 주지 않았다. 그를 괴롭혔던 문제는 그뿐만이 아니었다.

그가 이 집을 떠나게 된 결정적인 이유는 바로 쥐 때문이었다. 너무나 사소한 이유였지만 남편으로서는 인간 존재의 무력성을 견딜 수 없다, 하고 부르짖을 만큼 심각한 것이었다. 남편은 쥐를 몸서리치게 싫어하였다. 열 가구가 넘게 사는 이 낡은 연립주택의 천장에는 쥐들의 배설물이 여기저기 묻어 있었다. 쥐는 난데없이 나타나 공동화장실의 비누를 물고 가거나 휴지통을 뒤집어 놓고 가기도 하였다.

"어릴적 지지리도 가난했던 우리집에는 늘 쥐가 들끓었지. 아이들은 '마우스, 마우스.' 하고 나를 놀려댔지. 아이들은 아무도 나와 친구가 돼주지 않았어. 난 연탄집게로 눈알을 찌른 쥐를 그들에게 던짐으로써 앙갚음을 하곤 하였지. 쥐와 함께 살아가야 하는 불결한 환경이 얼마나 사람을 비참하게 만드는지 당신은 모를 거야. 내가 돈을 악착같이 벌려고 하는 이유를 이젠 알겠지? 가난을 떠올리게 만드는 현재의 생활이 나를 얼마나 갉아먹고 있는지 당신은 상상도 하지 못할 거야. 난 노력했어. 한 번도 게으름을 피우지 않고 열심히 일했어. 그래서 난 양지에 있었던 당신을 만날 수가 있었던 거지. 난 당신이 안락한 집에서 살아왔기에 선택한 거야. 당신이 만약 가난했더라면 아마 난 당신을 선택하지 않았을 거야."

그렇게 일장 연설을 하고 남편은 떠났다. 쥐와 함께 살아갈 우리들을 동정하면서, 혐오하면서 그렇게 떠났다.

아이들이 계단을 뛰어오고 있는 소리가 들려온다. 나는 황급히 방을 치운다. 네댓 명의 아이들이 들어서자 방안은 꽉 차버린다. 한 아이가 피아노를 치면 나머지 아이들은 방 안에 앉아 악보의 계이름을 익혀야 한다. 아이들은 도, 미, 솔 짚어 읽으면서도 장난 거리가 뭐 없을까 하고 주위를 두리번거린다. 또한 아이들은 틈만 나면 공터에서 축구를 하곤 하였다. 아이들의 고함소리로 공터는 시끌벅적했다. 이와 반대로 대단지 아파트의 넓은 놀이터는 한적하다 못해 황량했다. 노인 몇 명만이 볕이 잘 드는 벤치에 앉아 해바라기를 하고 있을 뿐이었다. 아이들의 서툰 피아노 연주를 들으면서 나는 창문을 통해 바깥을 내다본다. 익숙한 골목 풍경이 한눈에 들어온다. 1층 상가 아래에 있는 쌀가게, 분식점, 속옷가게, 식육점, 청과물 가게의 주인들이 모여 앉아 고스톱을 치고 있다. 그들은 과연 내가 이혼을 할 것인가, 남편은 이제 영원히 돌아오지 않을 것인가에 대해 서로 이야기를 주고받을지도 모른다.

나는 피아노만은 처분하지 않았다. 남편의 강요에도 불구하고 피아노만은 팔지 않았다. 영욕의 세월을 상징하듯 피아노 건반 위에 먼지가 뽀얗게 쌓이도록 처음엔 피아노에 손도 대지 않았다. 좁은 방 안에 천덕꾸러기처럼 들어앉아 있는 피아노를 남편은 견디지 못했다. 쥐와 같군, 쥐처럼 아픈 현실을 각인시켜 주는 물건이라고 말했다. 하지만 나에게 있어서 이 피아노는 현실을 이겨낼 수 있는 유일한 희망이었다.

언젠가는 과거의 성공적인 독주회를 다시 한번 할 수 있으리라고 생각하고 있었다. 이 고가의 피아노를 본 눈치 빠른 여자들이 나에게 하나둘 아이를 맡겨 왔다. 아파트 상가의 비싼 개인 레슨 대신 나에게 아이들을 보냈다. 그들은 돈을 모으면 먼저 집을 사고 그다음엔 꼭 피아노를 살 것이라고 말하곤 하였다. 피아노는 그들에겐 가난을 탈출한 증거요, 상징이 될 것이 분명했다. 여자들은 일터로 가면서 나의 피아노 연주에 미소 짓곤 하였다.

왼손잡이인 아이는 오른손으로 글자를 쓰는 연습을 하고 있다. 네모난 칸에 우직하게 글자를 쓰고 있는 아이의 엄지와 검지엔 굳은살이 박혀 있다. 글씨 쓰는 연습을 다하고 난 뒤엔 나의 피아노 반주에 맞춰 동요를 불러야 한다. 아이는 입 벌려 노래를 부르는 것을 지독히도 싫어한다. 하지만 학예회 행사 중 반 전체가 나가는 것이어서 아이는 어쩔 수 없이 연습

을 해야만 했다. 무대 위에서 전력을 다해 입을 벌리고 불러야
하는 아이들이 가엾게 느껴졌다. 이렇듯 아이들은 늘 어른들
의 비위를 맞추며 살아가야 한다.

바깥은 누런 먼지가 떠다니고 있는 황량한 겨울 풍경을 연
출하고 있다. 공사는 여전히 계속되고 있다. 펄럭거리는 현수
막과 영화 포스터가 풍경을 더욱 을씨년스럽게 만든다. 공터
에는 불량 남녀 학생들이 모여 담배를 피우거나 주차해 놓은
차 뒤에서 애무를 하기도 했다. 가끔 순찰차가 와서 경찰이 학
생증을 요구하고 손바닥으로 남학생의 뺨을 때리거나 여학생
의 가슴 한가운데를 손가락으로 꾹꾹 누르기도 하였다. 학생
들이 놀다간 공터에는 본드와 담배꽁초, 여학생의 머리핀과
스타킹이 나뒹굴기도 했다. 동네 사람들은 그들이 놀다간 자
리를 치우면서 하루빨리 이 공터가 없어져야 한다고 말했다.
이 공터의 주인은 바로 3층 대리석 집이다. 조만간 공터가 폐
쇄될 것이라는 소문이 나돌았다. 이 자리에 여관이 들어설 것
이라는 소문이 돌았다. 공터마저 없어진다면 이 동네는 더욱
황량해질 것이다.

어두컴컴한 복도에 등이 켜진다. 계단식 복도에 횡렬로 열
가구가 나란히 서 있는 맨 가장자리에 위치한 우리 집은 늘
소음에 시달린다. 내 방과 옆 방 사이를 가로막고 있는 벽은

너무나 얇다. 옆방에서는 오늘도 어김없이 부부싸움을 한다. 내가 견디지 못하는 것은 바로 부부싸움 끝에 들려오는 심상치 않은 소리 때문이었다. 살과 살이 부딪치며 내는 신음. 나는 그 소리에 양손으로 귀를 막는다. 아이가 벽에 신경을 곤두세우고 있으면 나도 모르게 아이에게 소리를 지르기도 했다.

나는 텔레비전 소리를 높인다. 화면에는 오래전에 죽은 한 가수의 사후 몇 년을 기념하는 기획 프로그램이 방송되고 있다. 부인과의 불화를 견디지 못해 목을 매 자살했다는 가수였다. 그 가수의 노랫말과 목소리가 생각났다. 인간에 대해 그토록 깊은 애정을 가진 사람이 어떻게 자살할 수 있을까. 나는 수십 년 전 그때도 그 가수의 영정을 유심히 바라보았었다. 사진 속의 그는 희미하게 웃고 있다. 아이는 밖으로 나가자고 졸랐다. 나는 아이에게 외투를 입히고 목도리까지 둘러 주었다.

거대한 빌딩 위에 세워진 옥외 전광판은 달 보다 더욱 찬란하게 보인다. 대형 영화관을 방불케 한다. 그 때문에 달은 갈수록 빛을 잃어버려 사람들은 어, 달이 사라졌잖아, 하고 말하곤 했다. 공익광고, 보험광고, 스포츠의 장면들이 몇 초 간격으로 계속 이어지고 있다. 대낮처럼 거리는 활기에 차 있다. 불을 켠 채 질주하는 차의 엔진 소리, 오토바이에 올라탄 아이들의 괴성이 화려한 쇼를 연상케 한다. 아이는 전광판 보는 것을 즐거

위한다. 밤이 되면 아이는 아파트 입구 네거리까지 가자고 조른다. 우리는 전광판을 마치 텔레비전 보듯이 바라보곤 한다.

사람들은 종종걸음으로 바삐 어디론가를 향해 가고 있다. 행진처럼 보인다. 도시의 겨울밤은 화려하기도 하지만 황폐하기도 하다. 네온사인은 끊임없이 깜박거리지만 사람들은 그것이 주는 현란함 보다는 상업적인 유혹에 더 질려 하였다. 하지만 그 어느 누구도 네온이 없는 밤을 상상하지 못할 것이다.

아이는 입김을 뿜으며 전광판을 뚫어져라 쳐다보았다. 기온이 영하로 내려간다는 일기예보가 삼 분 간격으로 나오고 있다. 나는 아이를 재촉한다. 아이는 벌써, 하는 원망 어린 눈으로 나를 쳐다본다. 나는 아이의 손을 잡고 집을 향해 걷기 시작한다.

아파트 상가 옆 빈터엔 벌써 몇 대의 차가 주차되어 있다. 시동이 걸린 채로 서 있는 하얀색의 차가 눈에 띈다. 차 뒤 유리 사이로 남녀의 음영이 희미하게 드러난다. 아이는 공터에 놓여 있는 쇠파이프 위로 올라간다. 지옥으로 가는 통로처럼 휑한 쇠파이프 사이로 드나들며 놀기 시작한다. 차 안의 남녀는 격렬하게 포옹한다. 가끔씩 지나가는 차들의 헤드라이트로 인해 차 안의 풍경은 카메라의 플래시가 터질 때의 순간처럼 아주 짧게 안을 비춘다. 그러자 차 안에 있던 여자의 얼굴이 또렷이 보인다. 바로 청삽사리가 있는 3층 대리석 집의 며느리이다. 그녀는 남자와 입술을 포개고 있다. 남자는 그녀의 뒷머리에 한 손을 대고 고개를 숙이고 있고 그녀는 거의 뒤로 넘어갈 듯 남자의 가슴에 매달려 있다.

갑자기 아이의 비명이 들려온다. 아이는 쇠파이프 아래 땅바닥으로 떨어졌다. 아이의 흐느끼는 소리는 적막한 겨울밤 풍경을 뒤흔든다. 차는 황급히 우리 곁을 지나친다. 차의 운전석에 앉아 있는 그녀의 옆모습이 보인다. 차는 공터를 빠져나와 상가 쪽으로 가고 있다. 아이의 무릎에서 피가 배어져 나온다. 나는 아이를 업고 집으로 걷기 시작하였다. 대리석 집의 문이 열리고 하얀 차가 들어가고 있다. 차고 한쪽에 조금 전 차 속의 그 남자가 고통스러운 표정으로 서 있다. 차고 문이 자동으로 닫혀버리자 남자는 어깨를 잔뜩 구부린 채 아파트 쪽으로 걸어간다. 그제야 나는 상가 여자들이 수군대던 것이 떠올랐다.

"공터에서 왜 그 짓을 하는지 몰라. 그 집 며느리 간도 크지. 아마 집안 식구들도 포기하고 있는 것 같아. 남의 눈 때문에 며느리를 내치지도 못하는가 봐."

공고한 가정이 유지되기 위해서는 은폐되어야 할 비밀과 거짓말이 있는 법이다. 부조리한 세계 속에서는 그 어떤 것도 명확하게 구별 지을 수가 없다. 독하지 않으면 살아나갈 수가 없지. 부조리에 강하지 않으면, 독하지 않으면, 시궁창에 발을 담그지 못한다면 낙오하게 돼. 아이는 여전히 자신의 무릎 상처를 들여다보고 있다. 붕대 위로 피가 스며든다.

'이제 더 이상 너에게 거짓말하고 싶지가 않아. 아빠는 짐이 된다고 너와 나를 버렸어. 이제 알겠니? 그러니 이제 너도 아빠를 잊어버려.'

하지만 나는 말하지 못한다. 아이의 눈을 들여다볼 용기가 나지 않는다. 나는 상처를 들여다보고 있는 아이를 끌어안는다. 아이는 조그만 손으로 내 목을 끌어안는다. 바람 소리가 더욱 거세게 들려온다.

결국 공터는 폐쇄되었다. 포클레인이 공터를 마구 헤집고 있다. 한 소녀가 공터에서 아기를 낳은 것은 사흘 전의 일이었다. 밤중에 소녀는 공터 쇠파이프 옆에 누워 혼자 아기를 낳은 것이다. 소녀의 숨죽인 비명과 새로 태어난 아기의 울음소리가 뒤섞인 채 들려왔고 그 소리를 들은 사람들이 잠에서 깨어나 달려갔을 때는 이미 아기가 죽은 뒤였다. 소녀는 양손이 피범벅이 된 채 죽은 아기의 몸 위로 흙을 뿌려대고 있었다. 사람들은 아기의 목에 날카로운 손톱자국이 있었다고 말했다. 소녀는 사람들이 죽은 아기를 보자기에 싸고 있는 동안 도망쳤다. 동네 사람들은 태반이 나오지 않은 채 도망을 간 소녀의 건강을 염려하였다. 또한 불미스러운 일의 온상이 되고 있는 이 공터를 이번 기회에 없애야 한다고 말했다.

공터에 있던 잡목이 쓰러진다. 나무뿌리가 드러난 자리는
어금니가 뽑힌 잇몸처럼 휑하게 보인다. 3층 대리석 집의 사
람들은 자주 공터에 나와 인부들에게 작업 지시를 했고 며느
리는 인부들에게 커피나 간식을 주기도 하였다. 그녀는 자신
이 격렬하게 키스하던 장소를 물끄러미 바라보기라도 하듯이
오래도록 서 있곤 하였다. 포클레인이 멈추어 설 때마다 아이
들은 달려가 파헤친 흙더미를 살펴보기도 하고 쌓인 흙덩이
위로 올라가기도 한다. 쓰레기를 태우던 노파는 고추와 상추
모종을 심어놓곤 하였던 보잘것없는 한 뼘의 텃밭이 사라지는
것을 보고 망연자실 바라보고 있다.

아파트 신축 공사는 여전히 진행되고 있다. 남편에게서는
아직 연락이 오지 않고 있다. 그는 영원히 돌아오지 않을지도
모른다. 희망을 꿈꾸는 자만이 자유롭게 떠날 수 있다. 아이는
공터의 한 곳에서 뭔가를 집어 나에게로 가져온다. 그것은 바
로 노란 별을 머리에 인 것 같은 민들레꽃이다. 아이는 뿌리째
그것을 캐내어 와서 나의 손바닥에 올려준다. 잔뿌리가 내 손
바닥에 가득하다. 나는 아이의 목덜미에 얹혀 있는 아침 햇살
을 바라본다. 부챗살처럼 넓게 퍼진 햇살이 점점 더 둥글게 모
이면서 공터를 비춘다.

강물

개가 짖고 있다.

"이놈의 개들이 미쳤나? 어디 주인을 보고 짖어?"

나는 사내의 고함 소리에 회심의 미소를 짓는 것과 동시에 개들이 일을 그르칠지도 모른다는 불안감에 사로잡혔다. 개들이 반역의 냄새를 피운다면 위험해진다. 개의 충직함이라는 속성은 전 주인인 사내를 해치든 나를 해치든 양날의 칼이 될지도 모르기 때문이다. 그렇게 되면 사내에게서 달아나기 전에 죽을 수도 있다.

사내는 개를 무서워하는 나를 단박에 알아차렸다.

"이게 뭐라고 무섭다는 거야? 사료도 주고 물도 주고 해야하는데. 청소도 이젠 네가 해야 하는데. 이렇게 한심하니 물에 뛰어들었겠지. 그럼 그때처럼 죽을 각오로 저놈들과 친해져봐."

사내는 나의 옷가지들을 개 우리에 던졌다. '네 냄새에 길들여질 거야. 그럼 충성심도 생기겠지.' 세 마리의 개가 옷가지에 달려들었고 내 옷을 사정없이 찢기 시작했다. 나는 양손으로 귀를 감싸고 마당에 주저앉았다. 하지만 지금은 그때와 다르다. 개와 나는 교감을 나눌 만큼 긴 고통의 연대가 있다.

조바심이 났다. 서둘러 주걱으로 푼 밥의 한가운데에 침을 뱉고 그 위를 밥으로 다시 덮었다. 민물 매운탕에는 액체 소독제를 한 방울 떨어뜨리고 휘휘 저었다. 고기반찬에는 수면제까지 갈아 넣어 무쳐 두었다. 사내의 아내가 쓰던 안방 화장대 서랍에는 수면제가 가득하였다. '불면증인지 뭔지 밤새도록 이곳 유원지를 돌아다니더니. 쯧쯧. 낚시하는 영감과는 그래서 친해졌을지도 모르지. 어쩌면 더한 일이 일어났을지도. 나쁜 년. 하지만 다 지나간 일이야.' 사내는 마누라가 몇 해 전 집을 나갔다고 했다. 행방을 찾아 수소문하였다가 나중엔 면사무소에 가서 세대원 취소는 물론 경찰서에 행방불명 신고까지 깨끗이 마쳤다고 말했다. 마치 마누라가 이 세상에 없는 것처럼 단언하는 듯 말하는 사내의 태도에 어쩌면 그의 마누라가 나처럼 음식에 수면제를 넣었을지도 모른다는 생각이 들었다. 자신을 잠재우는 것이 아니라 온전히 남편을 잠재우기 위해서, 그러니까 사내를 수마의 늪 속으로 빠뜨리지 않고서는 살 수 없는 고통스러운 밤이 그녀에게 있었을지도 모른다. 상

위에 소주까지 넉넉히 올려두었으니 사내는 오늘 밤도 쉽게 곯아떨어질 것이다.

나는 식당 조리대 옆 창문으로 바깥을 내다보았다. 사내는 마당에서 훌렁훌렁 옷을 벗고 알몸이 된 채 수도 호스를 이리저리 돌리며 몸에 물을 뿌려대고 있다. 처마에 걸린 전등의 불빛이 물로 흥건한 마당 위를 비췄다. 마당은 마치 으깨진 토마토처럼 질펀해졌다. 사내가 망나니처럼 물을 뿜어대고 몸을 흔들며 칼춤을 추는 것처럼 느껴졌다. 그는 오랫동안 몸을 씻었다. 하지만 사내의 몸에서 피어오르는 날것의 냄새는 좀처럼 가시지 않았다. 사내는 나의 온몸에 그 비릿한 냄새를 새겨놓았다. 나는 하루에도 몇 번씩 손과 팔, 다리에 코를 갖다 대고 킁킁거렸다. 그럴 때면 개들도 앞발과 개 우리의 철제 바닥에 코를 비벼대며 킁킁거렸다. 나는 그들을 바라보고 그들은 나를 바라보았다. 짖지 않을 때의 개들은 무력하고 침울하게 보였다.

사내는 자주 개들을 굶겼다. 고라니나 멧돼지를 포획하는 데 실패하면 그랬다. '갈수록 야생성이 없어지고 있어. 저것들이 이젠 생선 대가리도 먹지 않으려고 드네. 공장에서 나오는 사료 때문이지. 마누라 년이 이렇게 만들어버렸지. 죽어도 싼 년. 어딜 달아나려고.' 사내는 이렇게 욕설을 퍼붓다가 이상한 듯 바라보는 나를 노려보며 '죽었을지도… 모르지. 너처럼… 자

살을 시도했을 수도 있지. 안 그래?' 하고 다소 당황한 듯 말을
더듬었다.

며칠 전 제방 공사를 끝으로 손님의 발길은 완전히 끊겼다.
물고기를 손질하지 못하는 나로서는 장사가 끝난 것이 다행이
었다. 사내는 입에 욕설을 매단 채 붕어와 가물치, 잡어를 손
질하다가 벌건 피가 묻은 칼을 내 얼굴 앞에 대고 마구 흔들
었다.

"너나 나나 가진 것 하나 없으면서 할 일, 못할 일 가려가며
할 수 있는 게 어디 있어? 이것을 생물이라고 생각하지 말고
돈이라고 생각하란 말이야. 이것으로 살 수 있는 것, 그러니까
금반지, 금목걸이, 화장품이나 명품가방 같은 것 말이야. 회가
아니니까 얼마나 쉬워? 대가리를 자르고 내장만 끄집어내면
되는 거야. 이 피는 네 몸에도 내 몸에도 가득해. 내가 지금 당
장이라도 널 찌르면 이 물고기와 별반 다를 게 없지. 내 마누
라는 너보단 나았어. 그년은 칼을 잘 썼거든. 물론 몸도 잘 썼
고. 흐흐. 네 사촌 오빠가 불쌍해. 한번 계집애를 덮친 대가치
곤 너무 심했지. 겨우 그딴 일로 네가 떠들어댔으니. 그것도
지난 과거를 가지고 떠들어대었으니. 그래, 한 집안을 작살내
고 나니 한이 풀렸어? 그래 놓고 강물에 뛰어들기는 또 왜 한
거지? 후회가 되었던 모양이지? 하지만 엎질러진 물이야. 눈

이 뒤집히면 그래. 정신을 차렸을 땐 이미 늦었단 말이지. 자, 이것 봐. 칼등으로 먼저 이 대가리를 사정없이 치라고. 그래야 단번에 기절시키지. 너처럼 어중간하게 내려치면 이 생물의 고통은 더 심해. 그리고 말인데, 남의 피를 먹지 않고 살 수 있겠어? 너의 그 우울증은 고기를 먹지 않아서 생긴 거야. 육식을 해야 사람 구실을 하지."

도마엔 사내가 내리친 물고기의 대가리들이 산처럼 쌓였고 피로 흥건했다. 나는 피 냄새에 코를 틀어막고 마당으로 나가서 속을 게웠다. 우리 안의 개들이 누워 있다가 일제히 일어나서 컹컹 짖었다. '시끄러워, 이 개새끼들아. 아, 씨발. 오늘도 이걸 내가 다 장만해야 한단 말이야? 미치겠군. 저런 것을 내가 왜 살려가지고.' 사내가 계속 투덜대었다.

이윽고 사내가 들어왔다. 팬티만 입은 채 검고 비대한 상체를 그대로 드러내고 슬리퍼를 끌며 의자에 앉았다.

"몇 달 동안 재미 좀 봤는데 이젠 돈을 만지기가 어렵게 되었네. 뭐 그래도 상관없어. 사냥하면 되니까. 고라니든 멧돼지든 까마귀든 까치든. 잡아 죽여야 할 것은 차고 넘치니까. 엽총을 좋은 걸로 하나 더 장만해야겠어. 근데 화딱지가 나는 게 뭔지 알아? 이 총을 경찰서에 맡기고 와야 한다는 거지. 왜 내가 산 총을 일일이 허락받아야 하는 거냐고!"

사내는 총을 반납하지 않은 채 집으로 가져오기도 하였다.

그럴 때마다 경찰서에서 전화가 걸려왔다. '술을 마셨다니까요. 음주운전으로 사고가 나면 책임질 겁니까? 어이, 왜 이러십니까? 제가 거하게 술상 한 번 차려드린다니까요? 물속의 것이든 물 밖의 것이든. 히히. 이번만 봐 주십시오.' 하지만 그의 말은 새빨간 거짓말이었다.

사내는 이미 술에 취한 것인지 수면제에 취한 것인지 몽롱한 얼굴이 되었다.

"이제 본격적으로 사냥할 수 있어. 제방 공사도 끝났으니까. 엽총 쏘는 방법을 익혀야 해. 그때처럼 비명이나 지르고 주저앉는다면 또다시 우리 속에 처넣을 거야. 개들과 함께 뒤엉켜 자고 나면 너도 사냥개처럼 사나워지겠지. 안 그래?"

사내는 내가 이젠 더 이상 개들을 무서워하지 않는다는 것을 모르고 있다. 개들에게 사료를 주고 난 뒤에도 개 우리를 떠나지 않고 더구나 개들처럼 그들의 사료와 물통에 코를 박고 핥는다는 것을 모르고 있는 것이다. 내가 먼저 누우면 우리의 한구석에 몰려 있던 개들이 한 마리씩, 나중엔 세 마리 모두 내 옆에 따라 눕곤 하였다.

사내가 큰소리로 말했다.

"아직도 그때처럼 물에 뛰어 들어가고 싶어? 이젠 구해줄 사람도 없을 텐데 말이야. 공사하느라 관광객도 낚시꾼도 끊겼으니까. 영감이 구해 줄 수 있을 것 같아? 그러기엔 너무 늙었거든. 아, 씨발. 내가 왜 하필이면 그때 그곳에 있었을까. 그렇지 않았으면 이런 푸대접을 받고 있진 않았을 텐데. 생명의 은인인 내가 이따위 취급이나 받고 있으니 말이야."

사내는 밥 한 공기와 매운탕을 허겁지겁 먹어치웠고 소주 두 병도 비웠다. 그러더니 벌떡 일어섰다. 그 서슬에 테이블 위의 소주병이 바닥으로 떨어졌다. 사내는 내 목을 한 팔로 감고 식당의 뒷방으로 질질 끌고 갔다. 나는 사내의 손아귀에서 벗어나려고 몸부림을 쳤다. 이제 수면제도 효력이 없어졌을까, 사내의 완력은 셌다.

"오늘은 가만 두지 않겠어. 너는 나 같은 수컷과 제대로 몸을 섞어야 돼. 오늘은 내가 반드시 고쳐주겠어. 너의 그 죽고 싶어 환장하는 병을 말이야."

사내는 나를 방으로 질질 끌고 갔고 어느새 문지방까지 왔다. 나는 사내의 팔뚝을 사정없이 깨물었다. 사내가 욕설을 퍼부으며 나를 따라오다가 어딘가에 걸렸고 그러자 총을 맞은 멧돼지처럼 쓰러졌다. 그리고 이내 잠에 빠져 코를 골았다. 나는 방을 빠져나왔다. 우리 안의 개들이 나를 바라보았다. 나는 다리 쪽으로 걸어가기 시작했다.

다리 아래 하천의 물은 검은빛으로 출렁거리고 있었다. 그 위를 가로등 몇 개가 희미하게 어둠을 몰아내고 있었다. 물가 어디쯤에서 영감은 밤낚시를 하며 물을 지켜보고 있을 것이다. '내가 할 수 있는 일은 이것밖에 없어. 이제 눈조차 완전히 멀어지면 이렇게 바라보는 것도 어려워지겠지.' 나도 영감을 따라 검은 물결을 바라보곤 하였다. '달빛에 젖은 물이 내 눈을 따라 들어와 몸을 적시면 이만하면 되었다, 이만하면 잘 살았다, 하는 생각이 들지. 아파트에서 홀로 죽은, 죽고도 열흘이나 지나서야 발견된 마누라도, 지금 교도소에 있는 아들도, 그것을 방관한 나조차도 잘 살았던 것처럼 느껴지는 거지. 운명대로 잘 살고 있는 것처럼 느껴지는 거지.'

그런 말을 할 때마다 영감의 눈동자엔 따뜻한 등불이 켜졌다.

처음 영감을 보았을 때도 그랬다. 영감은 메기 몇 마리를 손에 들고 식당 안으로 들어왔었다. 사내가 얼굴을 찌푸렸다.

"영감 것은 받지 않아. 여긴 따로 들어오는 데가 있단 말이야. 잘 알면서 그래."

"심심풀이로 잡은 것인데 돈을 왜 받아?"

그제야 사내가 메기를 받아 수족관에 던져 넣었다.

"그냥 밥만 한 끼 주면 되네."

"고기반찬은 없어. 이 여자는 고기도 못 만지니까 일일이 다 내가 장만해야 해."

"나물밥이 그리웠는데 잘됐군."

"그러니까 멀쩡한 집 놔두고 왜 이렇게 한데서 사는 거냔 말이오. 교도소에 있는 아들도 뭐, 감격할 줄 아시우? 아버지가 저처럼 고생한다고 말이오? 난 새끼가 없어도 그건 알겠어."

그러자 영감의 얼굴이 눈에 띄게 어두워졌다.

"그걸 어떻게 아는가? 혹시 자네가 날 신고한 건가? 몇 년 전에 말이야. 수상하다고, 교각 아래 일어났던 부녀자 살인범 같다고 말이야."

"말이야 바른말이지. 영감이 그 고물차에서 내려 천막을 칠 때부터 수상하긴 수상했지. 전염병이 창궐하는데 집을 나와 여기 유원지에 천막을 치니까 말이우."

"아들이니 교도소니 이런 걸 어떻게 알았단 말이야?"

"누구긴 누구겠소? 내 마누라지. 그년은 말을 참지 못하지. 입만 근질근질했을까, 몸도 근질근질했지. 여기 있는 이 여자는 뭐, 완전히 돌이야. 냉기가 말도 못 해. 몸만 닿아도 경기를 한다니깐. 그리고 독하지. 독한 년이지. 안 그래요? 죽으려고 물에 뛰어든 년이니까."

사내의 말에 나는 살의가 솟구쳐 올랐다. 목숨을 살려준 은인이라는 탓에 내 치명적인 비밀을 말했던 게 함부로 쏜 화살처럼 되돌아온 셈이다. 나는 이를 악물었다. 영감이 말했다.

"그만 두지. 가야겠군."

그때 내가 말했다.

"드시고 가세요."

영감이 가버리고 나면 기어이 그를 죽일 것만 같았다. 나를 능욕했던 사촌 오빠와 가족들을 대신하여 그를 희생의 제물로 쓸지도 몰랐다. 영감이 나의 참혹한 표정을 보았을까, 도로 의자에 앉았다. 나는 콩나물과 애호박, 무친 나물과 고추장, 된장 뚝배기와 갓 지은 밥을 테이블에 올려놓았다. 그리고 소주 한 병을 내놓자 사내가 야릇한 웃음을 지으며 나와 영감을 번갈아 쳐다보았다.

"늙은 노숙자와 자살하려던 여자가 기묘하게 만났네. 식성도 같고. 전생에 부부였는지도 모르지."

영감이 숟가락을 들다가 다시 테이블 위에 놓았다. 딸깍 내려놓는 소리가 요란하게 들렸다.

"이거 왜 이래요? 샘이 나서 그러는 건데. 영감은 여자 복이 많아. 죽은… 아니, 죽었는지 살았는지 모르지만 내 마누라도 영감 타령을 했었고 죽었다가 살아난 이 여자도 지금 이렇게 밥상을 차려주고 있으니 말이오."

영감이 말했다.

"그러니까 그날 왜 구급차에 실어 보내지 않았어? 그랬으면 이렇게 두 사람이 서로 마주 볼 일도 없었을 텐데 말이야."

사내가 소주를 벌컥 들이마시며 말했다.

"내가 잡은 고긴데 왜 놓아줘? 그리고 이 여자는 얼마 못 살아. 지금도 어떻게 하면 죽을 수 있을까, 날짜 받아 놓은 것처럼 하고 있으니까 말이야. 그리고 내가 뭐 좋아서 이 여잘 구해준 줄 알아요? 제방 공사가 곧 시작되어 일꾼들 밥 해줘야 하는데, 일손이 없는데 어쩔 거야."

영감은 기가 막힌 듯한 얼굴이 되었다. 영감은 의자에서 일어섰다.

"이렇게 성가시게 만들어서 미안하우. 나물 반찬에 된장찌개에. 오랜만에 잘 먹었소."

영감이 식당을 나갔다. 영감의 미안하다는 말이 낯설었다. 단 한 번도 들어보지 못했던 말이었다.

말기암으로 죽어가던 사촌 오빠는 끝내 사죄하지 않았다. '지금이 유일한 기회야. 제발 사과해, 사과하고 죽어.' 나는 간병인이 없는 틈을 타서 사촌 오빠의 귀에 대고 속삭였다. 그러나 그는 메밀묵 같은 눈빛으로 나를 올려다볼 뿐이었다. 견딜수 없어 그의 뺨을 사정없이 갈겼다. 사촌 오빠는 사과 대신 비열한 쓴웃음을 지을 뿐이었다. 나는 '암이 천벌이라고 생각하고 부디 나한테는 부끄러워 사과하지 못하더라도 하늘에는 참회하고 가. 그래야 가는 자신 맘이라도 편할 게 아냐' 라는 마지막 말을 남기고 집으로 돌아와 가족과 친지들에게 과거의 사실을 모두 알렸다.

"사촌 오빠가 나에게 무슨 짓을 한 줄 알아요?"

그러자 아버지뿐만 아니라 가족과 모든 친지가 내 말을 의

심하였다.

"그럴 리가 없다. 그 아이는 종손이야. 그럴 아이가 아니야. 만약 그렇다고 해도 이제 얼마 남지 않는 시한부 환자에게 그게 할 말이냐?"

"나는 그 무서운 사건 때문에 연애도 결혼도 못하고 삼십 년을 처참하게 살았어요. 내 고통은 보이지 않아요? 나도 시한부 인생이나 마찬가지라고요."

그러나 가족들은 나의 고통을 무시했다.

"입 다물어라. 너 때문에 우리 집안 꼴이 어떻게 되었는지 아니? 이 아비는 이제 다시 큰집에 가지도 못해. 이게 네가 한 짓이다. 벌은 네가 받아야 해. 네가 먼저 죽어야 했는데. 우리 집안의 종손이 죽게 되다니. 우리 집안은 이제 대가 끊기는 꼴이 된다. 그러니까 나가거라. 나가서 죽어버려라."

둔치엔 하천 제방과 교량 공사를 마치고 미처 신고 가지 못한 구조물이 방치되어 있었다. 새로 만든 교각은 사람의 뼈처럼 보였고 그것은 깜깜한 밤중에도 형광의 색을 발하는 것처럼 느껴졌다. 점심때가 되면 공사 인부들은 땀 냄새를 풍기며 식당 안으로 들어와 허겁지겁 밥을 먹고 나가곤 했다. 사내는 인부들과 공연한 일로 자주 말다툼을 했고 결국 인부 중 한 사람이 수족관에 담배꽁초를 던지고 나가버린 일이 있었다. 그러자 사내는 개들을 몰고 나갔고 공사 현장에 개들의 목줄을 풀었다. 개들은 정확히 그 사람을 찾아냈고 그 사람은 개들을 피하려다가 모래더미 위로 넘어졌다. 주위에 있던 인부들이 개를 에워쌌지만 속수무책이었다. 개들은 이빨을 드러낸 채 쓰러진 사람을 향해 으르렁거렸다. 결국 그 사람이 잘못했다고 빌고 나서야 사내가 개의 목줄을 채웠다.

그때 그 사람이 쓰러졌던 곳은 지금 시멘트로 말끔히 포장되어 있다. 어느새 나는 강변 앞에 와있었다. 나는 발걸음을 죽이며 걸었다. 영감은 여전히 빈 낚싯대를 드리우고 있었다.

"고기는 낚을 때 천 냥이고 먹을 때는 서푼이다 하는 말이 있어. 고기 잡는 기분만 내는 거야. 이렇게라도 낚시를 하는 시늉을 하지 않으면 사람들이 수상하게 생각하고 거기 매운탕 식당 사장처럼 범법자로 여기거든. 이렇게 낚시를 하는 척이라도 해야 의심을 하지 않아. 감염병이 아니어도 사람들이 어울려 사는 일은 갈수록 어려워지고 있어."

"물고기도 사라지고 있는 것 같아요. 잘 보이지 않아요."

"그렇지. 제방 공사를 하면서 얼마나 시멘트를 들이부었던지. 쯧쯧. 독성물질이 강물 속으로 스며들어 간 게지. 자네가 여기 오기 전의 일이라 잘 모르겠지만 그땐 참으로 강물이 맑았고 물고기도 많았었지."

영감이 희미한 웃음을 지었다.

또다시 그날이 떠올랐다. 결국 사촌 오빠가 죽고 장례식을 치르고 난 뒤였다. 나는 집을 나갈 계획을 세우고 있었다. 갑자기 내 방문이 벌컥 열렸다. 아버지가 문 앞에서 심장을 부여잡은 채 고통스러운 얼굴로 '병원, 병원….' 하며 신음을 내고 있었다. 하지만 나는 그런 아버지를 외면하고 안방에 들어가 돈과 돈이 될 만한 것을 가방에 쑤셔 넣었다. 현관을 내려서자 뒤에서 쿵하는 소리가 들렸다. 나는 뒤도 돌아보지 않고 집을 빠져나왔다.

시외버스 정류장에서 출발이 임박한 차에 올라탔고 그렇게 도착한 곳이 바로 이 소도시였다. 나는 텐트와 물을 사서 이곳 유원지에 자리를 잡았다. 그리고 하천 강둑 옆에서 하루 종일 멍하니 물만 쳐다보았다. 하지만 과거의 일은 흐르는 강물처럼 풀리지 않았다. 그렇게 며칠이 지났을까, 그날의 강물은 갈탄처럼 검었다. 내 옷의 호주머니에는 강변에서 주운 돌로 가득했다. 나는 강가의 얕은 물속으로 걸어가다가 이내 깊은 곳까지 걸어 들어갔다. 물풀이 완전히 끊어진 곳까지 걸어 들어오자 몸이 쑥 아래로 빠졌다. 그 물속에서 심장을 부여잡고 쓰러지던 아버지와 어머니, 언니들, 그리고 죽은 사촌 오빠를 보았다. 그들은 현실에서처럼 나를 못마땅한 얼굴로 노려보고 있었다.

갑자기 아래로 쑥 빠지는 것을 느꼈다. 이윽고 나의 몸은 완전히 잠겼다. 그때였다. '아이고 어째, 사람이 물에 빠졌어.' 사람들의 아우성과 함께 이내 누군가가 나를 잡아당기고 있었다. 내 목덜미를 한 팔로 감는 것이 느껴졌고 나는 몸부림치며 그 손아귀에서 빠져나오려고 했다. 그러나 그 손아귀는 더욱더 내 목을 감았고 나중엔 내 머리카락을 움켜잡고 끌어당겼다. 어느새 물 바깥으로 올라왔을까, 나의 입에 숨을 불어넣고 있는 느낌이 들었다. 담배 냄새와 비릿한 냄새가 났다. 누군가가 내 뺨을 연신 두들겼다.

"이봐. 이봐. 정신 차려."

나는 토하듯이 물을 뿜어냈다. 누군가가 고함을 질렀다.

"이게 무슨 좋은 구경이라고 이렇게 모인 거야? 그리고 어느 놈이 구급차를 불렀어? 사람 피곤하게."

구급차의 경적 소리가 들려왔다. 또 다른 말소리도 들렸다.

"살았네. 살았어."

그게 바로 영감이었다. 나는 그만 정신을 잃고 말았다.

나는 알몸이 되어 이불 속에 있었다. 방바닥 한쪽에 내 옷이 뭉쳐져 있었다. 순간 삼십 년 전의 일이 마치 어제 일처럼 선명하게 다가왔다. 벗겨진 교복과 양말. 나는 속옷으로 피로 번진 방바닥을 닦고 그것을 몰래 집 밖으로 나가서 버리고 돌아왔다. 그날의 적요, 그 숨 막히는 적막감이 되살아나는 듯 느껴졌다. 이윽고 사내가 들어왔다.

"어이, 일어나. 내 생전에 여자에게 밥상 차려준 것은 처음이네 그래. 옷은 세탁기에 넣어서 빨래를 하든지 버리든지. 옷장에 여자 옷이 있을 거야. 어이, 난 나가야 하니까 일은 알아서 하고. 청소를 하면 좋겠군. 개 우리도. 참, 내 집에서 죽을 생각은 하지 마. 그럼 멧돼지처럼 잘라 저 강에 던져 고기밥이 되도록 해버릴 테니까."

사내가 나가자마자 개들이 짖는 소리와 함께 차의 엔진 소리가 요란하게 들려왔다. 나는 장롱 속의 옷을 찾아 입고 방을 나가 식당 안으로 들어갔다. 물고기가 들어있는 수족관과 어지럽게 놓여있는 테이블과 의자가 한눈에 들어왔다. 그리고 식당 밖에는 거대한 개 우리가 마당의 반을 차지하고 있었다. 오랫동안 청소하지 않은 듯 우리 안은 개들의 털과 분비물이 한데 엉켜 고약한 냄새를 피우고 있었다. 나는 강변과 둔치가 훤하게 내려다보이는 식당 밖 의자에 앉아 밖을 멍하니 바라보았다. 얼마나 되었을까, 저녁놀이 강물 위로 번지기 시작했다.

사내의 차가 들어서자 개들이 우리 안으로 재빠르게 들어갔다. 사내는 마당에서 몸을 씻고 난 뒤 밥을 먹고 소주를 마셨다. 그런 며칠이 지났을까. 생명의 은인에 대한 보은의 마음으로 닦고 치우고 음식을 장만하던 평온함은 그날로 끝이 났다.

"물에 왜 뛰어들었던 거야? 말해 봐. 무슨 사연이 있었던 거야?"

술기운 때문이었을까, 내 입에 물린 재갈을 내 손으로 제거하였다. 나는 고등학교 때 대학생인 사촌 오빠에게 겁탈을 당했고 그 엄청난 일을 삼십 년 동안 발설하지 못한 채 살아야 했고 끝끝내 사촌 오빠에게서 사과를 받지 못했고 결국 가족들에게 그 일을 고했던 것 때문에 집에서 도망쳐나왔다는 것을 사내에게 발설하고 말았다. 그러자 사내의 얼굴이 사정없이 일그러졌다.

"어쩌자고 나는 이런 년을 살렸을까. 내 팔자는 늘 이래. 꼭 달아나려고 하는 년들만 만나거든. 내 어머니도 그랬고 내 마누라도."

나는 사내의 말에 온몸이 얼어붙었다. 사내의 분노한 얼굴위로 아버지의 성난 표정과 끝끝내 사과하지 않았던 사촌 오빠의 얼굴빛이 겹쳐졌다. 사내는 고작 다섯 살의 자신을 끌어안고 저수지 속으로 들어갔던 자신의 어머니를 이야기했다.

"그게 한두 번이었겠어? 남편이 아무리 때린다고 쳐도 자식새끼와 끝장을 보려고 하는 어미가 어디 있겠어? 난 어머니가 내 손을 잡기만 해도 경기를 했어. 그러면 아버진 어머니를 더 때렸지. 귀한 아들에게 도대체 무슨 짓을 했냐고 말이지. 그러다가 그날, 어머니의 손을 뿌리치고 저수지 반대편 쪽으로 달아났지. '죽는 게 나아. 죽어버려.' 내가 이렇게 어머니에게 소리쳤지. 어머니가 죽어야 내가 살겠더라고. 그리고 정말 어머니가 죽었어. 퉁퉁 불어 터진 채 물 위로 떴어. 씨발. 아버지가 그랬어. 자살하는 년 때문에 집안이 박살이 났다고."

사내가 욕설을 퍼붓더니 발작적으로 내 손을 확 잡아끌었다.

"이런 년은 정신상태를 고쳐야 해. 한 집안을 끝장낸 주제에 반성은 못할망정 죽겠다고 작정했으니. 기가 막혀. 내가 널 처리하겠어. 살렸으니 죽일 수도 있겠지."

사내는 내 손목을 우악스럽게 잡은 채 마당을 지나 개 우리쪽으로 끌었다. 개들이 사납게 짖었다. 사내는 개 우리의 걸쇠를 끄르고 나를 밀어 넣었다. 사료통과 물통이 엎어지면서 요란한 소리를 냈고 개들이 나를 향해 달려드는 것이 느껴졌다.

사내가 우리 문을 닫았다.

"뜯기든 잡아먹히든 내 알 바가 아니지. 저 개새끼들은 야생의 짐승을 잡는데 선수니까 너같이 덜떨어진 계집년도 잘 다룰 거야. 잘해 봐."

내가 정신을 잃었던 것일까, 깨어났을 때는 개들이 내 얼굴을 핥고 있었다.

바로 그때 영감이 말했다.

"무슨 생각을 그렇게 해? 상념을 지워야 해. 상념이 많으면 '지금 여기'에 온전히 머물 수 없어. 상념을 완전히 지우면 여기가 도피처인 도피안이 되고 또한 차안을 넘어 피안에 도달하는 즉 도피안이 되는 거야. 원효 스님이 말씀하신 일체유심조인 거지."

그러면서 영감은 고개를 들어 하늘에 떠 있는 보름달을 바라보았다.

"저 보름달 때문일까, 오늘따라 아들이 너무 보고프네. 아들은 패싸움에 말려들었지. 아들의 친구가 칼로 상대편을 찌르고 달아났는데 아들이 그만 그 친구를 따라 도망친 거지. 그 자리에서 신고를 하고 구급차를 불러야 했는데 말이야. 내가 아들에게 물었지. 왜 그랬냐고, 왜 도망쳤냐고. 그러자 이렇게 말했어… 살아오면서 단 한 번도 안전지대에 속해보지 못한 자들은 무턱대고 그냥 달아나는 것 밖에 없다고, 다른 방법이 없다고 하더라고. 기가 막혔구먼."

영감의 목소리가 한없이 가라앉았다.

"가난한 할아버지, 아버지, 그리고 그 아버지의 아들, 이렇게 대대로 여유 없이 그저 앞만 보고 살아온 세월이 그렇게 만든 거지. 하지만 아들은 차츰 변해가고 있어. 면회 갈 때마다 조금씩 달라져 있거든. 감방에서도 책을 읽을 수 있다고, 그래서 배울 수 있는 게 많다고. 이제 그 친구를 용서한다고. 칼을 든 것을 부인하고 도리어 자신에게 죄를 덮어씌웠던 친구의 배신을 이해하게 되었다고. 아들놈은 그 친구가 찌르고 떨어뜨린 칼을 공터에 던지고 달아났거든. 증거를 없애준다고 말이지. 그들이 그렇게 도망질치는 동안 칼에 찔린 학생은 죽어갔고. 아들은 평생 단 한 번도 안전한 공간을 제공해주지 못한 이 죄 많은 아비에게 말하는 거야. '도망질치는 동안 한 사람이 죽은 거예요. 내가 도망질치는 동안 말이에요. 그걸 참회하고 있어요.'"

영감의 눈빛은 흔들리는 등불처럼 어지러워 보였다. 동시에 총과 칼로 동물들을 죽이고 난도질하는 사내가 떠올랐다. 그리고 사내를 피해 달아나다 처참하게 죽은 멧돼지의 살점이 불 위에서 구워지고 그것이 무자비한 사내의 입속으로 들어가 피와 근육과 정액이 만들어지는 과정도 자연스레 연상되었다.

내 어두워진 얼굴을 보았을까, 영감이 말했다.

"사장의 마누라가 바람을 피워서 도망쳤다고 했지만 그건 거짓말일 거야. 사장이 마누라에게 총을 쓰는 법을 가르치는 것을 봤거든. '어쭈? 눈을 다 감으면 어떻게 한다는 거야? 그리고 손가락을 걸쇠에 딱 맞춰 걸어야지. 그렇게 헐겁게 해서는 총알이 나가겠어? 멧돼지보다 네가 더 먼저 죽겠어. 흐흐.' 이렇게 다그치는 것을 몇 번이나 봤지. 그걸 견디는 게 힘들다고 했지."

영감은 불안한 표정이 되었다.

"어쩌면 말이야. 사장이 어떻게 했을지도 모르겠어. 마누라를 말이지. 사냥에 데려가서… 그러니까 고라니에게 총을 쏘듯이… 그리고 어딘가에 묻었을지도 모르지. 그래놓고 실종신고를 한 것인지도. 그러니까… 자네도 도망치는 게 좋겠어. 내가 어디든지 데려다줄 수 있어."

영감의 말에 사내의 말이 겹쳐졌다. '살려도 봤으니 죽일 수도 있겠지.'

"무슨 일이 생기면 신호를 보내. 손전등으로 이쪽을 비춰. 켰다 껐다 하면서. 그게 위험신호가 되는 거지."

나는 영감의 얼굴을 바라보았다. 영감의 눈빛은 평소의 온화한 눈빛과 달리 오늘따라 예리하고 형형했다.

"오늘밤만 잘 넘기면 돼."

영감이 말했다. 나는 고개를 저으며 일어섰다. 영감이 의아한 눈으로 나를 올려다보았다. '사내놈만 없으면 되는데. 사내놈만 죽으면 되는데. 아무리 어릴 때의 어머니로부터 받은 트라우마가 있다 해도 성인이 돼 저지른 악행은 스스로 책임져야지 그 어떤 이유로도 면죄부가 될 순 없어. 난 절대 도망질치지 않을 거야.' 나는 혼자 중얼거렸다.

희미한 가로등 아래 하루살이들이 요란하게 요동치고, 풀벌레들의 울음소리가 강물 위로 힘차게 자맥질하고 있었다.

사내는 마당에서 누군가와 통화를 하고 있다.

"아직도 출발하지 않고 있음 어떡해? 미치겠군. 그 멍청한 놈이 멧돼지인 줄 알고 사람을 쏴 죽였다고 해서 이렇게 모조리 사냥을 안 하려고 하면 어쩌자는 거야? 그래 넌 부자다 이거지. 난 식당도 폐업 상태라고. 무엇보다 사냥을 못 가서 몸이 근질근질해 죽겠는데 말이야. 아, 알았어. 알았다고. 나 혼자 가면 되지 뭐. 끊어."

사내가 식당 안으로 들어왔다. 사내는 내가 차려놓은 사냥갈 때의 새벽상을 보더니 '이거 완전 풀밭이군.'하며 냉장고를 열어 소고기 육회를 가져왔다.

"오늘 사냥 가서 먹으려고 사둔 건데 나 혼자 먹어야겠어."

나는 붉은 살점을 보자 속이 메스꺼움을 느꼈다. 내가 밖으로 나가려고 할 때였다. 사내가 일어서는 나의 팔을 거칠게 잡아당겼다.

"앉아. 몸을 대 주진 못해도 밥은 함께 먹어줄 수 있잖아? 그리고 너도 먹어줘야 해. 오늘 사냥에 널 데리고 갈 거니까. 먹고 자고 몸을 섞고 그렇게 사는 게 본능이야. 그리고 우리 수컷은 말이지. 본능을 이길 수 없어. 본능대로 사는 게 맞아. 살고 싶은 게 본능이란 말이야. … 아, 씨발 네 낯짝 때문에 밥맛이 달아나네. 금방이라도 토할 것 같은 얼굴로 내 앞에 있으니까 말이야. 야, 안 처먹으려면 나가. 개새끼들에게 가서 사료라도 주라고."

나는 식당 밖으로 나갔다. 그리고 개 우리 앞에 쪼그려 앉았다. 사내가 식당 안에서 내 쪽을 향해 버럭 소리를 질렀다.

"뭐 해? 물도 주고 사료도 주라고!"

나는 수돗가에 가서 물통에 물을 받아 우리 안에 넣었다. 개들이 사료통에 몰려들었고 사료와 물을 먹고 난 뒤엔 나를 쳐다보았다. 나는 개 우리의 철창에 손을 갖다 대었다. 개들이 내 손바닥을 핥았다.

그때 식당에서 사내가 나왔다.

"오늘은 여기 근처에서 사냥을 할 거야. 고라니를 봤거든. 영감의 낡은 차 뒤에서 어슬렁거리는 걸 봤지. 아들이 아니면 벌써 죽었을 영감이지. 교도소에나 있는 아들이 뭐가 좋다고. 난 아들 새끼 없어도 잘만 사는데 뭐. 영감의 아들이 얼마나 무서운 짓을 저질렀는지 알아? 살인죄라고. 그런 아들을 싸질렀으니 영감도 그렇고 그런 놈이라고."

나는 아무 말도 하지 않았다.

"네 낯짝을 보니까 너도 이미 알고 있었네. 하, 저 영감 부끄러운 줄도 모르고 지껄였군. 나 같으면 입 딱 다물고 평생 죽을 때까지 포복하며 살겠는데 말이지. 그런데 말이야. 그런 아들을 둔 아비라면 말이야, 널 겁탈할 수도 있어. 네 사촌 오빠처럼 말이야. 흐흐."

사내가 내 손목을 잡고 식당 안으로 끌어당겼다. 테이블 위에 엽총이 놓여 있었다.

"자, 엽총 쓰는 법, 이제 좀 익숙할 때도 되지 않았나? 난 술 때문에 자주 손이 떨리거든. 네가 나 대신하면 좋지. 그리고 한번 죽여 봐. 꿩이든 고라니든 멧돼지든. 그럼 살고 싶어질 거야."

사내는 엽총을 나에게 건넸다. 나는 사내가 여러 번 일러준 대로 엽총을 들었다.

"자, 똑바로 서. 왼손은 여기 총신 이 부분을 감싸듯이 잡아야지. 오른손은 개머리판, 그래 손의 위치는 맞아. 물체가 보이면 숨을 멈춘 채 정지해 있다가 딱 타이밍에 맞춰 땅, 여기 방아쇠를 당기란 말이야. 야, 그렇게 나를 향해 겨누면 어떡해? 총알이 없었으니 망정이지, 이게 사람 죽일 일 있나? 사람이 없는 쪽으로 총구를 향해야지."

나는 총구를 냉장고와 식당의 문, 달력, 시계, 수족관 등 여러 목표물에 대고 방아쇠를 당기는 연습을 했다. 사내는 개 우리 쪽으로 향했다. 개들은 우리 문이 열리자마자 총알같이 튀어나와 차에 올라탔다.

탕 탕. 총성이 칠흑 같은 어둠 속에 울려 퍼졌다. 개들이 일제히 목표물을 찾아 달려갔다. 개 한 마리가 고라니의 목덜미를 물었다가 뱉었다가 다시 물길 반복하면서 강변에서 내가 있는 쪽으로 달려오고 있었다. 다른 개 두 마리는 연신 대가리를 숙인 채 킁킁거리고 있다가 사내의 고함에 내가 서 있는 쪽을 쳐다보았다. 그때 영감이 허리를 굽히며 걸어오고 있었다.

"아니, 왜 여기까지 와서 사냥을 하는 거야?"

사내는 영감의 말에 대꾸하지 않은 채 서서 영감 쪽을 노려보았다.

"남이야 이 새벽에 사냥을 하든 오입을 하든 영감이 무슨 상관이오."

영감이 버럭 고함을 질렀다.

"아니, 오늘 왜 이래? 어서 개들 데리고 돌아가라고. 시끄러워서 견딜 수가 없네."

그러나 사내는 영감의 말을 들은 척도 하지 않았다.

개들도 순식간에 우리 주위에 모여들었다. 입에서 고라니를 뱉어낸 개의 주둥이에는 피가 엉겨 붙어 있었다.

"영감은 조용히 잠이나 잘 것이지 왜 남의 일에 끼어들어요?"

그러자 영감이 혀를 차며 말했다.

"아니, 원래 새벽잠이 없는데, 개소리에 총소리에 시끄러워서 도통 잠이 와야지."

"영감, 그런 허튼 수작 하지 말아요? 난 벌써부터 눈치채고 있었다오. 영감이 이 여자에게 눈독을 들이고 있다는 것을. 그래서 이 여자가 걱정돼서 나온 거지요?"

"무슨 말도 안 되는 소리를 하는 거야? 부처 눈에는 부처가 보이고, 돼지 눈에는 돼지가 보인다는 무학대사와 이성계의 고사처럼 자네가 그런 맘을 먹으니 그렇게 보이는 것이야."

영감이 기가 찬다는 표정으로 버럭 소리를 질렀다.

그러자 사내는 '부처같은 소리 하고 있네.' 라고 중얼거리더니, 엽총의 개머리판을 손으로 슬슬 쓸며 영감 쪽으로 바싹 다가갔다.

"영감, 이 여자는 내가 생명을 구해주었으니 내 여자요. 마누라 없이 혼자 사는 내가 이 여자를 구급차에 태워 보내지 않은 이유야 영감탱이 당신도 잘 알 것이니 음흉한 맘일랑 아예 먹지도 마시오. 오늘은 기어코 이 여자를 내 여자로 만들겠오, 죽고 싶어 환장하는 병을 가진 암컷은 나 같은 수컷과 제대로 몸을 섞어야 그 병이 낫는 법이라오. 오늘은 내 기어코 그 병을 고쳐주겠어. 영감은 내가 저 여자를 고치는 동안 우리 개와 뒹굴고 계시구려."

사내는 손을 입에 갖다 대며 휘휘 호각 소리를 내었다. 그 소리는 내게 했던 위협과 같은 것이었다. '물어. 물어. 저 영감탱이를 물어.' 그러자 개들이 영감을 향해 모여들었고 그중 고라니를 잡았던 개가 영감을 향해 달려들었다. 개는 순식간에 영감의 넓적다리를 물었고, 영감이 바로 뒤로 쓰러졌다. 그 순간 나도 동그랗게 구부린 손가락을 입술에 갖다 대고 휘파람 소리를 내었다. '휘휘.' 개들이 동작을 멈췄다. 사내가 나를 보았다.

"이 년이 미쳤나? 아니, 이 개새끼들도 미쳤나?"

나는 계속해서 휘파람을 불었다. 개들은 나와 사내를 번갈아 쳐다보다가 일제히 내 쪽으로 모여들었다.

그러자 사내가 거의 미친 표정이 되어 개를 향해 엽총을 겨누었다. 탕, 소리가 나고 고라니를 잡았던 개가 잠시 공중으로 솟았다가 땅바닥에 축 늘어졌다.

이제 사내는 들고 있던 엽총을 아무렇게나 던져 놓고 나를 향해 달려왔다.

영감이 쓰러진 채 울부짖었다.

"안 돼. 안 돼. 그럼 안 돼."

나는 두 다리를 딱 버티고 서서 사내를 피하지 않고 정면으로 응시했다. 절호의 기회이다. 내가 도망질치지 않을 기회. 나는 죽은 개의 주위를 돌고 있는 나머지 개들을 향해 명령했다.

"저놈을 물어. 어서."

내 명령이 떨어지기가 무섭게 개 두 마리가 사내를 향해 달려들었다. 그 서슬에 사내가 뒤로 나자빠졌다. 두 마리 개가 사정없이 사내의 사지와 목을 물었다. 사내의 비명소리가 울려 퍼졌다. 그 소리는 조금씩 잦아들다가 천천히 끊어져 갔다.

그리고 개들이 강물 쪽을 향해 짖어대기 시작했다. 강물 위 동쪽 하늘에서는 서서히 여명이 밝아오고 있었다.

폭설

창문을 열자 마치 곰이 우뚝 네 발로 서 있는 것 같은 국립 공원의 산자락이 드러났다. 새벽예불이 시작되고 있다. 며칠 전부터 내린 눈으로 템플스테이를 예약한 사람이 모두 취소하였고 때맞춰 지도 법사가 출타 중이니 이제 며칠간은 휴가나 마찬가지다. 고양이 모이나 주고 혹여나 터질지도 모르는 공중화장실의 수도관을 수시로 점검만 하면 된다. 눈은 하염없이 내렸다가 잠시 소강상태에 있는 중이다. 곧 한 차례 폭설이 내릴 것이라는 예보가 있었다. 해발 6백 미터 고지에 있는 이 절은 며칠이 아니라 보름, 아니 그 보다 더 오랫동안 고립될지도 모른다. 지난해에는 수도관이 터져 씻지도 못했던 사람들이 일주일 동안 발이 묶였었다. 그 일 때문에 지도 법사는 화장실이 얼지 않도록 초를 켜두는 일을 시켰고 혹여 화재가 날까 봐 수시로 점검하는 일까지 시켰다. '세상에, 정말 그런 일을 시켰어요? 삼십 분마다 화장실 안을 들여다보는 게 가능하기나 해요? 난 정말 중은 안 할 거야.' 문 보살이 질겁하였다. 하지만 그녀의 말대로 중을 하지 않으려면 먼저 그녀가 해야할 일이 있다. 그녀의 엄마가 주말마다 올라와 삼천 배를 하는 것이나 재일 준비나 김장이나 장 담그기, 불상 닦기 같은 일을 그만두게 해야 한다. 그녀는 딸의 출가로 자신의 수행이 발원되기를 갈망하고 있었다. 하지만 문 보살은 중이 되기에 여러모로 장애가 있다. 지도법사가 말했다. '한참 모자란 아이야. 중이 된다 해도 얼마 못 가서 도망칠 거야. 남자만 봐도 침을 흘리는데 어떡할 거야. 몸이 달아서 안 돼.' 다른 스님들도 마찬가지였다.

"낙태를 몇 번이나 했다지 않아? 오죽하면 지어미가 그랬을까. 고등학교 때 벌써 임신해서 그 어린 나이에 글쎄. 뭐, 몸을 보면 단박에 알 수 있지. 엉덩이가 양 옆으로 푹 퍼진 게. 치골과 골반 뼈가 다 벌어진 게 보이는데."

그들의 말이 아주 틀린 것은 아니었다. 단체로 보호관찰소 남학생들이 온 날이었다. 문 보살은 공양주 옆에서 설거지를 돕다가 한 남학생이 밥을 더 먹기 위해 배식대로 다가오자 미친 듯이 공양간 밖으로 나왔다. 손수 밥과 반찬, 과일을 떠서 식판 위에 올려주었다. 남학생이 어색하게 웃으며 자리로 돌아가는 데도 문 보살은 연신 몸을 비비 꼬았다. 남학생이 자리에 앉자 옆에 앉아 있던 다른 남학생들이 수군대었다.

"야, 잘해 봐. 너한테 관심 있는 것 같은데. 절에 있는 여자는 뭔가 몰라도 좀 깨끗할 것 같지 않냐?"

그러자 그 남학생의 얼굴이 무섭게 굳어졌다.

"미쳤냐? 한눈에 봐도 맛탱이가 간 것 같은데. 그리고 거의 아줌마다, 아줌마."

나는 남학생들의 야유가 꼴사납게 느껴졌고 무엇보다 이런 웃음거리가 된 것도 모르고 교태를 부리는 문 보살이 가엾게 느껴져서 그 남학생들에게 백팔배를 시켰다. 지도 법사가 놀란 눈으로 말했다.

"아이고, 웬일이래? 예불이니 기도는 질색하더니. 이제 절물이 다 들었나 보네."

이렇듯 가엾고 한심한 그녀에 대해서 내가 그나마 우호적인 것은 바로 그녀의 정의감에 가까운 막말 때문이었다.

"지대방에서 스님들이 모여 뭐라고 떠드는 줄 알아요? 여자들이 앞으로도 이렇게 아이를 낳지 않으면 결국 인구절벽을 지나 나라가 망한다고 입에 거품을 물어요. 그래서 내가 그랬지요. 전국의 비구니들과 비구가 한 명씩 커플로 만나 연애를 하게 되면 인구 절벽 문제는 단번에 해결된다고. 내가 이렇게 말하니까 대웅전 스님이 '관세음보살' 이러고요, 지장전 스님은 얼굴이 염라대왕처럼 되어서 방을 박차고 나가고요, 지도 법사는 당장 절집을 나가라면서, 네 엄마가 석고대죄한다 해도 스님은커녕 다시는 절집에 올라오지 못하도록 하겠다고 엄포를 놓았어요. 그래서 내가 그랬지요. 어디 해보라지. 내가 이 절에서 본 거, 방송국에 다 제보하고 말 테니까. 내가 이렇게 겁을 주니까 단번에 꼬리를 내려요. 헤헤."

문 보살의 말은 거칠지만 부인할 수가 없다. 머리채 대신 입에 걸레를 문 것처럼 스님들은 욕설을 퍼붓기도 하고 신도에게 백일 정진, 천일 정진하며 기도 제목을 달고 시줏돈을 흥정했다. 주지 스님은 돈 많은 신도가 오면 맨발로 뛰어나가고 무엇보다 절집 안에서 일어나는 불미스러운 일에 대해서는 필사적으로 눈을 감았다. 유일하게 노스님만이 그것을 아는지 '썩었다. 썩었어. 온통 마군(魔軍)이 들끓어.' 하는 말을 했고 이 노스님의 말에 스님과 신도들은 좌불안석이었다. 특히 불목한과 재무 스님만 보면 차마 듣기 민망한 욕설을 퍼부었다. 대웅전 뒤에서 껴안았던 연놈들 아니냐. 저런 것들이 청정도량에 웬 말이냐, 하고 말했고 그러자 주지 스님이 노스님을 거의 포박하듯 요사채로 데리고 갔다. 노스님은 읍내를 떠나 멀리 큰 병원에서 MRI를 찍었지만 뇌에는 아무 문제가 없다는 것을 판정받았다. 주지 스님에겐 원통한 일이었다. 치매라고 판정이 되면 노스님의 말은 그저 치매 환자의 횡설수설로 치부하면 될 것이기 때문이다. 그렇게 되면 자신이 재무 스님과 불목한의 추문을 눈감아 주거나 신도들의 시줏돈을 개인적으로 유용했던 것이 자연스럽게 은폐될 것이기 때문이었다.

처음 이 절에 들어왔을 때 주지 스님이 나에게 말했다. "살려고 들어온 거니까 소경처럼, 벙어리처럼, 귀머거리처럼 살아야 한다. 그렇지 않으면 여기 기운이 너를 칠 수도 있으니까. 알았어?" 나는 합장하며 물러났지만 내 마음은 요동치고 있었다. '난 살려고 여기 온 게 아니라 죽기 위해 온 거다. 두려움 없이 기꺼이 죽음의 손을 잡기 위해 온 것뿐이다.'

주지 스님이 그토록 내 입단속을 시켰던 이유는 곧 얼마 지나지 않아 알 수 있었다. '저 아래 시외버스 정류장까지만 좀 태워줘. 여기서 이십 년을 공양주 노릇 했는데 이렇게 야박하게 쫓아내네.' 공양주는 차 안에서 화가 치밀었던지 '거기 템플스테이 수련관 지을 때부터 수상하더니 어제저녁에 딱 걸렸지. 팥 삶으려고 창고에 가는 중이었는데 재무와 불목한이 서로 손짓을 하더니 공양간 창고로 들어가는 게 아니겠어. 내가 수상쩍어서 창고 뒤편으로 가서 창문으로 봤더니 글쎄 불목한이 재무의 허리를 끌어안고 서로 입술을 맞대고 있더라니까. 그만 내가 너무 놀란 나머지 어딘가에 발이 걸렸지. 그 서슬에 눈치를 챈 재무가 허겁지겁 뛰쳐나갔지. 뒤이어 불목한이 내 옆으로 오더니 내 귀에 대고 말하는 거야. '헛소리하면 도끼로 찍어버릴 테니까 입 다물고 있어.' 그런다고 기가 죽을 내가 아니지. 당장 달려가서 주지에게 말했더니 오히려 날 꾸짖는 거야. 천수경의 망어 중죄 금일 참회, 기어 중죄 금일 참회, 양성 중죄 금일 참회, 악구 중죄 금일 참회. 이렇게 염불하면서 말이야. 망어 중죄는 거짓말한 죄, 기어 중죄는 꾸며 말한 죄, 양설 중죄는 이간질한 죄, 악구 중죄는 악담한 죄를 말하는데 넌 이 모든 것에 해당하니까 그냥 나가라는 거야. 나가서도 입을 놀리지 말라고 하면서. 대신 돈을 두둑이 받았지 뭐. 내일부터 다른 공양주가 올 거야. 팀장도 잘 봐. 그들이 무슨 짓을 하는지.'

그 공양주의 말은 내겐 판도라의 상자를 연 것과 같았다. 마치 탐정이 된 것처럼 불목한과 재무 스님을 스토킹하는 꼴이 되었다. 분기별 지출결의서의 결재를 받기 위해 재무실에 갔을 때였다. '썩었어, 썩었어.' 노스님이 갑자기 재무실로 들어오더니 재무 스님을 향해 소리를 버럭 지르고 나갔는데 그러자 재무 스님이 자신의 민머리 정수리에 손가락을 대고 원을 그리면서 내게 말하는 것이었다. '팀장도 그렇게 생각하지? 큰스님이 치매라고.'

작년인가 재작년인가 절간에 어떤 한 여자가 왔을 때의 일이었다. 주유소를 하는 남편이 주유소 여직원과 바람이 난 것을 알고 쳐들어갔지만 오히려 남편이 그 여직원 앞에서 자신의 귀싸대기를 올려 한쪽 귀의 고막이 날아가는 중상을 입자 너무 분하고 원통해서 죽으려다가, 도저히 그냥 죽을 수는 없어서 여기로 달려왔다고 했던 여자였다. 그 여자의 남편은 어떻게 알았는지 이곳을 찾아왔는데, 그가 몰고 온 1톤 트럭에는 쌀 여러 포대와 수입 과일, 고가의 보이차와 커피, 영양제가 가득 실려 있었다. 하지만 주지 스님의 눈엔 공양물이 아니라 여자의 어깨 위에 걸쳐져 있는 명품백—여자는 그것을 누가 훔쳐 갈까 봐서인지 자랑을 하고 싶어서인지 공양간에 올 때조차 그것을 매고 왔다.—에 가 있었고 주지 스님을 포함한 모든 스님들이 서로 돌아가며 한 번씩 걸쳐보기도 했다. 잿빛 승복의 어깨 위에 짙은 핑크색의 백이 현란하게 빛났다.

'흥, 억울해서 어쩔까, 안 그래요? 아마 오늘 밤 저런 핸드백 한 번 못 매고 머리 깎은 것을 후회할 걸요.'

문 보살은 쉴 새 없이 비아냥거렸다. 수련관에 딸린 소각장 앞에서 불목한이 하는 말을 들어보면 더더욱 그녀의 말을 부인할 수 없다.

소각장에는 스님들이 먹었을 게 분명한 조개, 족발, 보쌈, 치킨 등 육식의 잔해가 어김없이 노출이 되어 있었는데—이것은 지도 법사가 키우는 고양이가 한 짓이다.—그럴 때마다 불목한의 입은 거칠어졌다.

"내가 이런 일까지 하려고 온 게 아닌데. 정말 더러워서 원. 이런 것은 잘 타지도 않는단 말이지. 밖에서 처먹고 들어오면 될 텐데. 이 생리대 좀 봐. 생리를 하는 것들이 어떻게 수행을 한단 말이야."

그것을 그 명품 핸드백의 여자가 들었던 것일까, 떠나기 전에 나에게 넌지시 말했다.

"여기 청정 도량도 속세와 다르지 않군요. 여기나 거기나 엉망진창인 세상이니까 비교해서 억울할 일은 없어야겠어요. 팀장님의 눈엔 내가 한없이 가련하게 보일지 모르겠지만 말이에요. 나도 손에 쥐고 있는 게 있어요. 난 내 새끼가 남편의 것인지 몰라요. 그러니까 억울할 필요가 없지. 멍청한 남편에게서 돈만 뜯어내서 내 새끼에게 돌아가면 그만이야. 그때까지 난 피해자인 척 연기만 하면 되거든요."

마치 나를 동류로 대하듯 공모자의 미소까지 지으며 말했던 여자였다.

문을 여는 서슬에 놀랐던지 사무실 앞에 있었던 고양이가 후다닥 마당으로 달아났다. 오늘도 신발 벗는 댓돌에는 쥐들의 사체가 낱낱이 분해된 채로 올라와 있다. 머리와 몸통, 여러 장기의 내장들이 실험실의 표본처럼 얼어붙은 채 놓여있다. '팀장을 주인으로 생각하고 상납하는 거야. 고양이가 사람보다 낫지. 저런 충성심은 말이야.' 지도법사의 말이 떠올랐다. 나는 그것들을 집게로 집어 소각장 옆 산비탈로 던졌다. 세 마리의 고양이는 내가 상납한 쥐를 버렸다는 것을 알기라도 하듯 음산한 눈동자로 나를 올려다보다가 체념한 듯 사료를 먹기 시작했다.

노스님이 있는 요사채를 올려다보았다. 어김없이 방의 불은 켜져 있다. 새벽예불을 다녀와서 공양 시간 전까지 좌선에 몰입하고 있을 시간이다. '숨을 잘 쉬는 것이 공부의 시작이고 끝이야. 여기 있는 것들은 모두 참선에는 관심이 없고 돈에만 관심이 있어. 돈을 보면 환장하거든. 그럼 공부는 끝장이야.' 노스님이 했던 말이었다.

여기에 왔던 날, 경사가 심한 비탈길을 운전하느라 차멀미가 났던 나는 공양의 절반을 다 먹지 못한 채 수돗가에 버렸고 그것을 노스님이 발견했다.

"이것을 내가 먹으랴? 아님 네가 먹으랴?"

노스님의 손바닥 안에는 수채 구멍에서 긁어낸 밥알이 한 움큼 불어 터진 채 들어있었다. 나는 노스님의 손을 내 입 쪽으로 가져가 손바닥 안에 있는 밥알을 핥아먹었다. 노스님이 호탕하게 웃으며 말했다.

"물건이다. 물건. 잘 왔다. 잘 왔어. 앉아서 망상이나 짓고 남녀상열지사에만 달아오른 년들보다 네가 낫다."

그런 노스님과 함께 포행을 간지도 벌써 몇 달이 지났다. 노스님의 기력은 눈에 띄게 떨어지고 있다. 산사의 혹독한 겨울을 나기엔 버겁다. 노스님과의 동행을 못마땅하게 보던 지도 법사는 '어쩌면 이게 나을지 몰라. 팀장이 노스님을 시봉한다면 이 절집이 좀 덜 소란스럽겠지. 팀장은 그저 듣기만 해. 노스님이 하는 말을 일체 다른 데 옮기지 말고.' 하고 말했다. 지도법사는 깨닫고 난 뒤 얻게 되는 다섯 가지 능력인 오신통을 말해주었다. '모든 사물을 자유자재로 꿰뚫어 볼 수 있는 것이 천안통, 세상의 모든 소리를 다 알아듣는 것이 천이통, 다른 사람이 생각하고 있는 선악을 모두 알아내는 능력이 타심통, 자신과 남의 과거를 모두 알 수 있는 초인적인 능력인 숙명통, 산, 바다, 하늘 등을 마음대로 날아다니는 능력인 신여의통이지. 아마 노스님은 치매를 가장하면서 그 신통력을 발휘하고 있는 줄도 모르지.'

누각을 지나 계곡 쪽으로 올라갔다. 그때 휴대전화가 울렸다. 문 보살이다.

"또 포행 중인가요? 스님들이 뭐라고 떠드는 줄 알아요? 팀장이 번뇌가 들끓어서 그렇다고, 번뇌 때문에 가만히 앉아 있을 수가 없는 거라고. … 잘 안 들려요? 아, 터널을 지나가서 그런 거구나. 나 버스 타고 거기로 가는 중이에요. 글쎄 엄마가 출가한다네요. 나랑 동시에 머리를 깎겠다고. 이미 주지스님과 이야기 다 해놓았다고 오늘 아침에 털어놓는 게 아니겠어요? 지금 주지스님 없지요? 미얀마 갔다는 거 다 알아요. 그러니까 이번이 마지막이야. 다시는 그 절에 가는 일도, 팀장님을 만날 일도 없으니까, 거기 절 아래 시외버스 정류장 종점에 나 좀 데리러 와 줘요. 알았지요? 두 시간 후면 도착할 거예요. 알았죠?"

그리고는 전화를 끊어버렸다. 며칠 계속 내린 눈으로 도로가 온통 빙판인 데다 절에서 종점까지는 십여 킬로미터나 내려가야 하고 게다가 경사가 심한 꼬부랑길에 이 낡은 경차로 가는 것은 위험한 일이다. 문 보살에게 다시 전화를 걸려다가 그만두고 우선 내려가 보기로 마음먹었다. 다행히 국립공원 관리공단에서 염화칼슘을 뿌렸는지 도로 한복판은 얼어있지 않았다. 일주문을 지나 내처 극락교까지 걸어갔다. 다리 위를 지나자 얼마 전 재무스님이 다리 위를 빠르게 걷고 있던 것이 떠올랐다. 저녁 공양 뒤였고 해가 산 뒤로 지고 있는 중이었다. 그 다리 끝에 불목한의 차가 후미등을 켠 채 서 있었다. 나는 그것을 보자 걸음을 빨리하였고 가까운 거리에 오자 휴대전화를 열었다. 이윽고 불목한의 보조석 쪽 차문이 열리자 재무스님이 한 발을 불목한의 차에 걸치며 주위를 재빠르게 살폈다. 그 순간 나의 휴대전화의 카메라 셔터가 눌려졌고, 주위를 살피던 재무스님의 눈에 띄었다. 그러자 재무스님은 남은 한 발을 차 위에 올리지 못했다. 몇 초가 지났을까, 이미 올린 한쪽 발조차 길바닥 위로 내려놓았다. 차 안에서 불목한이 뭐라는지 소리를 지르는 것 같았지만 내가 서 있는 곳에선 들리지 않았다. 차는 이내 떠났다. 재무 스님은 돌아서서 내 쪽으로 걸어오기 시작했다. 나도 그쪽으로 걸어갔다. 서로의 어깨가 겹쳐지는 아주 가까운 거리에 오자 재무스님이 내 쪽을 향해 노려보았다. 나 또한 물러서지 않았다. 재무 스님은 더 이상 나의 눈빛을 견디지 못하고 무서운 눈빛을 거두었다. 재무 스님은 일주문으로 걸어갔고 뒤이어 겨울 해가 완전히 산 아래로 넘어가며 어둠이 그녀를 완전히 덮었다. 나는 노스님의 놀라운 직관에 놀랐고 쫓겨났던 공양주의 말이 틀리지 않았다는 것을 확인하였다.

하지만 그 일을 아무에게도 말하지 않았다. 말을 하게 되면 말에 따른 결과가 따른다. 말을 하지 않으면 하지 않는 것으로 결과가 따른다. 인과. 침묵의 인과를 따르기로 했다.

대피소까지 내려가기로 작정하였다. 나뭇가지마다 눈이 면도날처럼 달라붙어 있고 계곡은 물조차 얼었는지 어떠한 소리도 들리지 않았다. 온통 얼어붙은 것들을 보자, 결코 봄눈처럼 녹지 않을 번뇌의 덩어리가 느껴졌다. 이 번뇌는 꿈속의 꿈속에서도 이렇게 선명했다. 노스님의 말에 따르면 이것조차도 내가 만든 것이라고 할 수 있다. 나는 나뭇가지에 올라붙어 있는 잔설을 하염없이 바라보다가 다시 절 위로 올라갔다.

문 보살은 혼자가 아니었다. 한 여자가 텅 비어있는 주차장

매점의 의자 위에 앉아 있다가 문 보살의 뒤를 따라 내 차 쪽으로 걸어오고 있었다. 여자의 부른 배가 먼저 눈에 들어왔다. 여자는 만삭의 임산부였다.

어쩌자고, 내가 못마땅한 눈으로 문 보살과 여자를 번갈아 보았다. 문 보살이 억울한 듯 '내가 데려온 게 아니라 오늘 여기 템플스테이 하러 온 사람이라고요.' 하였고 그러자 여자가 '예약은 하지 못했어요. 그냥 왔어요.' 하고 말했다.

"추운데 이렇게 밖에 계속 세워둘 거예요? 임산부도 있는데 말이에요."

내가 대답을 하기도 전에 문 보살이 차 뒷좌석의 문을 열고 여자를 앉히고 조수석에 앉았다.

"지금 어쩌자는 거야? 안 돼. 위험해. 집이 어디예요? 다음에 오는 버스를 타고 가요. 그게 막차예요. 지금 절집은 온통 얼어서 물도 안 나오고 무엇보다 추워요. 문고리가 얼어서 척척 손에 붙을 정도라고요. 내일 또 많은 눈이 온다고 예보가 되었고요."

그러자 여자가 말했다.

"배가 많이 불러서 그렇지, 예정일은 아직도 한 달이나 남았어요."

문 보살이 볼멘소리로 말했다.

"와, 정말 너무하네요. 막차 타려면 네 시간이나 더 기다려야 하고, 여기 매점도 문을 닫아서 어디 피할 데도 없잖아요. 지도 법사님도 서울 가고 없으니까 지금은 팀장님이 대장이잖아요? 그러니까 빨리 올라가요. 나 배고프고 추워요. 얼른 노스님 방에 가서 찹쌀 약과나 실컷 먹고 싶다고요. 그리고 여기 언니도 얼마나 추위에 떠셨는지 저 입술 좀 봐요."

문 보살의 말대로 여자의 입술은 푸르죽죽하였고 연신 몸을 떨었다. 나는 할 수 없이 차를 몰기 시작하였다. 절에 오는 사람들이 없으니 실컷 낮잠이나 자야지 하였던 공양주의 찌푸린 얼굴도 떠올랐고 나의 느긋한 휴가가 이렇게 꼬이게 된 것에 대해서도 짜증이 올라왔다. 도로 옆 난간에는 들개떼가 출몰하니 조심하라는 현수막이 마구 펄럭이고 있었다.

나는 자동차 전면 거울을 통해 뒷좌석에 앉아있는 여자를 보았다. 여자는 다소곳이 앉아있었고 문 보살은 창 너머 풍광을 바라보고 있었다.

"어떻게 예약도 하지 않고 무턱대고 올 생각을 했어요?"

여자가 말했다.

"그냥 여기 버스정류장까지만 도착하면 절까지는 걸어 올라갈 수 있다고 생각해서."

"내 말은 그게 아니잖아요? 전화를 해보든지 해야지, 그리고 저기 현수막 봐요. 여긴 들개가 떼로 몰려들어 사람들을 위협한단 말이에요. 몸도 무거운 사람이 대체 어떡하려고 이렇게 외진 곳을 혼자 걸으려고 작정했다는 거죠?"

문 보살이 속사포처럼 떠들었다.

"와, 너무 하시네. 이왕 이렇게 된 거 눈 구경 좀 하시게 좀 두자고요. 뱃속의 아기가 다 듣겠어요. 이렇게 각박한 세상에 나가도 될까, 쫄지도 모르잖아요?"

그 말에 여자가 킥킥거리며 말했다.

"아기야, 쫄지 마라. 우리 아기 착한 아기."

문 보살이 크게 웃었다.

"어머, 이 언니 딱 나인 줄. 어쩜 좋아."

나는 문 보살이나 여자가 끔찍하게 느껴졌다. 길도 더 멀게 느껴졌다. 극락교와 일주문을 지나는데 갑자기 날씨가 흐려지기 시작했다. 전조등을 켰다. 멀리 절의 요사채와 수련관이 나란히 보이기 시작했다.

"저 재무 방 한 번 봐요. 벌써 불이 켜져 있잖아요? 하루 종일 불을 켜둘 거야. 한밤중에도 방 안에 있는 것으로 보이려고. 이 추운 날, 창문은 왜 저렇게 활짝 열어두는지. 저기 안 보여요?"

문 보살의 말대로 요사채의 2층 맨 가장자리에 있는 재무스님의 방에 불이 켜져 있었다. 창문이 활짝 열린 사이로 커튼이 펄럭이고 있었다. 문 보살이 말했다.

"한 신도가 저 아래 염소고기 식당으로 불목한과 재무가 나

란히 들어가는 것을 봤대요. 엄마가 통화하는 것을 엿들었거
든요. 봐요, 중에겐 사생활이 없잖아요? 그런데도 엄만 뭐가
좋다고 중이 되려는지 알다가도 모르겠어요."

여자도 그 방을 유심히 올려다보았다. 나는 문 보살의 허벅
지를 손바닥으로 쳤다. 그러자 문 보살이 입술을 삐죽이며 고
개를 뒤로 돌려 여자에게 말했다.

"비밀이에요. 절에는 비밀이 많아요. 언니도 비밀이 좀 있을
것 같은데 맞죠? 딱 보면 알아. 이런 날 왜 혼자 절집엘 오겠
어요? 남편 없이 달랑 혼자."

여자는 아무 말이 없다. 조금 전의 웃음기는 어디로 갔는지
입술을 굳게 닫고 창 밖을 응시하고 있다. 나는 오늘 밤이 정
말 길고 긴 시간이 될 것 같은 불안한 예감에 사로잡혔다.

차에서 내리자마자 문 보살이 요사채 쪽으로 올라갔다.

"절대 여기 스님으로 받아 주지 말아 달라고 졸라야지. 우리
엄마 말이에요. 울 엄마는 자기가 스님이 되고 싶어 환장이면
서 나까지 시키려고 하는 거잖아요. 그리고 내가 여기 손님 온
건 아무에게도 말하지 않을 게요. 공양간에도. 그래야 지도 법
사님에게 혼나지 않잖아요? 나도 그 정도 눈치는 있거든요…
언니, 내 말 잘 들었지요? 쥐 죽은 듯이 숨어 있어야 해요. 그
래야 우리 가여운 팀장님이 덜 시달리거든요. 여기 안에서 제

일 밑이에요. 을 중의 을."

나는 사무실의 옆방으로 들어가 온도조절기를 높이고 수련복과 수건, 참가 신청서와 필기구를 여자에게 건네었다.

"이것을 작성해요. 그리고 공양은 내가 직접 가져다줄게요."

여자가 그것을 받은 뒤 오만 원권 지폐 한 장을 나에게 내밀었다.

"그리고 내일 낮에는 퇴실해야 해요. 여기 규정이……."

내가 채 말을 끝내기도 전에 여자가 말을 잘랐다.

"알아요. 나 여기 왔었어요. 작년에, 참, 저 메모지도 좀 주실 수 있어요? 뭐 좀 적을 게 있어서요."

나는 그 말에 여자의 얼굴을 보았다. 부른 배가 먼저 눈에 들어와 제대로 볼 수 없었던 여자의 얼굴이 확연히 드러났다. 지네. 하마터면 이 말이 입 밖으로 나올 뻔하였다. 그 굵고 컸던 검붉은 지네. 나는 또다시 여자의 얼굴을 보았다. 양 볼에 잔뜩 끼어있는 기미와 부어있는 얼굴을 지우니 산발한 머리카락과 신산스럽게 보였던 그때의 음산한 얼굴이 떠올랐다. 나는 사무실에서 프린트 용지를 꺼내 여자에게 주었고 여자는 참가신청서를 나에게 주었다.

"차멀미를 좀 해서 공양은 어렵겠어요. 먹지 않아도 될 것 같아요. 신경 쓰지 마세요."

"그럼 다과만 챙겨줄게요. 내 방이 바로 옆이라는 거 아시죠? 필요한 거 있으면 방문을 두들기면 되어요."

여자가 고개를 끄덕였다. 탕비실에서 냉동실의 떡을 데우고 생강차를 주전자에 담았다. 여자의 방에서 물소리가 흘러나와 나는 간식거리를 담은 그릇을 방 입구에 놓은 채 사무실로 돌아왔다. 여자가 쓴 참가신청서에 나와 있는 이름을 보자 기억이 또렷하게 떠올랐다. 그때도 겨울 한파로 수련관이 텅텅 비었을 때였다. 예약을 취소하지 않은 사람은 여자와 남자 그 두 사람이 유일하였다. 두 사람은 밤늦도록 각자의 방에 돌아오지 않아 애를 태웠다. 지도법사가 말했다. '아니, 이 두 사람 때문에 난방을 해야 하고 공양간에 아쉬운 부탁을 해야 하고 나도 귀찮게 차담 시간을 내어야 하는 게 말이 되나요? 한파라서 수련관에 물이 나오지 않는다고 얼렁뚱땅 둘러대고 예약금을 환불조치하면 될 텐데. 쯧. 할 수 없지요 뭐. 남자는 별채의 내 방 옆으로 주도록 해요. 그래야 내가 감시할 수가 있으니까. 또 지난여름 때처럼 밤새 찾아다니는 일은 하고 싶지 않으니까 말이에요.' 하고 말했다.

지난여름 때의 일이란 바로 하계 프로그램 때를 말하는 것이다. 한 남녀는 서로 손가락을 서로 꽉 잡은 채 경내를 돌아다녔고 누각의 범종 옆에서 부둥켜안는 것은 물론 밤 10시가 넘어서도 각자의 방으로 돌아오지 않았다. 나와 지도 법사는 손전등을 들고 계곡을 따라 샅샅이 뒤져야 했다. 주차해 있는 피서객들의 차 안마다 비추며 온갖 불길한 상상을 했던 것이다. 자살하지는 않았겠지? 설마. 저렇게 좋아서 물고 빨면서 말이지. 낙상했으면 몰라도. 지도 법사는 계속 중얼거렸다. 그러다가 거의 자정이 다 되었을 즈음 그들은 부둥켜안은 채 수련관으로 들어왔고 화가 난 지도 법사는 규정에 따라 퇴실을 요구했다. 그들은 순순히 받아들였다. 지도 법사가 말했다.

"저기 아래까지만 태워주고 와요."

나는 그들을 뒤에 태우고 한여름 물안개가 부옇게 피어오르는 계곡과 그 계곡의 습기로 축축한 밤길을 한참이나 달려 읍내 한 모텔 앞에 차를 세웠다. 그들은 네온샤인 아래 하루살이가 윙윙거리는 문 쪽으로 들어갔다. 내가 차의 창문을 열고 소리쳤다.

"뜨거운 밤 보내세요."

그러자 그들이 서로 마주 보며 비둘기처럼 쿡쿡 웃어대었다. 다시 절에 돌아왔을 때 지도법사는 '부부가 아니면 한 방을 줄 수는 없다는 거 명심하고요. 커플로 신청한 사람은 남녀 유별하다는 것과 경내에서 애정행각은 절대 안 된다고 철저히 교육시키세요.' 하고 언성을 높여 말했다. 하지만 그 남녀가 부부인지 커플인지 아닌지를 식별할 수 있기란 어려웠고 굳이 그렇게 선별하고 싶은 마음도 없었다. 남녀상열지사를 어떻게 막는단 말인가.

이 여자 또한 마찬가지였다. 여자가 대신 신청하였기 때문에 함께 온 남자가 부부인지 부부가 될 사람인지 연인인지 친구인지 알 수도 없었다. 뭔가 연인이기엔 어색하고 친구라 하기엔 수상한 그들은 한 여름밤의 연인처럼 밤 10시가 다 되도록 방사에 들어오지 않았다. 한참 찾아다닌 후에야 산신각에 있음을 알게 되었다. 남자는 산신각 밖에서 망부석처럼 서 있었다. 내가 산신각 문을 열었을 때 앉아 있었던 여자. 긴 머리를 풀어헤친 채 앉아있던 여자가 나를 향해 고개를 돌렸는데 순간 머리끝이 쭈뼛거렸다.

"나와요. 어서."

나는 겨우 소리를 질렀고 여자는 고개를 숙이며 암자에서 나왔다. 그들은 새벽예불에도 아침 공양에도 스님과의 차담도 하지 않은 채 아침이 되자마자 퇴실하였다. 지도 법사가 '이것들이 글쎄, 여기가 무슨 여관인 줄 알아.' 나는 남자의 방으로 들어갔다. 방에는 사람이 잔 흔적이 전혀 없었다. 요와 이불도 내가 정리한 그대로 개켜져 있었다. 여자의 방에 들어갔다. 방바닥에 여자의 긴 머리카락과 남자의 짧은 머리카락이 섞여있었다. 그들은 나를 비웃듯이 이 방에서 동침을 한 것이다. 지도 법사는 결국 한밤중 남자가 방을 나와 여자가 있는 아래채 쪽으로 내려가는 것을 간파하지 못했던 것이다.

그 방을 막 비질을 하려고 할 때였다. 나는 그만 악하고 비명을 지르고 말았다. 지네 한 마리가 꿈틀거리고 있었다. 검지 두 배 크기의 지네가 꿈틀거렸다. 검은색 몸통 가장자리에 붉은색이 띠처럼 둘러있었다. 지네는 방 한가운데에서 마치 자신의 꼬리를 물려고 하는 듯 원을 그리며 돌고 있을 뿐 내가 서 있는 쪽으로 다가오진 않았다. 산 아래에 있는 대웅전과 요사채에는 습한 기운에 자주 지네가 나타난다고 했지만 템플스테이 요사채는 정남향이라 그동안 단 한 번도 발견되지 않았다. 게다가 지도법사는 방방마다 해충 퇴치기를 달아놓아 바퀴벌레나 모기, 파리 같은 것도 좀처럼 볼 수 없었다. 나는 쓰레받기를 들고 지네가 있는 쪽으로 다가갔다. 방바닥에 쓰레받기를 바짝 붙이고 지네를 포획하는 것에 성공했다. 지네가 정신이 없도록 쓰레받기를 사정없이 흔들며 방을 나갔다. 나는 방에서 나가 소각장 옆 산비탈에 쓰레받기를 던지듯 흔들었다. 쓰레받기 안에는 지네가 없었다. 지네는 바위 밑이나 낙엽 더미, 나무 밑이나 땅 구멍 같은 음습한 속으로 들어갔을지도 몰랐다.

'지네가 나올 일은 없어. 내가 여기 온 몇 년 동안 지네를 발견한 것은 단 한 번도 없어. 팀장이 헛것을 본 거야.' 이렇게 말하면서도 지도법사는 해충퇴치기를 교체했다.

여자의 방에서는 더 이상 물소리는 들려오지 않았다. 대신 휴대전화가 계속 울렸다. 여자는 전화를 받지 않으려고 작정한 것인지 벨 소리는 한참 울리고 있었다.

그때 문 보살의 전화가 걸려왔다.

"공양주 보살이 팀장님 왜 안 오냐고, 안 먹을 거면 미리 이야기해야지, 또 밥이 남았다고 난리예요. 재무스님은 외출한 게 분명하네요. 근데요, 재무 스님 방 앞에 가봤는데요, 튀긴 닭 냄새가 나요. 불목한이 사준 거, 몰래 혼자 먹는가 봐요. 먹다가 놔두고 갔는지 튀김 기름 냄새가 장난이 아니라니까요. 그러니까 이 한겨울에도 창문을 저렇게 열어놓았지, 안 그래요. 내 추리가 딱딱 들어맞지요? 아, 노스님요? 지금 차 드시고 있어요. 바꿔 줄게요."

이윽고 노스님의 목소리가 전화기에서 흘러나왔다

"임산부가 왔다며? 이런 날 여기까지 온다면 필경 사연 많은 보살일 거야. 너처럼 눈 속에 호랑이가 들어있는 여자인지도 모르지. 호랑이 한 마리. 그러니까 정신 차려. 문 보살, 그쪽으로 가라고 했어. 한 사람보다 두 사람이 낫겠지."

문 보살의 목소리가 이내 들려온다.

"도대체 무슨 말이야? 호랑이라니, 정신 차리라니, 정말 웃겨. 지금 그쪽으로 갈게요. 컴퓨터로 밀린 게임이나 실컷 좀 해야지."

전화가 끊어졌다. 노스님의 말대로 정신 차려야 하는 일일까. 나는 옆방의 기척에 온정신을 모았다. 불현듯 여자가 달라고 했던 메모지가 생각났다. 뭘 쓰려고 하는 것일까. 일기일 수도, 태교 일기일 수도, 편지라든가 시라든가 소설일 수도 있다. 그런데도 여자가 유언을 쓸 수도 있을 것이라는 불길한 예감에서 자유롭지가 않았다. 남편도 없이 혼자 시외버스를 타고 온 거며 볼품없는 옷차림도 그렇고 무엇보다 몇 분 간격으로 계속 휴대전화의 벨이 울리는데 받지 않는 것도 의심쩍다. 나는 허겁지겁 밖으로 나왔다. 순간 댓돌 위에 고양이가 요란한 소리를 내며 별채 쪽으로 도망간다. 여자의 방문을 두들겼다.

"저기 보살님?"

여자가 문을 열지 않은 채 말했다.

"아, 휴대전화 소리 때문에 그러시는군요. 죄송해요. 꺼둘게요."

"뭐, 필요한 거 있어요? 속은 좀 풀렸나요? 우유 좀 데워줄까요?"

"아니요. 고맙습니다. 그리고 걱정하지 마세요."

걱정이라니, 내가 무엇을 걱정하고 있는지 잘 알고 있다는 뜻일까. 그때 문 보살이 다가오는 것이 보였다.

"노스님이 이거 팀장님에게 주래요. 노스님이 손수 뜨신 거라던데. 근데 여기서 뭐 해요? 방 앞에서 추운데.… 아, 그 언니. 별일 없을 거예요. 임산부가 뭘 할 수 있다고. 나 들어가요."

문 보살이 사무실 문을 열고 들어가 컴퓨터를 켰다. 이내 게임 소리가 요란하게 울려 퍼졌다. 나는 노스님이 준 회색 조끼를 보았다. 늘 입던 조끼였다. 그것을 껴입었다. 단숨에 한기가 사라지는 듯한 느낌이 들었다.

"눈 좀 붙이고 있을 테니까 옆 방에 신경 좀 써줘. 게임만 하지 말고. 알았지?"

"안 그래도 노스님도 이상한 말씀 하던데. 어젯밤에 악몽을 꾸었다고 하더라고요. 여기 절집 뒤에 있는 비석 있잖아요? 여기 절을 지키던 주지 스님들의 비석, 그래 부도, 부도 말이에요. 거기에 핏물이 흥건하게 흘러내리는 꿈을 꿨다고 하더라고요. 그러면서 오늘 절집을 잘 지키라고. 내게 무슨 경비원이라도 된 것처럼 말해."

이내 문 보살이 양손으로 컴퓨터 자판을 현란하게 두드리는 소리가 났다. 나는 방으로 들어와 벽에 바싹 귀를 갖다 대었다. 방에선 아무 기척이 없다. 휴대전화도 꺼두었는지 이제 더 이상 벨 소리도 없다. 나는 그만 까무룩 잠이 들었다.

"큰일 났어요. 얼른 일어나 봐요."

문 보살이 다급하게 내 양어깨를 흔들었다.

"왜? 무슨 일이야?"

겨우 눈을 비비며 앉았을 때 문 보살 옆에 여자가 있었다. 여자는 수련복이 아니라 왔을 때의 옷을 껴입은 채 나를 내려다보고 있었다.

"산통이 와요?"

나의 말에 문 보살이 입가에 웃음을 살짝 머금더니 이내 정색을 하고는 '그것보다 더 큰 일이에요. 이 언니를 피신시켜야 해요. 지금 당장.' 하고 말했다.

"이 밤에? 도대체 무슨 말이야?"

"참내, 일단 옷을 입고 나가자고요. 차에 시동 걸고."

나는 문 보살의 손목을 잡고 바닥으로 끌었다.

"자초지종을 알아야 움직이지. 보살님도 여기 앉아 봐요. 무슨 일인지."

그러자 여자가 뒤뚱거리며 앉았다. 여자가 말했다.

"남자가 지금 쳐들어온다고 해서요. 내가 여기로 왔다는 것을 알아버렸네요. 죄송한데요. 그 남자 여기 오면 아마 문제를 일으킬 거예요. 여기 절을 불태울지도 몰라요. 그리고 날 죽일 거예요. 정말이에요. 문자에 그렇게 씌어있어요."

그러면서 여자가 배를 움켜잡았다.

"왜요? 배가 아파요?"

그제야 문 보살이 심각한 얼굴로 말했다.

시계를 보았다. 9시가 넘었다.

"근데 이 밤에 오겠어요? 온다고 해도 날이 새고 오겠지. 그리고 아기 아빠가 뭐 때문에 그런 무서운 짓을 한다는 거예요?"

여자가 얼굴을 구기며 말했다.

"아니에요. 그 남자는 한다면 하는 남자예요."

내가 물었다.

"그때 그 남자예요? 작년에 같이 온 남자, 군인처럼 머리가 짧은."

"기억하시는군요. 맞아요. 그 사람, 군인은 아닌데 머리는 항상 그렇게 해요. 그래야 강해 보인다고."

"근데 왜 사이가 나빠요? 남편인데, 애 아빠인데."

그러자 여자가 다시 배를 움켜잡았다. 문 보살이 버럭 소리를 질렀다.

"지금 그게 문제예요? 일단 나가자고요. 병원에 가든 경찰서에 가든 어디든."

밖은 칠흑처럼 깜깜했다. 여자 셋은 주차장에 세워둔 차에 올라탔다. 주차장에서 나가며 요사채를 올려다보았다. 노스님의 방은 불이 꺼져있었고 재무 스님의 방은 환했다. 문 보살이 말했다.

"노스님은 주무실 때가 되셨지요. 절집에서 밤중에 늦도록 안 자고 있는 것들은 모두 귀신이라고 했으니까. 어머, 봐요, 내 말이 맞지요? 재무 스님의 방엔 불이 환하게 켜져 있잖아요. 하루 종일 켜두는 거예요. 방에 없으면서 있는 것으로 속이려고 말이에요."

여자는 깊은 생각에 빠진 듯 깜깜한 계곡 쪽을 바라보고 있었다. 내가 말했다.

"그럼 어디 가려고요? 지금 버스도 다 끊겼는데, 어떡하려고요?"

"부모님 집에 가려고요. 죄송하지만 여기 읍사무소까지만 데려다주시면 거기서 택시 타고 들어가면 되어요. 깜짝 놀라시겠지만, 할 수 없지요. 사실 안 간 지 오래되었어요. 결혼을 반대하시는 바람에 집을 나와서 연락을 끊었거든요."

"이 언니는 정말 용감무쌍이야. 근데 왜 남편이 여길 오는데 이렇게 도망쳐야 하다는 거예요?"

여자가 말했다.

"남편 아니에요. 결혼도 하지 않았는데요. 뭐. 그리고 ……
아기의 아버지도 아니에요."

일순 차 안은 정적으로 가득했다. 언 산 보다 더 얼어붙은 듯 느껴졌다. 내가 말했다.

"그럼, 아기 아빠는?"

"몰라요. 누가 진짜 아빠인지는."

나는 하마터면 비명을 지를 뻔했다. 문 보살이 꺅 소리를 지르면 뒤로 완전히 몸을 돌려 여자를 쳐다보았다.

"정말 이 언니, 멋져요."

내가 문 보살의 허벅지를 내리쳤다.

"앗, 아파요. 왜요? 내가 뭘 잘못했다고?"

"지금 여기 쳐들어오고 있는 사람은 작년에 같이 온 사람인데, 그날 밤 당신의 방에서 잤던 사람인데, 그런데 그 남자가 아기 아빠인 줄 모른다고요?"

여자는 말을 하지 않다가 한참 뒤에야 천천히 말을 하기 시작했다.

"아, 그때 그 남자는 여기서 하산하자마자 헤어졌어요. 그 남자에겐 이미 결혼할 사람이 있었고 나도 집에서 반대하는 사람이 있었거든요. … 그 남자는 그냥 오랜 친구였어요. 내가 결혼 때문에 고민하고, 그 친구 또한 결혼 때문에 생각할 시간이 필요하다고 해서 같이 왔는데… 그날 밤, 그냥 외롭고… 아니, 여기 절이 좀 이상했어요. 몸이 이상하게 달아오르는 거예요. 내가 그 친구를 방으로 불러들였고. 죄송해요. 절 규칙이 있는데. 그런데 친구는 후회를 많이 하더라고요. 오랜 우정까지도 퇴색이 되어버렸다고 하면서. 절에서 나간 뒤 그 친구는 바로 사귀던 여자와 결혼했고요. 난 집에서 결혼을 반대하던 남자와 헤어졌고요. 그러다가 임신한 것을 알았는데… 누구인지 모르겠는 거예요. 두 남자와 잤던 날이 거의 비슷했거든요."

"그만해요. 더 이상 들어줄 수가 없네요."

내가 차갑게 말했다. 문 보살이 그런 나에게 쏘아붙였다.

"왜 그래요? 그럴 수도 있지. 난 더 들을래. 꼭 듣고 말 거야. 그래서 언니, 어떻게 되었어요? 그 사실을 두 남자에게 다 말했어요?"

"안 했어요. 하면 뭘 해요? 그냥 내가 낳으면 되지. 그런데 저 친구가 집으로 찾아온 거예요. 문득 네가 생각났다고 하면서. 그런데 배가 부른 것을 보고 놀라서. 내가 그 남자와 헤어진 것을 이미 알거든요. 그랬더니 어떻게 이런 일을 벌인 거냐고, 혼자 어떻게 키울 거냐고, 남자친구를 만나야 한다고, 자신이 따라가 주겠다고, 자신의 아내도 임신인데, 오늘 우연히 네 집 근처에 볼 일이 있어서 온 것뿐인데 하며 소리를 지르는데… 나는 단박에 그의 거짓말을 알아챘어요. 그 친구도 외로웠던 거예요. 결혼은 했지만 말이에요. 난 솔직하게 말했을 뿐이에요. 뱃속의 아기가 전 남자친구인지 너인지 모르겠다고. 그랬더니 사색이 되어서, 그러니까 확률이 반반이네 그러면서, 그러더니 미친 듯 집의 세간을 다 때려 부수고요. 날 때리려고 덤벼드는 거예요. 그래서 도망친 거예요. 내 집에서 내가 도망친 거예요."

나는 차를 갓길에 세웠다. 문 보살도 더 이상 말을 하지 않았다.

전면 거울을 통해 뒷자리의 여자를 노려보았다. 지네. 그때 내가 보았던 지네가 여자의 분신과 같은 것인지, 아니면 노스

님이 말했듯이 내가 품은 혐오가 만든 그저 형상일 따름인지
알고 싶었다. 나는 마구 소리를 질렀다.

"여기 와서 죽으려고 했어요? 메모지를 달라고 한 건 뭐예
요? 유언 같은 거예요?"

문 보살이 놀란 눈으로 나를 보았다. 여자가 말했다.

"죽긴 왜 죽어요. 아기가 있는데. 이 아기가 내 아기라는 것만
은 사실이잖아요. 그럼 되었잖아요. 메모지를 달라고 한 건…
그 친구가 만약 여기로 찾아오면 걱정하지 말라고, 아비는 필
요 없다고, 너는 아비가 아니라고, 그러니까 안심하고 잘 살라
고, 다시는 내 집에 찾아오지도 말고 좋은 남편, 좋은 아빠가 되
라고. 그걸 쓰고 떠나려고 한 것일 뿐이에요."

그때 문 보살이 손뼉을 쳤다.

"나도 이렇게 할걸. 혼자 키우지 못할 것 같아서, 나만 독박
쓰는 것이 억울해서, 아비 없는 아기를 낳는 것이 두려워서 지
웠는데, 지우고 말았는데, 나는 참 비겁하고 겁이 많았네요."

머리가 터질 듯 아파왔다. 여자와 문 보살을 당장 차에서 내
리라고 소리치고 싶었다. 갑자기 여자가 신음을 내며 배를 움
켜잡았다.

문 보살이 소리쳤다.

"아기가 나오려나 봐요. 어떡해요? 뭐해요? 어서 출발하지 않
고."

"아아, 아악."

여자의 신음이 더욱 커지고 있었다.

"뭐해요? 빨리 출발하지 않고."

문 보살이 소리 질렀다. 하지만 나는 아무것도 할 수 없었다. 순간 차창으로 눈이, 굵은 눈발이 마구 떨어지고 있었다. 짙은 어둠 속에 함박눈은 폭죽처럼 펑펑 소리가 나는 듯 느껴졌다. 와이퍼가 요란하게 움직였다. 사방에서 눈의 무게를 이기지 못한 나뭇가지가 찢어지는 소리가 들려왔다. 그와 함께 여자의 신음이 얼어붙은 계곡을 흔들었고 나는 그 소리에 장단을 맞추듯 차 페달을 힘차게 밟기 시작했다.

해당화

트럭 기사는 미역 자루를 던져주고 달아났다. 맞은편 점포의 황 영감이 비틀거리며 걸어오고 있다. 얼굴 가득 고단함이 배어있다. 여든이 가까운 나이에 새벽부터 문을 여는 그로서는 젖은 미역 한 다발이 천근만근처럼 느껴질 것이다.

"남자 직원을 아직도 구하지 못한 거야? 큰일이군. 나 같은 늙은이가 아니면 이런 일을 할 사내가 어디 있겠냐마는 이러다간 거래처를 모두 빼앗기고 말 거야."

황 영감이 말했다. 그의 말대로 이미 몇 군데의 소매점이 미수금을 갚지도 않은 채 거래를 끊었다. 그들은 장날 제때 팔지 못해 손해를 본 게 이만저만이 아니라고 도리어 고함을 질렀다. 나는 가게 바닥에 잔뜩 쌓여있는 미역 자루를 둘러보다가 불현듯 한 사람이 떠올랐다. 놈을 떠올리다니. 놈을 떠올리는 지경에 왔다면 가게 문을 닫아야 한다.

"전화하지 않았지? 오라버니에게 말이야."

백내장이 진행되고 있는 황 영감의 탁주 같은 눈동자가 나를 바라보고 있다. 내가 놈을 생각하고 있었다는 것을 단박에 알아챈 것이다. 나는 얼굴을 찌푸리며 미역 자루의 한가운데를 칼로 사정없이 푹 찔렀다. 검푸른 생미역이 줄줄이 쏟아졌다.

미역 다발은 무겁고 차가워 장갑을 두 겹이나 꼈는데도 손이 시렸다. 미역 대가리를 적당한 간격으로 자르고 줄기에 붙어 있는 수초를 떼어낸 황 영감은 그것을 내 쪽으로 던졌다. 손이 저릿한지 황 영감이 장갑 낀 손을 아래위로 흔들어대었다. 그의 입에서 뿌연 입김이 연신 새어 나왔다. 나는 그것을 저울에 달아 포장하고 수레에 싣고 가서 대형 냉장고에 넣었다.

그럴 때마다 아버지가 뿜어내었던 깊은숨이 떠올랐다. 미역 포자가 잘 붙도록 돌의 표면을 깎기 위해 바닷물 속으로 들어갔던 아버지는 물 위로 올라올 때마다 숨비소리를 내뿜었다. 그때가 호시절이었지, 하고 말을 흐리던 아버지는 이제 없다. 어머니가 죽고 채 1년도 되지 않아서였다. '내가 죽거든 가게를 정리해라. 너도 이제 이런 일을 하기엔 버거울 나이야. 너와 네 언니가 살 돈은 될 거야. 허나 네 오라버니에겐 단 한 푼도 주어선 안 된다.' 아버지의 유언이었다. 큰언니에 이어 어머니, 그리고 아버지의 장례가 모두 바다에서 치러졌다. 아버지의 극락왕생을 염원하던 작은언니의 염불과 목탁 소리는 끊어오르는 파도에 묻혔다가 다시 떠오르곤 하였다.

아버지의 뼛가루를 막 뿌릴 때였다. 술에 취해 비틀거리던 놈이 바닷물 속으로 뛰어 들어갔고 뒤이어 놈의 여자가 비명을 지르며 따라 들어갔다. 황 영감이 놈과 여자를 해변으로 건져 올렸고 여자는 뭍에 올라오자마자 나를 노려보며 소리쳤다.

"정말 너무하네. 얼마나 잔인해야 직성이 풀리겠어? 죽은 사람을 두고 산 사람을 이렇게 잡으면 어쩌자는 거야? 저이가 얼마나 불쌍한 사람인데. 그럼 그린다고 사람대접도 못 받고. 저이도 뭐 살고 싶어서 사는 줄 알아? 겨우 술로 버티며 살아오고 있어. 정말 그러는 거 아니야."

놈은 여자가 악다구니를 치는 동안 미동도 하지 않고 해변에 쓰러져 누워 있었다. 여자의 치마 속으로 숨어 들어간 무기력하고 무책임하고 비겁한 놈을 나는 으르렁대며 노려보고 있었다. '저 바다가 놈을 삼켜버리면 좋겠어.' 나는 이를 악문 채 저주를 퍼부었다. 작은언니의 염불 소리가 더욱 크게 울려 퍼졌다.

"뭐 해? 전화받지 않고?"

황 영감의 말에 겨우 정신이 들었다. 나는 휴대전화를 귀에 붙인 채 한 손으로는 미역 다발을 비닐봉지에 넣었다.

"오랜만이지?"

여자의 목소리를 듣자마자 와락 짜증이 솟구쳤다.

그런 그들을 다시 만났던 곳은 병원이었다. 여자는 나에게 전화하기 뭣했던지, 작은 언니에게 전화를 걸었던 모양이었다.

"그래도 교통사고라는데 문병은 가야 하지 않겠니? 많이 다치지 않았는지 보고 와."

작은 언니가 얕은 한숨을 쉬며 말했다. 병원 복도에서 만난 놈은 나를 본척만척하고 하나의 그림만 응시하고 있었다. 휠체어에 앉아 목을 있는 대로 쭉 뺀 채 벽면의 한쪽 전체를 차지하고 있는 그림을 바라보고 있는 놈을 보고 있자니 화가 치밀어 올랐다. 가게 일은 걱정도 되지 않느냐, 가져간 돈은 왜 돌려주지 않느냐, 하는 말이 목구멍까지 올라왔다.

"술이 원수지 뭐. 술에 취한 채 길을 걷다가 차에 받힌 거라고 하네. 몸이 붕 떠서 몇 미터나 멀리 떨어졌다는데 다리만 골절됐으니까 얼마나 다행이야. 머리나 손을 다쳤다면 영영 그림을 그릴 수 없을 것 아냐? 근데 운전자가 없어. 뺑소니친 거야. 새벽에 일어난 일이라서 아무도 본 사람이 없고. cctv도 없다는 거야. 정말 재수가 없으려니."

여자의 넋두리는 끝이 없었다. 나는 그림을 바라보는 놈의 뒤통수를 노려보다가 놈이 빠져있는 그림을 올려다보았다. 해안가 만발한 해당화 옆에서 세 여자가 앉거나 서 있는 그림이었다. 먹구름이 낀 하늘, 검푸른 바다와 돛단배, 말 한 마리, 추운 듯 웅크린 여자와 서 있는 두 여자애, 계절을 알 수 없는 여자의 옷차림과 무표정이 난해하게 느껴졌다.

"저 그림 알지? 명색이 화가의 여동생인데 그 정도는 알아
야지. 저건 천재 화가 이인성의 작품인데… 저 화가도 이이처
럼 여동생들이 있었던가 봐… 근데 저 여자애들의 표정이 좀
이상하지 않아? 하나같이 어두워. 일제 강점기 때라서 그런가.
어쨌든 그림을 도통 모르는 나 같은 사람이 봐도 보통 그림은
아닌 것 같단 말이지. 이이도 집에서 좀 밀어주었더라면 저 화
가처럼 유명해졌을 텐데 말이야… 이이는 저 화가가 그렇게
좋은가 봐. 저 화가의 그림에는 말할 수 없는 고백이, 슬픔이,
정신이 살아있다고 했어. 그러니까 병원 원무과장이 모조품이
라며 팔 의사가 전혀 없다고 하는데도 저렇게 막무가내네. 아
버님도 참 너무 하시지. 가게든 집이든 재산을 전부 딸에게 돌
려놓고. 그러면 안 되는 거잖아? 이이가 아무리 미워도 그렇
지. 엄연히 상속법이 있고 무엇보다 하나뿐인 아들 아니야?
이제 이이 옆에는 나밖에 없어. 나밖에…."

여자는 가난하고 실패한 화가를 사랑하는 지고지순한 여인
이라도 된 듯 그렇게 오래 올려다보면 목 아파, 하며 한 손으
로 놈의 목덜미를 어루만졌다. 나는 못 볼 것을 본 것처럼 고
개를 돌렸는데 그때 그림 아래 '해당화'라는 제목이 아크릴판
에 씌어 있는 것을 보았다. 해당화. 사정없이 흔들렸던 해변
의 해당화 무리가 바람에 일순 멈추었던 때의 적막감과 공포

가 수십 년이 지나서도 여전히 나를 뒤덮는 느낌에 이를 악물었다. 나는 가지고 간 돈 봉투를 놈의 휠체어에 내던지고 빠른 걸음으로 병원을 나왔었다.

그때의 일이 떠올라 차갑게 말했다.

"그래서 요점이 뭐예요? 지금 내가 바빠서요."

"그이가 있는 작업실의 주인에게서 전화가 왔어. 월세가 몇 달이나 밀렸는데 얼굴도 통 안 보이고 연락도 되지 않는다고 계약서에 적혀 있는 내 전화번호로 전화를 걸었네. 밀린 월세를 내지 않으면 당장 작업실을 빼라고. 그럼 어떻게 되겠어? 그이 그림이 길바닥에 나앉게 돼. 나도 여기 미장원이 잘 안 돼서 돈 나올 데가 없어. 사실 내가 말을 안 해서 그렇지, 전시회에 들어간 내 돈만 해도 아파트 한 채 값은 될 거야. 사실 우리가 결혼을 했나, 아이를 만들었나, 안 그래? 어쨌든 그림은 건져야 할 거 아냐. 거기서 만나자고."

여자는 일방적으로 전화를 끊었다. 나는 포장된 비닐봉지를 거칠게 바닥에 내던졌다. 황 영감이 말했다.

"아버지가 오라버니를 나쁘게 말했다고 해서 그걸 그대로 믿어선 안 돼. 하나뿐인 오라버니 아닌가. 내가 어떻게 해서든 납품을 맞춰 볼 테니까 다녀와. 그래야 내가 저승에 가서 자네 아버지를 떳떳하게 만날 수 있지."

작업실의 전면 유리창은 새로 갈았는지 말끔했다. 놈이 가게로 와 금고의 돈을 모조리 훔쳐 달아났던 날, 한밤중에 놈을 쫓아 이 도시로 왔었다. 하지만 놈은 나를 피해 달아났고 나는 작업실의 유리창을 향해 돌을 던졌다. 와장창 부서지는 유리창을 보면서 놈의 대갈통도 몸통도 박살이 나서 피를 뿌렸으면 했다. 놈은 달아나는 족속이다. 불량배의 폭력에도 달아났고 두려움 때문에 여동생을 지켜주지 못했을 때도 달아났고 아버지와 어머니, 큰언니의 죽음에도 달아나기만 했다. 비겁한 놈. 나는 혼잣말로 중얼거릴 때가 많았다.

"어머, 하나도 변하지 않았네. 어쩌면 여전히 맨얼굴에 작업복 차림으로 오다니. 아무리 늙어도 여자는 여자인데 말이야. 결혼도 못하고 억울하지도 않아?"

여자가 내 쪽으로 걸어오더니 갑자기 내 옆구리에 팔짱을 끼었다. 나는 여자의 손을 밀어냈다.

"어쩜 핏줄 아니랄까 봐, 쌀쌀하기는 정말."

여자를 만난 지 채 몇 분도 되지 않아 나는 그 자리를 떠나고 싶었다. 밀린 월세를 던져주고 작은언니가 있는 암자로 얼른 달려가고 싶었다.

여자가 대문 안으로 들어갔다. 마당에 앉아 있던 노파가 빤히 우리의 얼굴을 보았다.

"어머 깜짝이야. 귀신인 줄 알았네. 아, 어르신 안녕하세요.

여전히 정정하시네요."

노파가 여자와 뒤이어 들어오는 나를 올려보았다.

"남편을 혼자 내버려 두고 몰래 내빼다니. 쯧쯧."

노파가 여자를 향해 쏘아붙이고는 나를 보며 말했다.

"동생이구면. 영락없네."

"어머, 첫눈에 알아보네요. 맞아요. 막내 여동생이지요."

호들갑을 떠는 여자의 말이 길어질까 봐 얼른 노파에게 돈을 내밀었다. 노파가 메마른 손으로 돈을 천천히 세었다. 지폐를 다 센 노파가 말했다.

"나는 혹시나 얄궂은 일이 생겼으면 어쩌누 해서 문도 열어보지 못했구면. … 이 열쇠로 문을 따고 들어가 봐요. 주인 없는 방이라도 친동생이 여는 것에는 뒷말하지 않겠지."

노파가 건네준 열쇠로 문을 열면서 '그럴 일은 없을 것이다. 죽을 용기도 없는 놈이니까.'하며 중얼거렸다. 어쩌면 나는 놈이 죽은 채 백골화가 되어 있기를 바라는 엄청난 기대를 하고 있었을지도 모른다. 그러나 그런 일은 없었다. 대신 오랫동안 집을 비워두었던 때문인지 냉기와 함께 매캐한 곰팡이 냄새가 코를 찔렀다. 끼니도 해결하지 않았던 것일까 냉장고가 텅 비어 있었다. 작업실과 방이 따로 구분 안 된 실내에는 온통 이젤과 물감, 붓이 어지럽게 널려 있었다. 벽엔 그림이 두 점 걸려있었다. 한 점은 병원에서 보았던 해당화 그림이었고 또 하나는 보라색 소파 위에 세 명의 여자가 앉아 있는 것이었다. 마치 테이블 위의 사과나 모과, 복숭아 등의 정물을 그린 것처럼 무심한 표정의 세 여자가 정면을 응시하고 있다. 한없이 어두운 느낌의 그림은 우습게도 화려한 금빛 액자로 장식이 되어있어 과장된 가면처럼 느껴졌다.

"어머, 이게 아직도 있네. 벌써 오래전에 팔아버린 줄 알았는데. 저 그림을 탐내는 사람이 얼마나 많았는지 알아? 이이는 이상하게 전시회 때마다 저걸 전시했어. 돈을 많이 주고 사겠다고 하는 사람이 나타났는데도 절대 안 팔았어. 내가 그랬지. 팔고 또 똑같이 그리면 되지 왜 그러냐고. 그러니까 뭐라는 줄 알아? 그건 장사지, 예술이 아니라는 거야. 그리고 절대 저 그림은 팔지 않을 거라고, 죽을 때 같이 태울 거라고 했어. 숨 쉬며 사는 주제에 죽는 이야길 얼마나 하는지. 어머, 이건 또 뭐야? 결국 이 그림을 샀네. 원 참 월세도 못 내는 주제에 이 그림이 대체 뭐라고. 아니 이걸 똑같이 그리려고 작정했던 거야?"

여자의 말대로 작업실 바닥에는 그리다 만 그림이 여러 장 나뒹굴고 있었다. 한결같이 이인성 화가의 해당화를 따라 그린 것이다. 바다와 먹구름, 해당화와 세 여자의 윤곽만 데생이 된 것도 있었고 맨 앞에 앉아있는 여자를 뺀 나머지 여자만 채색이 되어 있는 것도 있었다. 이상한 것은 앉아있는 한 여자의 얼굴만 텅 비어 있다는 것이다. 눈, 코, 입이 없는 텅 빈 얼굴이었다. 나는 그것을 보자 그제야 놈이 무엇을 그리려고 했는지, 무엇을 차마 그릴 수 없었는지 알 수 있었다. 나는 입술을 깨물었다. 놈의 죄책감이니 속죄가 느껴졌지만 그것을 용인하고 싶지 않았다. 그렇다고 죽은 사람이 살아 돌아오지는 못 해. 나는 그림들을 발로 아무렇게나 벽 쪽으로 밀어붙였다. 그러자 여자가 소리를 질렀다.

"그림을 그렇게 발로 밀치면 어떡해. 아무리 미워도 그렇지. 그러는 거 아니야. 가족들이 단 한 번이라도 전시회에 와서 축하를 해 준 적이 있어? 부모님은 그렇다 치더라도 여동생이 두 명이나 있는데도 말이지. 근데 그 많던 그림이 왜 한 점만 남아 있지? 그 사이에 다 팔았나 보네. 자기 작품 몽땅 다 팔아서 저걸 산 건가 보네, 쯧쯧."

여자의 끊임없이 지껄이는 말속에서 또 하나의 목소리가 겹쳐졌다. '미친놈, 사내놈이 그림이나 그려서 뭐 하려고. 다시 그리기만 해 봐라 손모가지를 잘라 버릴 테니.' 아버지는 놈의 방으로 들어가서 스케치북과 물감, 물감 통, 나무 이젤, 팔레트, 도화지 묶음 등을 몽땅 수레에 싣고 바닷가로 달려갔다. 그러자 놈은 마루에 걸린 괘종시계를 떼어내어 마당으로 내던졌다. 와장창 요란한 소리와 함께 시계가 산산조각이 났다. 장독대에서 나를 목욕시키고 있던 어머니가 놈에게로 달려갔다.

"이놈의 집구석, 내 마음대로 할 수 있는 게 하나도 없어."

"넌 우리 집의 기둥이 아니니? 네 밑에 여동생이 모두 셋이
다."

"내 인생 살기도 힘들어. 저까짓 계집애들을 내가 왜 책임져
야 하는데? 학교도 보내지 말고 물질시키라고. 다른 집은 다
그러는데 왜 우리 집만 이래? 안 그래? 계집애가 학교가 다
뭐야."

놈은 아버지에 대한 화풀이를 어머니에게 하고 있었다. 나
는 차갑게 식어가는 물속에서 파르르 떨고 있었다. 지옥. 나는
입 밖으로 지옥이라는 말을 내뱉었다. 단번에 타락한 어른으
로 성장한 느낌이 들었다.

"우리 차 한 잔 할까? 다행히 커피가 있네."

여자가 달그락거리며 커피잔을 챙겼다. 나는 이젤에 걸려있
는 놈이 그리다 만 그림을 또다시 바라보았다. 이인성 화가의
해당화를 똑같이 따라 그리려고 했던 게 분명했다. 구도도 인
물도 풍경도 똑같았다. 유화물감으로 채색을 마친 두 명의 여
자애와 텅 빈 얼굴의 여자를 뚫어져라 보았다. 그릴 수 없겠
지. 차마 큰언니는 그릴 수 없겠지. 벌을 받아야 해. 고통을 느
껴야 해. 그릴 수 없는 고통 속에서 비참하게 죽어야 해. 나는
이를 악물었다.

여자가 나에게 커피를 건넸다.

"우리가 그림을 모르니까 그렇지, 잘 그린 것 같지 않아? 이 바다색 좀 봐. 진짜 같지? 여기서 살 때 자주 바다에 가곤 했는데."

일순 여자의 얼굴이 굳어지는 듯했다. 여자는 무슨 말을 하려고 했던가, 침묵이 흘렀다. 여자의 얼굴 위로 한 줄기 햇살이 사선을 긋고 있었다. 여자가 말했다.

"그이를 처음 만났을 때가 생각나네. 이혼하고 난 뒤 죽을까 말까 하루에도 몇 번씩 갈등하고 있던 때였어. 그럴 때마다 이 도시에 오곤 했는데 시외버스 터미널에서 그이를 만난 거야. 수많은 관광객들 사이에서 나타난 그이가 말했어. '얼굴에 관을 뒤집어쓰고 있군.' 그 한 마디에 완전히 그이에게 빠져버렸어. 호호."

여자의 침묵은 짧았다.

"우리는 그날 사람들의 눈을 피해 왕릉을 올라갔어. 죽은 자와 함께 강제로 매장된 서글픈 무덤 위를 올라간 거야. 억울하게 죽어갔던 사람들이 내가 사는 이유가 될 줄은 몰랐지. 아, 나는 그이를 떠나면 안 되는 거였어. 생명의 은인이나 마찬가지인데 말이야. 그이에게 이상한 일이 생긴 건 아니겠지? 그럴 리가 없겠지? 이 그림이 말해 주고 있잖아. 안 그래? 이 그림을 완성하기 전까지는, 절대 무서운 일 같은 건 생기지 않을 거야."

여자의 말은 끊어지지 않았다.

"이상한 일은 말이야. 어느 날 그이가 갑자기 차를 세우라고 소리치지 않겠어? 바다에 눈이 막 내리고 있었어. 눈은 바다에 닿기도 전에 녹아버렸어. 그이가 해변으로 달려가더라고. 해변 가장자리까지 달려가서는 몸을 잔돌 위로 엎드리고는 글쎄 얼굴을 바닷물에 담그는 거야. 바닷물을 다 삼켜야 한다고, 그래야 죽은 동생에게 용서를 받을 수 있다고. 그런 사람이야. 그이가. 그이가 얼마나 고통스럽게 사는지 알아? 나는 그것을 더 이상 볼 수가 없었어. 그래서 그이 곁을 떠난 거야. 관을 뒤집어쓴 것은 내가 아니라 그이였던 거야."

여자의 말에 그때의 일이 눈앞으로 확 다가왔다. 발아래 둥근 잔돌들이 부서지고 놈의 이젤이 물감을 푼 팔레트가 바닷물 속으로 내동댕이쳐지고 있었다. 놈의 친구들이 낄낄거리며 오줌을 갈기고 그 오줌 줄기가 바닷물과 합쳐지고 해당화 무리가 마구 흔들리고 그러다가 갑자기 그들이 달아났다. 놈이 작은언니와 내 손을 잡았다. 오늘 일은 없었던 거야. 알았어? 만약 사실대로 말하면 내 손에 죽을 줄 알아, 하고 말했다. 한참 뒤에야 큰언니는 놈의 등에 업혀 집으로 돌아왔다. 그날, 늦도록 아버지와 어머니의 방엔 불이 켜져 있었다. 아무 말도 하지 않는 놈과 실신한 듯 누워있는 큰언니, 그리고 입을 봉인 당한 나와 작은언니. 오랜 시간이 흐르고 아버지가 말했다.

"이 동네사람들처럼 결국 속바지도 입히지 않고 내보낸 꼴
이 되었으니."

"떠들어대면 우리만 손해예요. 어디 학교나 제대로 마칠 수
있겠어요? 가뜩이나 딸년들 학교 보내는 정신 나간 집이라고
손가락질당하는 처지에."

어머니가 낮은 목소리로 말했다.

나는 벽에 등을 기댔다. 여자가 불안한 표정으로 나를 바라
보았다. 가슴 깊숙이 봉인했던 기억의 조각들이 제멋대로 튀
어나와 온몸을 난도질하는 느낌에 나는 얼굴을 무릎 속에 파
묻었다. 어느새 여자가 내 어깨 위에 손을 올리고 있다는 것을
알았지만 나는 밀치지 않았다.

비질 자국이 선명한 마당은 적요하다. 암자에 목탁소리가
낮게 울려 퍼지고 있다. 목탁 소리에 작은언니의 비탄이 서려
있는 것일까, 처절한 절규처럼 들렸다. 몇 해 전 목숨을 내던
지려고 했던 작은언니였다. 시봉했던 행자가 아니었다면 작
은언니마저 잃을 뻔하였다. '아무래도 불길해요. 며칠째 물 한
모금도 드시지 않고 기도만 하고 계세요.' 내가 행자의 전화에
한달음에 달려갔을 때 언니는 치사량의 수면제를 옆에 둔 채
좌선 중이었다. 작은언니가 말했다.

"언니처럼 나도 똑같이 가는 수밖에 없어. 죽어서 남자 몸으

로 태어나는 수밖에. 징그럽구나. 여자라는 것."

행자가 흐느끼며 말했다.

"스님이 여기 읍내 보육원 아동들의 보험을 후원하고 계셨거든요. 계약자이자 보호자로 되어 있어요. 보험회사에서 갱신 절차 때문에 여기로 전화를 했는데 그걸 한 신도가 대신 받았나 봐요. 그날 제가 사미니계를 받으러 가는 바람에 여기 없었거든요. 그 신도는 스님이 아이를 낳아 보육원에 버린 것으로 마구 소문을 퍼뜨렸던 거예요. 스님의 승적 박탈과 암자의 철거를 요구하는 현수막이 동네 입구에 걸리기도 하고 난리가 아니었어요. 보육원에 전화 한 통만 했어도 아니, 스님의 말을 믿기만 했어도 될 일인데 말이에요."

보육원 원장이 암자까지 달려와 신도들에게 자초지종을 설명하고 난 뒤에야 소문은 잠잠해졌다고 했다. 신도들은 삼천배를 하면서 사죄했지만 이미 그때 언니는 삶에 대한 집착을 놓은 뒤였다.

염불이 끊어지고 작은언니가 이마를 바닥에 조아리며 삼배를 하였다.

"스님, 저 왔어요."

작은언니가 제단 위의 촛불을 끄고 옆의 차방으로 나를 안내했다.

"마셔보렴. 몸이 따뜻해질 거야."

"난 미역을 하도 많이 만져봐서 그런지 어떤 것을 먹어도 짠 맛이 나는 걸요. 물미역을 좀 가져왔으니까 드셔보세요."

내 말에 작은언니가 슬픈 표정을 지었고 그것을 보자 나는 놈의 여자가 그랬던 것처럼 수다스럽게 떠들어대기 시작했다.

"그 행자님은 이제 스님이 된 건가요? 시봉하는 사람이 없어서 어떻게 해요?"

"무문관에 들어갔어. 이제 공부해야지. 내 시봉은 필요 없어. 자신의 몸도 돌보지 못하면서 수행자라고 할 수 있나. 그래 오빠는 만났어?"

"못 만났어요. 그림도 이제 집어치웠나 봐요."

나는 놈이 한 화가의 그림을 산 것이나 그것을 똑같이 따라 그리려고 했던 것에 대해 일절 말하지 않았다. 혹여나 놈을 가엾게 여겨 작은언니 몫의 돈을 놈에게 양도할까 봐서였다.

"그렇게 좋아하던 그림을 그리지 않는다면 보통 심각한 게 아닌데. 혹여 나쁜 생각을 하는 건 아닌지. 꿈자리가 뒤숭숭해서 말이야."

작은언니가 말했다. 그리고 자신의 잿빛 승복을 들추었다. 승복 바지 아래 꽃 자수가 그려져 있는 하얀 속바지가 눈에 들어왔다. 그것을 보자 또다시 기억의 조각들이 떠다니기 시작했다. 그 바닷가 마을, 주술과 미신이라는 것을 밥처럼 신봉하던 사람들. 여자애가 생리를 하기 시작하면 치마 속에 아무

것도 입히지 않은 채 밖으로 내보내는 야만적인 풍습. 그것은 이 마을의 해안가를 따라 이어져 있는 군 초소에 여자애의 운명이 결정될 수도 있다는 것을 의미하기도 했다. 속옷도 입지 않는 여자애를 군인이 덮쳐 운 좋게 임신이라도 된다면 그것이 그 동네를 벗어날 수 있는 유일한 탈출구였다. 그렇지 않으면 평생 물질만 하며 살 수밖에 없었다. 하지만 우리는 예외였다. 마을에서 우리 사 남매는 유일하게 학교를 다니고 있었다. 그리고 우리 세 자매는 단속곳을 갖춰 입었던 몇 가구에 속했다. '여자라도 배워야 한다. 하나라도 배워서 이 동네를 빠져나가야 해.' 아버지와 어머니의 신념이었다. 작은언니가 고통스러운 표정으로 말했다.

"그날 빨랫줄에 걸린 언니의 단속곳을 내가 가로챘어. 내 것은 덜 말랐고 무엇보다 난 언니의 단속곳 끝단에 새겨져 있는 꽃 자수가 탐이 났거든. 언니는 할 수 없이 단속곳 없이 바다로 나가야 했어. 그게 그런 끔찍한 사고로 이어지리라고는 정말 몰랐어."

그날, 눈부신 햇살 아래 큰언니의 삼단 같은 머리칼은 미역처럼 윤기가 흘렀다. 치마 속 가느다란 다리가 햇빛에 은은하게 비쳤다. 오빠는 우리를 앉혀놓고 그림을 그렸다. 오빠가 다정해지는 유일한 때였다. 아버지의 눈을 피해 그림을 그릴 수 있는 오빠만의 시간이기도 했다. 그런데 그때 오빠의 학교 친구들이 나타났고 그 친구들이 오빠의 등 뒤에서 그림을 훔쳐보면서 시시덕거렸다. 오빠는 뭐라 저항도 하지 못했고 우리는 그런 속수무책인 오빠를 바라보며 불안해했다. 그들은 우리를 에워싸고 희롱하였다. '와, 이 계집애 봐라, 속바지도 없이 돌아다니고 있네. 양년처럼 말이야. 이런 년은 맛을 좀 보여줘야 돼.' 그들 중 한 놈이 큰언니의 손목을 낚아채 해당화울타리 쪽으로 끌고 갔다. 또 다른 한 놈은 오빠의 목덜미를 팔꿈치로 찍어 눌렀다. 오빠는 잔돌 위에 무릎이 꺾인 채 힘없이 쓰러졌다. 나와 작은언니는 해당화 울타리 쪽으로 도망가다가 나머지 한 놈의 발에 걸려 나뒹굴었다. 오빠가 비명을 질렀고 그러자 오빠를 찍어 누르던 놈이 오빠의 목덜미에 칼을 들이대었다. 칼날이 뜨거운 햇살에 하얗게 표백되는 것을 나는 똑똑히 보았다. 그러자 마구 흔들리던 해당화 무더기가 더 이상 흔들리지 않았다. 큰언니의 비명소리도 들리지 않았다.

"야, 튀어. 큰일 났어. 이년 죽은 거 아냐? 눈동자가 완전히 돌아갔어. 뭐 해? 어서 도망쳐."

잔돌 위로 발자국 소리가 어지럽게 들려왔고 뜨끈한 것이 내 가랑이를 타고 내려왔다.

그날 이후 큰언니는 돌변했다. 말이 거칠어졌고 자주 학교를 빼먹었고 나중에는 집을 나가버렸다. 아버지와 어머니는 애간장을 태웠고 오빠는 방 안에서 꿈쩍도 하지 않았다. 작은 언니는 학교를 가지 않았고 나는 오줌을 자주 지렸다.

그러던 어느 날 생긴 지 얼마 되지 않은 마을 수협의 조합장이 대구의 자갈마당이라는 유곽에서 큰언니를 봤다며 떠들어대고 다녔다. 아버지는 한달음에 거길 찾아갔다. 하지만 아버지는 혼자 돌아왔다.

"놓쳤어. 얼마나 빨리 달아나는지 잡을 수가 없었어. 그곳을 왜 자갈마당이라고 하는지 알겠더라고. 달아나지 못하도록, 몰래 도망치는 것을 감시할 수 있도록 그렇게 자갈을 깔아놓았을지도 모르지. 나쁜 놈들. 저벅저벅, 저벅저벅, 여기 바닷가의 잔돌 소리와 어쩌면 그렇게 똑같이 들리는지… 어쩌면 거기서 그렇게 사는 게 나을지도 모르지. 그걸 아니까 이 아비를 제대로 쳐다보지도 못하고 달아나는 거 아니겠어? 여기 오면 뭐 해. 여기도 지옥일 텐데."

나는 큰언니가 있는 곳이 어디를 말하는지 알 수 없었지만 여기, 지옥보다 덜한 곳이라면 거기가 나을지도 모른다는 생각을 하였다.

그리고 얼마 후 큰언니는 집 바로 뒤 해변에서 발견되었다. 밤새 태풍이 몰아친 다음 날이었다. 해변의 잔돌 위로 사정없이 내처져 까무룩 해진 오징어와 물고기를 줍기 위해 나간 동네 사람들이 언니의 시신을 보았던 것이다. 마치 아버지가 깎은 돌 표면에서 자란 것인 듯 미역 다발이 큰언니를 관처럼 감싸고 있었다. 언니의 분홍색 아랫도리에 어머니가 혼절하였다.

굿판이 벌어졌다. 무당은 몇 시간 동안 버선발로 뛰면서 중얼거렸다.

"아이고 불쌍한 처녀가 있네. 하초에 피를 흘리며 물속에서 울고 있네."

작은언니가 얼어붙은 나를 안았다. 아버지가 혼이 나간 듯 중얼거렸다.

"우리 딸 불쌍해서 어쩌누. 이 아비가 죄가 많구나."

우리는 그곳을 떠났다. 집을 팔고 미역 어장을 팔고 도시로 이사했다. 평생 물질하던 아버지가 도시에서 먹고살 길은 없었다. 오랜 친구였던 황 영감이 없었다면 우리 가족은 죽은 목숨이었다. 결국 아버진 또다시 미역 다발을 만지고 다듬어야 했다. 얼마나 이를 악물었던지 잇몸이 내려앉았고 얼마 지나지 않아 이가 몽땅 빠졌다. 어머니는 한숨을 쉬며 넋두리를 늘어놓았다. '우리가 잘못했네요. 도망치는 게 아니었어요. 그놈들을 찾아서 때려잡았어야 했네요. 죄인을 놔두고 생때같은 내 딸만 죽였네요. 그깟 졸업장이 뭐라고.'

중학교 졸업식을 앞두고 작은언니는 출가했다. 가족 중 어느 누구도 그것을 막지 않았다. 우리 가족은 침묵이 쌓아 올린 절벽 위에 서 있는 집처럼 위태로웠다.

작은언니의 눈언저리가 붉어졌다.

"내가 이 단속곳을 빼앗지만 않았더라도 언니가 그런 일은 당하지 않았을 거야. 잘못은 내게 있어. 그러니까 오빠를 용서해야 해. 언니도 그것을 원할 거야. 아버지도 어머니도."

작은언니의 굵은 눈물이 단속곳 위로 떨어졌다. 꽃 자수가 꽃처럼 선명하게 피어오르는 것처럼 느껴졌다. 차가 차갑게 식어갈 동안 우리는 아무 말도 하지 않은 채 바깥을 바라보았다.

구치소 투명 가림막 사이로 놈의 얼굴이 보였다. 아직도 술에 덜 깨었는지 멍한 눈빛으로 아래만 쳐다보고 있다. 여자가 울며불며 전화만 걸어오지 않았더라도, 설령 그랬다고 하더라도 그것을 무시하면 그만인데, 이렇게 어이없는 사건이라면 더더욱 올 필요가 없었는데… 하는 자책 속에서 나는 놈을 노려보았다.

경찰이 심드렁하게 전한 사건의 전말은 이랬다. 장례식장에서 놈이 고인의 영정 사진에 침을 뱉고 발길질을 하며 난리를 피우다가 나중엔 조문객 중 한 남자를 칼로 위협했다. 다행히 칼이 빗나가서 다치진 않았다. 술에 취했기에 망정이지 맨정신으로 그랬다면 살인 치사였을 텐데 운이 좋았다. 어찌 된 일인지 피해자가 고소도 하지 않겠다고 했다는 내용이었다. 고인과 피해자, 가해자 모두 고등학교 동창이라는데 오래전에 있었던 오해 때문인가 하는데 어쨌든 오늘 중으로 나갈 수 있을 거라고 했다.

그러니 굳이 여기에 달려올 필요는 없었던 것이다. 놈이 사람을 죽여 종신형을 받게 되는 것을 확인하는 심정으로 달려왔을 뿐이다. 입술을 꼭 깨물었다. 나의 본심을 말하지 말아야 한다. 그 어떤 것도 묻지 않아야 한다. 이제 끝이다. 침묵으로 끝을 내는 것이다. 그것이 이 비겁하고 나약한 놈에게 내리는 벌 중의 가장 혹독한 벌이 될 것이다. 그러나 놈은 결국 그런 나의 의지를 꺾고 말았다.

"그 새끼의 출소일만 기다렸다. 살인미수로 십오 년 형을 받은 그 새끼를 말이야. 그런데 그 새끼가 모범수로 일찍 출소했다는 거야. 그 새끼를 찾으러 백방으로 다녔지. 그러다 교통사고로 입원했다는 것을 알게 되었어. 허나 병원에 찾아갔을 때는 이미 죽었더라고. 할 수 없이 장례식장에서 그 패거리들을 기다렸어. 하지만 한 놈만 온 거야. 나머지 한 놈은 오래전에 사고로 죽었다고… 비록 한 놈밖에 처리하지 못했지만…. 해당화 쪽으로 질질 끌고 갔던 놈을 처리했으니까 그것으로 족해. 칼을 든 놈도 너희들을 발로 걸었던 놈도 이미 죽었으니까. 이제 끝났어."

말을 마친 놈이 의자에서 벌떡 일어섰다. 나는 내 입에서 나오는 것인지, 아니면 어느 혼령이 나의 몸을 빌려 말하는 것인지 분간이 되지 않는, 거칠고 갈라진 목소리가 내 입을 빠져나오는 것을 느꼈다.

"뜻대로 그렇게 되지 않아서 어떡해? 죽이기는커녕 털끝 하나 건드리지 못했으니까. 다행이지 뭐야. 그렇게 쉽게 끝나면 안 되지. 그러니까 남의 그림이나 흉내 내면서 고통스럽게 살아야겠지."

놈의 눈동자가 커졌다. 놈이 투명한 가림막에 손바닥을 갖다 대었다.

"그럴 리가 없는데, 그럴 리가 없는데. 분명히 깊숙이 찔렀는데, 뒤로 쓰러지는 것을 봤는데."

더 이상 참을 수가 없었다.

"술에 취한 채로 저질렀으니 성공할 리가 없지. 오빠 뭐든 그랬어. 나약하고 무능력했어. 그리고 그건 큰언니의 복수인지도 몰라. 평생 오빠가 낙오자, 실패자로 살아가라고… 오빠가 돌려보냈지? 큰언니가 집으로 왔을 때 말이야. 도망갔던 그곳으로 돌아가라고. 몸을 팔든 웃음을 팔든 여기보단 나을 거라고. 큰언니가 오면 오빠가 죽을 것 같으니까. 그렇지? 그러니까 오빠는 언니를 두 번 죽인 셈이야. 다 알고 있었어. 이 말을 하지 않으려고 얼마나 안간힘을 썼는지 오빠 상상도 하지 못할 거야. 묻지도 말하지도 못하며 살아온 세월이 어땠는지 알아? 그래 놓고, 지금 복수한 거라고 떠드는 거야? 고작 그 천재 화가의 명성에 빌붙어서 죄의식을 덮으려고 하는가 본데 과연 그걸로 오빠의 죄가 없어질까. 오빠의 몸이 캔버스가 되어야지, 오빠의 몸에서 철철 흘러나오는 피가 물감이 되어야지, 그래야 공평해져. 우리 모두가."

그때 접견시간이 끝났다는 부저가 울렸다. 나는 뒤도 돌아보지 않고 접견실을 나왔다. 놈의 흐느끼는 울음소리가 등 뒤에서 들렸다. 나는 등을 돌려 놈을 바라보았다. 놈이 손바닥으로 눈물을 훔치며 일어서서 교도관이 서 있는 쪽을 향해 걸어가고 있었다. 놈의 축 늘어진 어깨가 휘청대었다.

그러자 놈이 그렸던, 절대 팔지 않기로 했다던 그 한 점의 그림이 눈앞으로 확 다가오는 듯했다. 보라색 소파 위에 정물처럼 앉아있던 세 여자가 일제히 일어나서 투명한 가림막을 통과하여 잿빛 복도를 지나 조금 전 사라진 놈을 향해 다가가고 있었다.

황 영감은 입김을 연신 뿜어대며 미역 다발을 손질하고 있다. 겨울 해가 뉘엿뉘엿 스러지고 있다. 오늘도 한밤중까지 작업은 이어진다. 나는 흠집이 난 미역을 사정없이 칼로 잘라낸다. 여자가 전화를 걸어와 희소식이라며 전해준 말이 떠올랐다.

"그이가 해당화를 완성했어. 세 여자 모두 완전하게 채색을 마쳤어. 내 눈엔 이인성 화가의 그림보다 더 잘된 것처럼 보여.

이제 또다시 그리기 시작했어. 참, 나 여기서 미장원을 열 거야. 살아야지. 살려면 그이 옆에 붙어 있어야지. 개업식에 초대할 테니까 꼭 와 줘. 스님에겐 내가 전화했어."

내가 여자의 말을 떠올리며 희미한 미소를 짓는 것을 보았을까, 황 영감이 나에게 말했다.

'며칠 내 이 미역 선별 작업도 끝이 나겠구먼. 그러면 자네 집 앞바다에 갈 수 있겠지. 친구를 만나러 말이야.'

불쑥, 놈이 완성했다는 해당화가 간절하게 보고 싶었다.

상간녀 손해배상 소송

가사 법정 전자게시판 앞의 의자엔 서너 명의 사람들이 앉아 있었다. 모자 관계로 보이는 두 사람과 한 여자, 그리고 한 남자, 또한 부부로 보이는 남녀가 각각 한 자리씩 혹은 두 자리씩 뚝뚝 떨어져 앉아 있다. 전자게시판에는 오전 10시부터 열 건가량의 선고가 시작될 예정임을 알리고 있었다. 나는 그의 아내가 보이지 않는 것에 내심 안심했다.

"법원에 갈 필요는 없습니다. 이런 손해배상 소송에 피고가 가는 일은 없거든요. 불미스러운 일이 생길 수도 있으니까요. 하지만 굳이 가겠다면 절대 감정에 휘말려선 안 됩니다. 저쪽이 시비를 건다고 해도 무조건 참아야 합니다. 만약 대거리라도 한다면 민사가 아니라 형사로 번질 수도 있어요. 글쎄, 뭐 그럴 필요가 있겠어요? 이제 마지막 판결만 남았는데."

변호사는 소송 중 감정싸움으로 번져 결국 폭언과 폭력이 난무하여 형사 소송까지 가는 경우가 왕왕 있다며 내가 직접 법정에 서는 것을 긍정적으로 보지 않았다. 변호사의 말은 맞았다. 나는 손해배상 소송장을 받고 여태 세 번째 선고가 있기까지 더 이상의 경박하고 비열하고 비참한 감정이 또 있을까, 하는 금수의 세계보다 못한 모멸감을 느끼며 겨울과 봄과 여름의 세 계절을 보냈었다.

맨 처음 상간녀 손해배상 소송장을 받아든 순간 나는 멍한 상태로 서 있었다. 한참 후 겨우 정신을 차려 인터넷 검색을 했고 백 퍼센트 승소를 장담하는 한 변호사에게 전화로 먼저 문의했다. 변호사는 반론할 증거가 있습니까, 하고 물었다.

"원고가 보낸 내용은 사실이 아니에요. 모두 거짓입니다. 그들 부부는 파탄지경이었고 무엇보다 원고의 남편은 처음엔 사별했다고 했다가 나중엔 이혼을 앞두고 있다고 말했어요. 이게 진실이에요."

내가 이렇게 말하자 변호사의 시니컬한 웃음이 휴대전화에서 흘러나왔다.

"대체 무슨 진실을 말하는 겁니까? 법에 진실 같은 게 있을 줄 알아요? 없어요. 오로지 증거만 있어요. 허위로 꾸미든 증거만 차고 넘치면 끝입니다. 어쨌든 와서 상담하시지요."

전화가 끊어지고 나는 망연자실 앉아 있었다. 변호사의 말이 맞다면 완전히 패소다. 내가 열광하고 감응한 그 중독의 행위를 어떻게 증명할 수 있다는 말인가. 이혼을 앞두고 있다는 그의 말을 철떡 같이 믿었고 나중엔 믿으려고 안간힘을 썼다.

내가 집으로 소송장이 왔다고 그에게 말하자 그는 끙, 하며 신음을 흘렸다.

"이런 일을 벌일 줄은 몰랐네. 네 집 주소를 집요하게 묻기에 귀찮아서 던지듯 말했는데 변호사까지 살 줄은 몰랐네. 우린 단지 귀찮아서, 이혼 법정에 나란히 서서 서로의 목소리를 듣는 것조차 끔찍한 나머지 합의이혼 절차마저 하지 않은 사람들이거든. 내가 너에게 거짓말한 것임을 증명하면 되지? 그건 내가 증인으로 출석하면 되는 거고."

이런 그의 거짓말을 증명한다면, 그렇게 하기 위해 그를 증인으로 내세우면 승산이 있을까. 그렇게 된다면 진실이 될까.

그런 생각을 하며 나는 법원 앞에 있는 변호사 사무실로 찾아갔다. 그와의 내용을 전하자 변호사가 말했다.

"의뢰인의 편이 되어주겠다는 그 남자의 말 믿을 수 있을까요? 그런 일은 거의 없어요."

변호사가 고개를 갸우뚱거리며 의아해했지만 나는 변호사의 말보다 그의 말을 신뢰하고 싶었다.

사실 그는 통화가 끝날 때까지 미안하다는 말을 하지 않았다. 나는 그가 사과할 때까지 전화기를 붙들고 있었다. 겨울 햇살이 마루 창문을 통해 인색하게 들어오면서 마당의 나무가 일제히 얼어붙기 시작하는 것처럼 느껴졌다.

"미안하다고 말해야 하지 않아?"

내가 따져 묻자 그는 어, 어 하며 말을 흐리더니 한동안 침묵하고 있다가 '내가 해결할게. 넌 아무것도 걱정하지 마' 하고 던지듯 내뱉고는 전화를 끊어버렸다. 나는 그의 말이 낯설지 않았다. 아주 오래전에도 그는 이 말을 했었다. 그러나 그 말을 하고 난 후 잠적했다. 여러 군데 수소문 끝에 이미 군 입대를 했다는 소식을 들었다. 나는 더 이상 망설이지 않고 산부인과 병원에서 낙태 수술을 했다. 그러고도 그에게 사실을 말하지 않았다. 말할 필요를 느끼지 않았다. 독감이나 성장통, 성숙한 인간이 되기 위한 통과의례이고 다시는 반복해선 안 되는 치명적인 실수일 뿐, 낙태가 내 삶의 장애가 될 수는 없다고 생각했다. 나는 이것만 기억하고 태아를 포함한 나머지를 모두 지웠다.

그러던 어느날 그가 내 첫 소설책을 대량으로 구매하여 회사 사람에게 선물한다고 하고 일면불식의 미용사나 식당 주인이나 구두 수선공에게까지 선물로 나눠 준다는 말을 어머니를 통해 들었다.

"내가 그렇게 들여보내지 말라고 해도 엄마가 문을 열어주니까 그렇지. 내가 얼마나 그 새끼에게 모멸감을 당했는지 알아? 얼마나 뻔뻔한지 회사 앞에 가서 뺨을 갈겨도 꿈쩍을 안

해. 이게 사람을 돌게 만든다니까? 나를 미쳐서 죽게 만들 작정이라니까. 그러니까 다신 집 안으로 들이지 말라고."

그러자 어머니가 말했다.

"너와는 끝났을지는 모르지만 나완 아니다. 네 오빠가 공부한다고 멀리 가 있고 너는 소설 쓴다고 돌아다니지, 내가 무슨 낙이 있니. 아들 대신 얼마나 의지가 되는지 알아?"

평생 누군가를 의지해야만 생존할 수 있었던 어머니는 바람을 피운 아버지의 상대 여자와도 말벗이 될 수 있을 정도였다. 결국 그는 완전히 발걸음을 끊었다. 어머니는 탄식과 아쉬움과 노여움이 뒤섞인 채 나에게 화풀이를 했다. '소설 쓴다고 그놈의 가짜 세상에서 떠도는 네년보다는 백 배 좋았는데, 이제 결혼하고 나니 낯짝 한 번 보기 어렵네. 전화도 받질 않아. 이놈도 독하네. 내가 얼마나 잘해줬는데, 손국수도 말아주고 잡채도 해주고 그 비싼 갈비도 말하는 족족 다 요리해 줬는데. 그러니까 그놈의 결혼식 날 내가 갔어야 했는데 네가 죽자고 말려서 못 갔지. 내가 패악을 부려서 그놈의 결혼식을 망쳐야 했는데.'

그렇게 노발대발했던 어머닌 결국 자신의 장례식에 그를 끌어들인 꼴이 되었다. 그는 문인협회 월간지에서 회원 동정을 보았다고 했다.

"평생 구독자라서 말이야. 매달 집으로 오거든."

오빠는 '이게 얼마 만이야, 그래? 잊지 않고 와주었네. 그래 야지. 어머니가 얼마나 자넬 좋아했는데, 엄청 사위 삼고 싶어 하셨지. 그러니 자네가 다른 여자와 결혼한다는 소식을 듣고 얼마나 상심했겠어? … 뭐, 그거야 지난 과거니까 지금 뭐라 해봤자 무슨 소용인가, 안 그래? 잘 살고 있고? 근데 두 사람 그동안 서로 한 번도 만나지 못한 것 같군그래. 자네를 보는 쟤 얼굴이 마치 귀신을 보는 듯해서 말이야. 그렇겠네. 결혼한 뒤에도 만나면 그거야 불륜 아닌? 하하.' 하며 마치 흥미 있 는 구경거리를 만난 듯 장례식에 어울리지 않게 큰 소리로 떠 들었다.

그는 납골당까지 따라왔다. 나는 뭔지 모르는 불안감이 어 머니에 대한 애도와 슬픔을 완전히 뒤덮고 있는 것을 느꼈다.

"이제 쟤는 혼자가 되었어. 치매 환자를 수십 년 동안 모시 느라 연애도 결혼도 못하고 말이야. 이젠 소설에 매진해야지. 첫 책을 내고 한참이나 지났으니 이젠 실컷 쓰겠지. 소설과 결 혼한 것은 잘한 선택이었어. 쟤 성격으론 말이야. 자네가 좀 챙겨줘. 나는 멀리 있어서 챙겨주기도 그렇고. 뭐, 요즘에는 남자사람친구 뭐, 이런 말도 유행하던데 말이지. 우리 딸도 그 러던가. 아, 그래. 어장관리, 좋은 시대야. 안 그래? 하하."

장황하게 말을 늘어놓는 오빠의 옆에서 올케언니가 빨리 차 에 타지 않고 뭐 하냐고 고함을 질렀다. 올케 언니가 나와 그를 번갈아 보며 의미심장한 미소를 짓고 있었다.

그들이 떠나고 난 뒤에도 나와 그는 한참 동안 납골당 주차장에 서 있었다. 여름 햇살이 뜨겁게 목덜미를 태우고 있는데도 그저 멍하니 서 있었다. 갑자기 생각난 듯 그가 말했다.

"차 안에 있으면 되는데 왜 이러고 있는지 모르겠네. 집에 데려다줄게."

그러나 차는 용광로처럼 달아올라 있었다. 그는 시동을 켜고 에어컨을 작동한 뒤 '잠깐만 있어봐. 담배 한 대 피우고 올게.' 하며 건물의 뒤편 흡연 구역 쪽으로 걸어갔다. 요란한 에어컨 소리에 나는 얼굴을 찌푸리며 그가 걸어가고 있는 것을 바라보았다. 그의 뒷모습은 후줄근해 보였다. 문득 아이를 지운 것을 말했던 때가 떠올랐다.

"이제 우리 집에 더 이상 찾아오지 마. 어머니 핑계 대지 말고. 너와 다시 결합한다면 나는 아이를 지운 죄책감과 결합하는 것이나 마찬가지가 돼. 더 이상 고통스럽고 싶지 않아."

입술을 깨문 채 서 있던 그는 잘할게. 앞으로, 하였고 발악하듯 소리를 지르는 나의 입을 손바닥으로 막았다. '다른 데 가서 이야기하자. 여긴 보는 눈이 많아. 회사 동료들이 얼마나 남의 불행에 관심이 많은지 넌 모를 거야.' '관심 없어. 네가 어떻게 살든. 재미없어. 네가 재미없어. 그러니까 헛수고하지 마. 더구나 미안하다는 말을 하지 않는 남자와는 상종도 안 할 거

야.'

끝내 그는 '미안해.' 라는 말을 하지 않았다. 왜 미안해라고 하지 않아, 하고 물었을 때 '그런 말하면 낯선 사람이 되지 않나? 그리고 사내가 그런 말을 하기엔 좀 그렇지. 나약하게 보이잖아. 그러니까 그런 말은 평생 안 할 작정이야. 그건 그렇고 넌 아이까지 낙태해 놓고 다른 남자와 연애하는 것은 좀 그렇지 않나? 소설가라면 마땅히 지켜야 하는 순정, 뭐 그런 거 있지 않나? 다른 평범한 여자보다는 말이야.' 라고 했다. '미친 놈.' 그러자 낄낄대며 웃던 그가 말했다.

"그럼 내가 결혼하고 난 뒤 우리가 만나면 불륜 사이가 되는 건가?"

이번엔 내가 낄낄대었다. 그러자 그가 말했다.

"그것도 좋을 것 같네. 그게 더 짜릿하고 애잔하거든. 물론 너에게 남자가 없다는 전제 하에서 말이지. 난 양다리는 정말 싫거든."

그리고 얼마 지나지 않아 그가 집으로 전화를 걸어왔다.

"당분간 신혼에 집중할 거야. 소설 열심히 써. 아, 소설가 아내를 두는 것도 나쁘지 않은데 말이지. 하하. 농담이야. 소설 쓰는 여자는 사실 좀 버거워. 난 결혼하기에 적당한 상대를 만났어. 참하고 순진하고 그리고 무엇보다 순종적이지."

그때 그가 차 쪽으로 뛰어오고 있는 것이 보였다. 나는 황급히 과거의 기억 속에서 빠져나왔다.

그는 나의 집 앞에서 '차도 한 잔 주지 않을 건가? 섭섭하네.' 하며 마치 죽은 어머니에게 하듯 너스레를 떨었다. 나는 그에게 차를 내주었다. 그는 집 마루와 서까래와 한지 창문을 둘러보며 내 외갓집 같아. 이제 사라지고 없는 산골 동네의 초입에 있었던 그 유년의 집 말이야. 그래서 여길 자주 왔지, 하고 졸린 듯 하품을 했고 '한숨 좀 자고 가면 안 될까? 어머니 계실 때도 여기서 낮잠을 자곤 했어. 한여름의 낮잠이 얼마나 달콤한지.' 하고 말했다. 어쩌자고 그에게 베개와 홑이불을 주었던가. 나는 단잠을 자고 있는 그를 물끄러미 바라보다가 그의 옆에 누웠고 그가 팔베개를 하자 그의 몸을 파고들었던 것이다. 훅하고 오래전의 낯익은 체취가 느껴졌고 동시에 그의 혀가 들어왔다. 그 황홀감은 그토록 불온하고 불길한 예감을 덮고도 남았다. 어머니의 그 길었던 간병에서 풀려난 해방감 때문이었을까, 나는 그토록 위태롭고 불안하였다.

그날이 떠오르다니. 이런 차갑고 건조한 법원에서 하는 상념이 고작 이런 것이라니. 그 짧았던 탐닉이 이렇게 불명예스러운 사태를 불러왔는데도 아직도 이따위의 낭만에 젖어있다니. 나는 소설 속 어느 한심하고 멍청한 여주인공을 떠올리며 얼굴을 찌푸렸다.

"어머니 화장실 다녀오세요. 아직 20분이나 남았어요."

남자가 말했다. 그러자 나이 든 여자가 천천히 자리에서 일어났고 그 남자가 휴대전화를 꺼냈다. 남자가 혼잣말처럼 중얼거렸다.

"미친년. 이젠 차단까지 해버렸군. 딸의 얼굴도 못 보게."

나는 의자에서 일어났다. 초조하고 불안한 감정에 휩싸였다. 만약 패소한다면 손해배상금을 마련하기 위해 집을 담보로 대출을 낼 수밖에 없다. 이미 변호사 비용을 대느라 통장에서 목돈이 빠져나갔다. 원금과 이자를 갚기 위해선 제대로 소설에 몰입할 수 없고 무엇보다 빚을 갚기 위해선 일을 해야만 한다. 복도를 따라 걷기 시작했다. 청소부 여자 몇몇이 휴게 소파에 앉아서 낮은 목소리로 이야기를 나누고 있었다. 나도 저들처럼 오래전에 했던 아파트 용역 청소를 다시 시작해야 할지도 모른다, 는 생각이 들었다.

"너를 찾아갈지도 몰라. 잡지를 보고 알아냈나 봐. 다른 소설은 읽지 않고 네 소설에만 내가 밑줄을 치고 막 그랬거든. 소설가냐고 내게 묻고는 뭐라고 한 줄 알아? 미쳤군. 딱 이래. 소설을 쓰는 여자를 미쳤다고 하는 건지, 그런 여자를 만나는 나를 미쳤다고 하는 것인지 헷갈리더라. 근데 이혼은 안 할 거라고, 이혼을 할 건지 말건지 자신이 결정하겠다고 말하더라. 그리곤 '한번 얼굴 봐도 되지?' 하는데 안 된다는 말을 못 하겠더라. 그러니까 내 말은… 적당히 타일러서 내보내라는 말이야. 사과도 하고. 내 말 듣고 있지?"

나는 그의 아내 보다 그를 먼저 처리해야 하는 위기에 직면한 것임을 알아차렸다.

"사과부터 해야 하지 않니? 처음에 아내가 오래전에 죽었다고 하지 않았어? 그리고는 아내와 이혼 소송 중이라고. 두 번이나 나를 속인 것이지. 그걸 먼저 사과해야 하는 거 아니야?"

그가 지겹다는 듯 짜증을 내었다.

"또 그놈의 사과 타령이야? 지겹네. 우리 부부는 말이야. 오래전부터 그렇게 지내왔어. 마누라도 내가 죽었다고 말하고 다녀. 다른 때에는 침울하고 권태로워 거의 시체이던 그런 마누라가 글쎄 요즘엔 거의 전사가 되었어. 어쩌면 지금이 낫다는 생각도 들어. 귀신보다는 말이야. … 그리고 솔직히 말해서 너도 내가 거짓말했다는 것을 알고 있었을 걸. 알고도 모른 체했을 걸. 암묵적 묵인 속에서 우린 뜨거웠지. 그렇지, 뜨거웠지. … 다시 전화할게. 내가 하기 전까지는 전화하지 마."

어떻게 이런 무책임한 놈과 다시 엮일 수 있었을까. 오래전 그와 결별할 때의 모멸감과 다시 재회한 느낌이 들자 나도 모르게 내 입에서 '개자식'이란 말이 튀어나왔다. 그러자 청소부 여자들이 일제히 내 쪽을 향해 쳐다보았다. 뭔지는 모르지만 알고도 남는다는 듯한 표정들이었다.

그의 말대로 이내 그의 아내가 쳐들어왔다. 그녀는 선글라스를 꼈고 독감에 걸렸는지 연신 코를 풀었다. '나쁜 년, 푸, 정말 더러운 년, 푸.' 집 앞을 지나가던 사람 몇몇이 내 쪽을 쳐다보았다. '그러면서 소설가라고? 네가 쓴 소설 다 읽어봤어. 하나같이 사랑타령이더라. 사랑을 그렇게 좋아해서 남의 남자와 그렇게 낭만적으로다가 몸을 섞었나? 그걸 소설로 쓸 셈이었나? 얼마나 뻔뻔하고 더러운지.' 그녀는 대문을 발로 찼다. 나는 대문 앞을 가로막고 서 있었다.

　"비켜. 당장. 창피당하고 싶지 않으면."

　"그러니까 법으로 소송 거셨잖아요? 이제 법정에서 판가름하면 되지, 이렇게 집으로 쳐들어오면 어떡해요?"

　그녀가 손을 내밀어 내 팔을 잡고 흔들었다.

　"입 닥쳐. 소설가라고 말은 고상하게 하네. 그따위 존댓말 쓰면 우아해지니? 그리고 법, 법 좋아하시네. 소설가니까 말도 청산유수구나. 그 입으로 잘도 내 남편을 갖고 놀았겠지?"

　그녀의 말은 틀렸다. 나를 가지고 논 것은 당신 남편이야. 그리고 엄밀히 말하자면 바로 당신이야. 당신의 남편은 당신이 죽은 사람이라고 했거든. 그러니 죽은 귀신이 이렇게 행패를 부리는 꼴이라고. 나는 이 말을 하려다가 입술을 깨물었다. 조금이라도 그녀의 우위에 서고 싶었다. 야생의 짐승이 아니라 품위 있게 길들여진 사람이고 싶었다.

"법으로 하면 유리할 것 같아? 내겐 증거가 있어. 너희들이 돌아다닌 호텔이니 모텔이니 식당이니 말이야. 정말 많이도 돌아다녔더구나. 모르는 모양인데 내 남편은 흔적을 남겨. 마치 개새끼처럼 영역 표시를 하고 다닌다고. 제 물건 하나 제대로 정리하지 못하고 제집도 제대로 찾아오지 못하는 놈이라고."

그녀는 그의 말과 달랐다. 우울하고 순한 것이 아니라 뜨겁고 거칠었다. 결국 나는 문에서 비켜설 수밖에 없었다. 나는 대문을 닫고 그녀의 뒤를 따라 들어갔다. 그녀는 마당의 화단을 둘러보았다. 나무와 꽃들을 둘러보고 돌확 위에 떨어져 있는 마른 잎들을 보더니 피식 웃었다.

"이건 뭐, 완전 청승 그 자체네. 돌절구에 맷돌에 무슨 도자기 화분이 이렇게 많아? … 근데 계속 이렇게 서있게 만들 거야?"

그러더니 마루로 올라가 털썩 주저앉았다. 그녀를 바라보았다. 선글라스를 끼고 있는 그녀의 표정은 좀처럼 알아볼 수가 없었다.

"물도 한 잔 주지 않을 건가?"

그녀가 또다시 말했다. 그러자 그가 했던 말이 떠올랐다.

"함부로 해. 뭐든. 마치 하인 부리듯 해. 마누라 집은 그랬어. 장인도 장모도 하나같이. 오래전부터 내려온 가풍 같은 거지."

"그걸 어떻게 견뎌?"

"제사 때문이지. 제사상을 끝내주게 차리거든. 원래 손도 좀 크고. 입이 쩍쩍 벌어지지. 종손 며느리답게 말이야. 돌아가신 부모도 그걸 보고 편안히 눈 감았으니까. 자신의 제사상을 생각하면서 온갖 만행을 참았을 거야. 근데 말이지. 난 제사상만 보면 구토가 일어나더라고. 죽은 자의 미련도 산 자의 허위도 모두 한 상 위에 포진해 있다는 느낌 때문에 말이야."

가스레인지에 주전자를 올렸다. 물이 끓어오르는 동안에도 그녀는 꼼짝 않고 마루에 서 있었다. 석류청에 뜨거운 물을 부은 차를 그녀에게 건넸다. 그 잠깐의 냉기에도 그녀가 몸을 부르르 떨었다. 그녀는 찻잔을 양 손바닥으로 감싸고 물끄러미 찻잔을 내려다보았다. 그러더니 조심스럽게 찻잔을 입으로 가까이 가져갔다.

"석류 차는 처음 먹어보네. 석류꽃은 아는데. 참 예쁜데…."

이런 어처구니없는 일이 다 있을까, 하는 생각이 들었다. 손해배상 소송을 앞두고 원고인 본처와 피고인인 상간녀가 마주 앉아 이런 비현실적인 대화를 하고 있다니. 무엇보다 조금 전의 날 선 기세는 다 어디로 갔는지, 꽃 타령이나 하는 본처라니. 더구나 이런 아내를 죽어버렸다고 말했던 그의 인면수심이라니. 나는 한숨을 내쉬었다. 그녀가 불쑥 말했다.

"아직도 이런 집이 있었네. 이런 세월에, 이런 세상에. 이렇

게 살면 글이 잘 나오려나. 아, 나도 어릴 적엔 이런 집에 살았
어. 더럽게 불편하고 구질구질했는데."

그녀는 다시 차를 마셨다. 나는 그녀의 말에 일말의 기대가
뭉클 솟아나는 듯 느껴져 나도 모르게 얼굴을 찌푸렸다. 가난
한 상간녀를 동정할 수도 있지 않을까, 소송을 기각할 수도 있
겠어. 그냥 적당한 합의금으로 해결될 수도 있겠어. 삼천 만 원
이 나올지도 모르는 위자료를 반액 삭감할 수도 있지 않을까.
나는 비굴한 심정이 된 자신이 못마땅해서 미칠 지경이었다.

"이런 살림에 위자료 내려면 힘에 부치겠네. 뭐, 베스트셀러
작가도 아니니까 여유도 없을 테고."

그제야 그녀의 속마음을 알아차릴 수 있었다. 그녀가 바라
는 것은 사과였다. 죄인처럼 고개를 숙이고 무릎을 조아리는
사과. 내가 그에게 바란 것과 똑같이.

"증거가 확실하니까 한 번에 재판이 끝날 수도 있겠어. 그이
가 증인 사실확인서까지 써줬으니까 말이야."

증인 사실확인서라니. 나는 심장이 내려앉았다. 내 쪽에 유
리하도록 증인을 서주겠다고 한 그의 말은 거짓말이었다. 변
호사의 말이 떠올랐다.

"만약 저쪽이 이혼을 안 했다면 증인으로 나올 수도 있어요.
하지만 판사가 증인을 부를 필요는 없겠다고 선고했으니 우리
로서는 다행이지요. 그래도 안심할 수는 없지요. 증인 확인서

는 유효하니까요. 이런 상간 사건은 증인의 위력이 가장 세거든요. 어느 쪽에 증인이 설지 그게 관건인데… 혹시 연락이 됩니까? 사실확인서는 절대 쓰지 말아 달라고 좀 사정해도…."

나는 또다시 그를 믿어야 하는, 아니 믿지 못하는 지경에 와 있다는 현실에 머리가 아득해졌다.

그녀는 내가 사과할 의사도 합의를 구걸할 의사도 없음을 알았던지 일순 표독스러운 표정으로 돌변하였다. 그녀는 더 이상 차를 마시지 않았다. 몸을 사정없이 떨더니 화장실을 좀 써야겠다고 말했다. 나는 손가락으로 가리켰다. 그녀는 휴대전화를 든 채 화장실로 들어갔다. 물 내리는 소리가 들려왔고 세면대의 수돗물이 떨어지는 소리도 들렸다. 곧 그녀가 나왔다.

"우리 남편 어디가 그렇게 좋았어? 대학 때부터 사귀었던 사람이라던데 왜 그때 결혼하지 못하고 이렇게 구질구질하게 일을 벌인 거야?"

대답하지 않았다. 말할 가치도 의무도 느끼지 않았다. 그녀는 마루에 앉았다.

"젖가슴을 애무하는 게 좋던가? 그 날렵하고 진득한 스킬 말이야? 그것에 빠져서 정신을 차리지 못한 건가?"

그녀는 나를 도발할 작정이었다. 그가 경고한 것은 대체로 적중했다.

"도대체 종잡을 수가 없어. 하루 종일 시체처럼 뒹굴다가 나

만 보면 발작인 거야. 앞뒤 맞지 않는 말로 막다른 골목까지
밀어 넣거든. 그렇게 발작이 끝나고 나면 또 언제 그랬던가,
하는 천진한 표정으로 쓰러져서 잠을 자는 거야. 그러니까 내
가 죽은 여자로 치부하고도 남지. 안 그래?"

　그래도 내가 잠자코 있자 순간 그녀가 벌떡 일어섰다.

　"소설을 쓴다면서 무섭지도 않아? 소설도 엉망이지만 행실
은 더 엉망이라고, 당신이 상간녀라고 내가 떠들어대면 어떻
게 될지 말이야? 참 간도 커."

　순간 나는 살의를 느꼈고 두 손이 부르르 떨렸지만 아래 입
술을 지그시 깨물며 참았다. 그녀는 마루 아래로 내려갔다. 신
발이 차가운지 얼굴을 찌푸리며 '도대체 이런 집을 드나들다
니 상상이 되지 않아. 얼마나 추위에 약한지 집에만 오면 난방
을 최고조로 올리는 인간이 말이야.' 하며 독백처럼 내뱉었다.

　"설마 나를 모델로 소설을 쓸 작정은 아니겠지? 만약 그러
기만 해. 정말 죽여버릴 거니까."

　나는 위험한 폭탄을 앞에 두고 있는 것 같은 기분이 들었다.
위자료가 얼마든 주고 말자. 다시 만나는 일이 없어야 한다.
이런 여자는 소설 주인공으로도 불편하고 경박해. 순간 그녀
가 휙 돌아보았다. 그녀는 정말 누군가를 죽여본 적이 있던 것
과도 같은 살벌한 표정으로 나를 노려보았다.

　"말해. 쓰지 않을 거라고."

"당연하지. 당신은 내 소설 속에 등장할 인물조차 못 되니까."

지지 않으려고 당당하고 강한 어조로 쏘아붙였지만, 마음속 한편으로는 '그녀는 이다지도 많은 권한을 가졌는데, 어떻게 나는 불륜녀로 매도당하는 처지가 되어 이런 무례한 말을 듣게 되었는가.' 하는 자괴감이 몰려왔다.

일순 그녀의 표정이 어두워졌다. 그녀는 아무 말 없이 대문을 열고 나갔다. 그녀의 걸음 소리가 완전히 들리지 않을 때까지 나는 대문을 잠그지 않았다. 대문 닫는 소리까지도 그녀에게 들리게 하고 싶지 않았다. 그것은 기껏 그런 모멸감만으로는 문을 꽝 닫는 광란의 감정이 일어나지 않는다는 것, 그리하여 나라는 여자는 눈동자를 요란하게 움직이며 늘 긴장의 상태에 있는 참새 같은 부류가 아니라 부동의 눈동자로 꿈쩍도 하지 않고 있다가 먹이가 방심할 때 낚아채는 최강의 독수리와 같은 부류임을 알리고 싶었다.

나는 마루에 걸터앉았다. 아직도 미적지근한 온기가 남아있는 그녀의 찻잔을 손에 들어 마당으로 내던졌다. 요란한 소리와 함께 찻잔이 사정없이 부서졌다.

아직도 10분이나 남았다. 화장실로 들어갔다. 한 여자가 거울 앞에 서 있었다. 변기에 앉자 울음소리가 들렸다. 코를 푸는 소리도 요란하게 들렸다. 화장실 문을 열고 나왔을 때도 여전히 여자는 거울 앞에 서 있었다. 여자가 세면대 쪽으로 다가간 나에게 대뜸 말을 걸었다.

"상간녀 소송한 거 맞지요? 조금 전에 앉아 계시던 거 봤어요. 나도 소송했거든요. 이 연놈들이 그래, 동거를 하고 있었더라고요. 정말 어이가 없어서. 위자료 소송했어요."

여자의 얼굴을 보자 조금 전 내 옆에서 한숨과 탄식을 번갈아 내뱉다가 벌떡 일어서서 가버렸던 장본인임을 알아차렸다.

"얼마나 청구했어요? 돈 때문에 시작한 게 아닌데 재판이 진행되니까 돈이 전부라는 생각이 들어요. 돈으로 보상받을 수밖에 없으니까. 근데 혹시 이혼은 했나요? 당연히 했겠지요?"

나는 아무 말도 하지 못하고 여자의 얼굴을 빤히 쳐다보았다. 가정법원 건물 화장실 안에서 이런 이야기를 하는 것이 어쩌면 현실적일 수 있겠구나, 하는 생각이 들었다. 여자는 내가 멍하게 서 있는 것을 보고 혀를 찼다.

"이해해요. 나도 세 번의 재판을 거치면서 그냥 미친 여자가 되고 있다니까요. 교통사고를 낸 것만 해도 몇 번이에요. 체중이 10킬로나 빠졌고. 참, 어디까지 이야기했죠? 아, 난 이혼했어요. 그런 남편이랑 어떻게 살아요? 근데 남편이 증인으로 나서려고 한 거 있지요? 판사가 그걸 막으니까 사실확인서를 낸 거고. 참내 어처구니가 없어서. 거기에 이렇게 씌어있는 거예요. 우리 부부는 처음부터 파탄이었다. 부부 사이가 좋지 않았고 특히 아내의 신경질과 불안, 통제, 감시를 참을 수가 없었다. 내가 이웃 간에 좀 불화가 있었고 친구도 없는 데다 교통사고를 얼마나 많이 냈는지 그걸 조목조목 쓴 거예요. 정말 치사한 새끼. 불면증이 있어서 수면제나 우울증 약 처방을 받은 것조차 썼다니까요. 근데 그걸 내세워서 재산을 다 주어서라도 아내에게서 벗어나고 싶었다고 썼더라니깐요. 재산이라고 해 봤자 꼴랑 아파트 한 채가 다인데. 아이가 있었다면 양육비니 해서 더 받아낼 수도 있는데. 그게 좀 아까워요."

난 손을 씻고 난 뒤 휴지를 찾아 닦았다. 여자가 내 어깨에 손을 얹었다.

"힘내요. 남편 없이도 얼마든지 행복할 수 있고 성공할 수 있다는 것을 보여줘야 해요. 멋진 복수를 하는 겁니다. 열심히 운동해서 멋진 몸을 보여줘야 해요. 명품 바디가 되어 우연을 가장해서 나타나는 거지요. 짠하고. 그것들은 얼마나 구질구질하게 사는지. 원룸에 사는 것만 봐도 알잖아요?"

나는 여자에게 그만 나의 정체를 말하고 싶은 것을 겨우 참았다. 나와 여자는 화장실을 나와 법정 앞으로 걸어가 나란히 의자에 앉았다. 여자는 연신 핸드백을 만지작거렸고 한숨과 탄식을 내뱉었다. 이윽고 전광판에 글자가 진행으로 바뀌자 양복 입은 남자가 나와서 말했다.

"이제 들어가시면 됩니다. 비공개니까 자신의 선고가 나오면 바로 나가는 겁니다. 녹음은 안됩니다."

여자가 내 귀에 속삭이며 말했다.

"참 지금 우리 전화번호 교환해요. 이것도 다 인연이에요."

나는 여자에게 전화번호를 알려주었다. 될 대로 되라는 심정이 되었다. 여자가 자신의 휴대전화로 마치 확인이라도 하듯 눌렀고 나는 휴대전화에 신호가 오자마자 끊었다. 여자가 싱긋 웃었다.

법정 안으로 들어갔다. 여자도 따라 들어왔고 모자도 바깥 의자에 앉아 있던 사람들 모두 그대로 들어왔다. 판사가 들어오자 양복 입은 남자의 지시 하에 모두들 일어섰다가 앉았다. 선고는 모두 열 건이었고 나는 네 번째 순서였다. 나는 여자의 판결이 부디 내 뒤에 있기만 바랐다. 선고가 나자마자 나는 쏜살같이 법정을 빠져나갈 생각이었다. 여자가 내 귀에 속삭였다.

"여자 판사라서 우리에게 유리할 거예요. 나이도 좀 지긋해 보이니까 결혼 했을 테고… 아무래도 산전수전 좀 겪었을 거 아니에요?"

유리하다는 말에 피식 웃었다. 이미 여자 간의 연대는 무너졌는데 무슨 망언이야. 한 남자가 두 여자를 농락한 것이 명백

함에도 불구하고 상대 여자를 능지처참하려고 이렇게 소송까지 건 주제에 그런 말이 나올까? 남편과 이혼했으면 되었지, 이혼의 책임을 상간자에게 돈으로 보상받으려고 한 것이 얼마나 치사한 것인지 정말 몰라서 그래? 겨우 돈이야. 삼천만 원을 요구했으니 다 받는다 해도 겨우 삼천만 원이야. 상간녀의 잘못이 뭐길래, 설사 유부남인 것을 알고 통정을 했다고 해도 그것을 상대 여자의 잘못이라고만 할 수 있을까. 간통죄는 폐지되었고 이미 남녀 간의 애정행각은 공적 공간에서 사적 공간으로 넘어갔는데 결국 돈으로 자신의 감정을 보상받으려고 한 것에 지나지 않지. 돈으로 보상받는 거야. 상대 여자에 대한 질투를 겨우 돈으로 위로받는 것에 불과할 뿐이지.

내가 한 잘못은 오로지 남자의 거짓말을 믿은 것과 뭔가 이상한 예감이 들었음에도 끈적거림과 달콤함에 끌려 그 예감을 필사적으로 무시했다는 것뿐이다. 어디선가에서 전화가 걸려오면 구태여 대문 밖에까지 나가 전화를 받는 그를 보면서 어쩌면 나는 그의 기만을 예감했을지도 모른다. 그 예감이 든 때부터 아니 정확히 말해서 그와 몸을 섞고 나서부터는 소설은 진척되지 않았다. 그와 그의 아내는 소설에 대한 나의 생기를 철저히 거세시켰다. 나는 수없이 많은 본처와 첩, 상간자의 모습들을 떠올렸다. 제 한 몸도 건사하기 힘들 정도의 병약하고 침울하고 신경질적인 그들 유령과도 같은 무리들 속에 창백한 얼굴로 서 있는 내가 환상처럼 보였다.

'사건번호 OOOO, 원고 OOO, 피고 OOO 이 자리에 오셨습니까?' 판사가 물었고 앞에 앉아 있는 남자가 한 손을 들며 원고임을 알렸다. 판사는 결정문을 읽더니 '이해하십니까?' 하고 물었고 남자는 대답하지 않고 밖으로 나가버렸다. 이어서 두 건이 더 진행된 뒤 내 차례였다. 역시 사건번호와 원고, 피고의 이름을 말하면서 참석 유무를 물었다. 내가 앞의 남자처럼 한 손을 들었고 피고라고 대답했다. 그러자 바로 옆에 앉아 있던 그 여자가 나를 뚫어지게 쳐다보는 것이 느껴졌다. 판사는 원고의 청구금액 중 이천오백만 원을 배상하라는 말과 함께 소송비용의 삼분의 이도 피고의 몫임을 알렸다. 앞의 남자와 똑같이 '이해하셨습니까?' 하고 물었고 나는 고개를 끄덕였다. 그리고 자리에서 일어났다. 뒤이어 내 옆의 여자가 손을 들고 '원고입니다.' 하고 말하는 것을 보았다. 나는 밖으로 나왔다. 갑자기 요의가 느껴졌다. 화장실로 들어갔다. 이천오백만 원과 원고 쪽의 변호사 비용까지 또다시 대출해야 할 생각에 머리가 지끈거렸다.

내가 막 화장실을 나오려고 할 때였다. 화장실 안으로 그녀가 들어왔다. 그녀는 급히 화장실 안으로 들어가더니 구토를 하는지 웩웩거리는 소리가 들려왔다. '거기 좀 있어요. 할 말 있어요.' 그녀가 나를 향해 말했다. 나는 그녀의 말을 들을 필요가 없음에도 불구하고 그냥 서 있었다. 이윽고 여자가 나오더니 손을 씻고 입을 헹구더니 나를 빤히 노려보았다.

"난 같은 처지인 줄 알고 온갖 말을 다 늘어놓았네. 바람이나 피우는 주제에 이렇게 당당하게 법정까지 나오는 배포가 뻔뻔하네. 안 그래?"

"말조심해요. 난 당신을 조금도 무시할 생각이 없으니까 당신도 나를 그렇게 대해주는 게 좋아요."

"뭐, 말조심. 이게 정말."

여자가 내 뺨을 후려쳤다. 순식간의 일이었다. 나도 오른손을 들어 그녀의 왼쪽 뺨을 힘껏 후려갈겼다. 불의의 반격을 받은 듯 순간 여자는 당황한 낯빛이 되더니 빠른 걸음으로 문을 닫고 가버렸다.

그가 전화를 걸어왔다.

"내가 다 낼게. 위자료든 변호사비든."

"그럴 필요 없어. 그만한 값어치가 있었어. 화대 정도로 생각할 거니까. 너의 거짓말을 알지 못한 거, 알고서도 확인하지 못한 거, 그 미적지근한 향수에 다소 오래 젖은 것, 가끔 너랑 살아도 되겠구나 하고 희망을 품어본 것, 무엇보다 이제 남자의 심리를 묘사하는 것에 더 이상 주저하거나 망설일 필요를 느끼지 않아서. 소설의 소재를 얻은 대가만으로 충분해."

그러자 그의 아내가 그랬던 것처럼 그 또한 급발진했다.

"말 다했어? 내가 네 엄마한테 얼마나 잘해주었는데, 그리고 내가 너와 놀면서 얼마나 돈을 많이 썼는데 말이야."

막장의 결말에 도달한 느낌이 들었다. 나는 심호흡을 했다.

"내가 네 성기를 산 것으로, 그것을 실컷 흡입한 것으로 그래서 한파의 겨울과 봄을 잘 보냈다고, 따뜻하게 뜨겁게 잘 보낸 것으로 퉁치면 될 것 같은데 말이지. 다신 연락하지도 마. 오면 스토킹으로 경찰서에 신고할 거고, 그리고 네 마누라에게도 전화할 거니까. 넌 널 가운데에 두고 두 여자가 치고받고 하는 것을 즐기고 싶어 했던 변태에 불과해."

그러자 그가 말했다.

"기어코 나라는 놈을 쓸 작정이군. 형편없이 볼품없는 놈으로 그리겠지. 그렇다면 나도 나를 방어하지 않을 수 없어. 문인협회에다 유부남과 바람이나 피우는 방탕한 여자라고 장문의 투서를 써 보내 널 완전히 매장시킬 거야."

"원한다면 너 맘대로 해. 사회적으로 매장시켜 봐. 꿈쩍도 하지 않고 버틸 테니. 설령 현실에선 내가 패배자가 되더라도 소설적 세계에선 내가 승리자가 될 거니까."

나는 전화를 끊었다. 지루하고 무겁기만 하던 관계 중독에서 그제야 완전히 해방되는 느낌이 들었다.

은행에서 추가 대출금 신청을 하고 집으로 돌아왔을 때 대문 앞에 서 있는 그의 아내를 보았다. 나는 대문을 열었고 그녀가 집 안으로 들어오는 것을 내버려 두었다. 그리고 냉장고에 넣어둔 감잎차를 그녀에게 건넸다. 그녀가 찻잔을 들이켰다. 목이 말랐던 것일까, 잔은 이내 바닥났다.

"이제 더 이상 오해받을 짓은 하지 않는 게 좋아. 난 당신을 수치스럽게 만들 수 있는 여자니까, 경고하려고 온 거야. 또다시 내 남편과 서로 연락하거나 만나거나 하면, 난 무슨 짓이든 할 거니까."

나는 고개를 까닥였다.

"대답을 하라고, 사람 말 같지 않아?"

"대답을 들으려면 반말하지 말고 존댓말을 해야지."

그러자 그녀가 나를 노려보았다. 나 또한 그녀를 똑바로 마주 보며 속으로 내뱉었다.

'당신은 내가 하는 말을 들으면 혼절할 수도 있을 거야. 당신의 남편은 당신이 오래전에 죽은 것으로, 암으로 죽었다고 말했어. 당신의 남편은 홀아비처럼 징징거리고 애정을 구걸하는 작자였어. 당신도 당신 남편처럼 애정을 구걸하고 강요하고 소유하려고만 하는 사람이야. 너희 두 사람은 똑같이 닮은 꼴이야. 그러니까 오래 살아봐. 지옥처럼.'

나는 이런 속마음을 들키지 않으려고 깊은숨을 들여 마셨다.

그녀가 마루에서 일어섰다. 마당으로 내려간 그녀는 나무 대문의 걸쇠가 잘 열리지 않는지 나를 향해 고개를 돌렸다.

내가 문을 열어주자 그녀가 나에게 던지듯 말했다.

"왜 질투하지 않아요? 나와 남편과의 관계 말이에요. 우린 좋아졌어요. 당신 덕이라고 해야 하나?"

순간 나는 갈등하였다. 그녀가 계속 나와 남편의 사이를 의심할 여지를 줄까 말까 악마처럼 장난을 걸고 싶었다.

"질투하지 않는 것으로 보여요? 질투했는데, 여전히 질투하고 있는데."

나는 그녀를 우쭐거리게 만들어 주고 싶었다.

"거짓말. 정말 질투하면 그런 말 못 해요."

"사람마다 달라요."

"믿을 수가 없어요."

"돈은 이번 주 안으로 변호사를 통해 송금이 될 거예요."

"그래야지요. … 당신, 나를 형편없는 여자로 보겠지요?"

나는 그녀의 얼굴을 뚫어져라 쳐다보았다.

"그렇게 하면 좋겠어요?"

그러자 그녀가 얼굴 가득 쓴웃음을 지으며 말했다.

"마치 대단한 무기를 쥐고 있는 것처럼 보이는군. 쥐뿔도 없으면서. 그저 소설을 쓴다는 것일 뿐 당신은 상간녀, 그래 상간녀일 뿐이란 말이야. … 참 말해줄까? 내 주위의 사람들은 남편이 죽은 걸로 알고 있어. 남편과 사별했다고 내가 떠들고 다녔으니까. 그러니까 당신이 패소한 것은 정말 억울한 일이지. 이제 다 끝났으니까 말해주는 거야. 진실을 알라고."

나는 분하고 억울하고 화가 난 표정을 짓고 싶은데 잘 되지 않았다.

"그러니까 당신 같은 소설가는 말이야. 소설을 쓰지 않는 일반인만도 못해. 진실을 만드는 데만 혈안이 돼 진작 진실의 맨바닥인 남자의 본질조차 몰랐던 거지."

순간 마당의 능소화가 툭 바닥으로 떨어졌다. 사철나무 위를 타고 올라간 능소화 한 송이가 마당에 떨어진 것이다. 그녀가 그쪽으로 걸어갔다. 그것을 손에 들더니 혼잣말처럼 중얼거렸다.

"이겼는데, 이겼는데도 기분이 나아지지가 않아. 이 꽃처럼 수명이 다한 것 같은 느낌이 들어."

나는 그녀가 손바닥 위에 꽃송이를 올려두고 혼잣말을 하는 것을 보자 마치 부조리 연극을 보는 것 같은 착각이 들었다. 잠시 후 그녀가 꽃을 휙 던지고는 발로 사정없이 짓이겼다.

"내가 여기로 다시 올 일은 없을 거야. 그리고 우리 남편도. 이런 일을 당했는데 여기에 다시 온다면 나 죽고 너 죽자 하는 것으로 끝낼 거니까. 그리고 당신, 이렇게 초라하게 소설만 쓰다가 죽어버려요."

그녀가 대문 밖으로 나갔다. 하지만 그녀가 또다시 내 집으로 오게 될 것이라는 강한 예감이 들었다. 그녀의 지루한 일상에서 이번 일만큼 격렬하고 짜릿한 일은 없었을 것이다. 그녀는 남아도는 시간이 있고 그 잉여의 시간과 감정은 나에게, 죄인으로 판명된 나에게 자기 위로와 연민을 버무린 토악질로 뿌려대고 싶어 근질근질할 것이니까.

대문 사이로 그녀가 주차한 차 쪽으로 가는 것이 보였다. 나는 더 이상 따라나서지 않고 대문을 걸어 잠갔다. 대문은 요란한 소리를 내며 닫혔다. 마당엔 그녀가 발로 짓이긴 능소화가 밟힌 모습 그대로 버려져 있었다. 나는 그것을 힘들게 손바닥에 올렸다. 붉은 물이 손바닥을 물들였다. 나는 그것을 오래도록 바라보고 있었다.

비릿한 숨결과 거친 눈빛의 서사

정재훈(문학평론가)

이도원의 이번 단편집에 수록된 소설들은 공통된 분위기가 있다. 그것은 도심보다는 더 근교로 벗어나야 느낄 수 있는 일종의 비릿함 같은 것이다. 비릿함이란 무엇일까. 그것은 감추고 싶은 것이다. 건물을 세우고, 벽을 세워서 가리거나 대체될 수 없는 '날것'이 풍기는 숨결이다. 유독, 이도원의 소설들에서는 폭력이 버젓이 일어나고 피를 흘리는 장면들이 많다. 이것은 곧장 독자들을 경계로 끌고 와 그동안 알고 있는 것들이 모두 진실인 것이냐고 다그친다. '이름'을 둘러싼 정체성의 문제, 여성을 비롯한 사회적 약자가 처한 폭력과 차별, 재개발 현장에서 자신들의 삶의 기반을 송두리째 빼앗길 위기에 처한 상황 등을 작품 소재로 삼아 그 갈등을 첨예하게 그려내면서 작가는 우리에게 묻고 있는 것이다.

「이름」은 제목 그대로 이름을 둘러싼 정체성의 문제를 다루는 동시에 '군대'라는 한국사회의 병폐를 담고 있는 작품이다.

주인공은 "지방 병무청에서 일하고 있으며 곧 정년을 앞두고 있는" 남자인데, 이름이 '안중근'이다. 주변에서 "이름값"대로 살아갈 것을 어릴 적부터 강요받아왔던 그에게 이름은 그야말로 '족쇄'였다. 일부러 이름과는 정반대로 행동도 해 봤지만 소용이 없었다. "영웅이 아닌 인간 안중근"으로 살기 위한 몸부림은 언제나 무위로 끝났다.

영웅의 이름에서 멀어졌다고 느끼거나, 또는 "이미 영웅 안중근과 자신의 삶과는 우주와 지구와의 거리만큼 멀고도 먼 거리"에 있다고 잠시나마 생각하더라도 다시금 중력에 끌리듯이 '안중근'이라는 이름을 맴돌았다. 스스로 "고립과 소외를 자처"해도 자신의 이름이 밝혀지는 순간 그는 수시로 주변 사람들로부터 "영웅의 무게를 감당해야"만 했다. 특히 '군대'는 더욱 가혹했다. 구국의 영웅이라 칭송받는 이름을 물려받았기에 "살신성인" 또는 "솔선수범"을 강요당해야만 했다. 정의로움으로 칭송받고 그래서 그에게 강요된 이름값과는 다르게 군대는 부조리의 집합체였다.

그는 이런 유약한 청년들을 전쟁터에 보내는 일을 하고 있는 자신이 새삼 자랑스럽게 느껴졌다. 저런 청년도 군대라는 거대한 공장에서 강철로 포장되어 나온다. 차고 구르고 달리고 찌르고 하는 훈련에서 그들은 비곗살 같은 쓸데없는 낭만이나 감상을 버리는 생존의 법칙을 터득하게 된다. 그렇게 살아남아 언제라도 동원될 수 있는 예비군으로 재탄생되는 것이다. '다수가 싸우지 않으면 결국 한 사람의 외로운 영웅을 낳을 수밖에 없어.' 그는 대단한 진리를 발견한 것처럼 뿌듯했다. 그러니 그는 각종 진단서와 증빙서류들을 가지고 와서 어떻게 해서든 군대를 가지 않으려고 하는 청년들을 보면 실컷 두들겨 패주고 싶은 것이다.

—「이름」에서

하지만 세월이 흘러 중년을 훌쩍 넘긴 그는 "주문을 외듯 안중근 의사의 혼령을 불러"내는 것이 가능해졌다. 아들의 교육 문제를 두고 아내와 말다툼을 한 탓에 기분이 우울해진 그는 도로 위에서 무서운 속도로 돌진하며 안중근 의사의 혼령을 부른다. "마치 안중근 의사가 된 기분이 들었고 단번에 우쭐해"진 그는 "이토 히로부미를 사살하고 난 뒤 외쳤던 사자후를 흉내"내며 직장으로 향한다. 그리고 늘 그랬듯 자기 눈앞에 있는 청년들을 바라보며 또 다시 우쭐해진다.

이렇게 주인공이 변할 수 있었던 데에는 '군대'라는 조직이 지닌 폐쇄성도 한몫을 했을 것이다. "거대한 공장"과도 같은 군대에서 매일같이 생산되는 건강한 청년들은 "쓸데없는 낭만이나 감상을 버리는 생존의 법칙을 터득하게" 될 것이고 "그렇

게 살아남아 언제라도 동원될 수 있는 예비군으로 재탄생되는
것"이다. 이러한 견고한 순환에 따른 주인공의 믿음은 결국 어
떤 안일함으로도 이어졌을 것이다. 폭력이 정당화되고 그에 따
른 비인간성보다는 겉으로 보이는 체계적인 부분에 매료됐었
기 때문인지도 모른다. 하지만 이것은 마침내 두 개의 사건으
로 인해 붕괴되기 시작한다.

　군대에서 자신을 괴롭힌 "선임"이 선한 표정을 하고 진실을
은폐한 삶을 살고 있다는 데에 따른 분노가 그것이고, 또 다른
하나는 "시민공원에서 관등 성명을 대었던 이등병 김기도"를
우연히 만나게 되었다는 사건이 그것이다. "선임"은 군대에서
저지른 만행에도 불구하고 온갖 불법을 자행하며 돈을 모았던
아버지를 따라 부자가 되었다("제 아버지가 하던 창녀 장사를 물려받
았어."). 주인공과 함께 "선임"에게 고통받았던 "임성래"가 제대
이후에 지금까지도 그의 밑에서 비굴하게 살아가고 있다는 점
은 폭력이라는 문제가 얼마나 고질적인 권력관계로 이어지는
것인지를 보여준다.

　그리고 군대라는 공장에서 마치 상품성을 인정받지 못해 폐
기된 것과도 같은 '이등병 김기도'라는 존재를 알게 된 것도 결
국 주인공 '안중근'이 믿었던 군대가 곧 "야만의 군대"였음을 깨
닫게 되는 사건이다. 길에 쓰러진 김기도를 부축하여 간신히
그의 집으로 데려다 주었을 때 만난 "노파"의 증언은 '김기도'

역시도 군대에 의해 희생된 '청춘'이면서 동시에 국가 폭력에 노출된 피해자였음이 드러난다. "우리 선량한 남편과 아들을 망친 것은 모두 망할 놈의 군대 때문이야."라며 흐느낀 '노파'의 증언은 주인공의 "온몸을 얼어붙"게 만들었다. 이러한 사건으로 인해서 주인공은 자신 또한 폭력의 피해자였다는 진실을 목도하며 서서히 적막으로 가라앉았다.

「녹음기」에서도 「이름」처럼 가식적이고 폭력적인 어른들의 세계가 여과 없이 펼쳐져 있음을 알 수 있다. 이 작품에서 주인공 '정연'은 고작 열두 살의 여자아이지만, 이미 이 세계의 생존 법칙을 잘 알고 있는 듯하다. 어린 시절부터 아버지의 폭력에 시달리고, 정신과 치료를 받으며 "성조숙증"을 앓고 있다는 정연이지만 한편으로 자신이 습득한 예민함으로 어른들의 가식적인 표정을 읽어내는 일쯤은 얼마든지 가능하다. 이러한 능력이 결국 어른들에 의해서 얻게 된 것이라는 점에서 아이러니라 하겠는데, 어른들은 정연을 가리켜 세상에 태어나지 않았어야 하는 아이라 하고, 장애가 있는 아이라고 말하지만, 정작 정연의 눈에 비친 어른들은 그야말로 존경할 부분이라고는 털끝만치도 없는 존재들이라 하겠다.

나는 미칠 것 같은 기분에 사로잡혔다. 할아버지의 바람기, 아버지의 폭력성, 엄마의 무기력함, 고모의 조울증이 한꺼번에 점화되는 기분이 들었다.

　지금 이 녹음 내용을 틀어주면 어떻게 될까. 그러면 센터장이 하는 말이 모두 새빨간 거짓말이며 그녀가 이중적인 인간이라는 것을 알 수 있다. 하지만 아직은 때가 아니다. 지금은 그 카드를 쓸 때가 아니다. 우선 나는 눈물을 짜내야 한다. 우는 게 아니라 눈물이 그렁그렁 맺혀야 한다. 그래야 나에게 동정심을 느낄 것이다. 그때 교감이 말했다.

　"이제 이쯤에서 우리 위원들끼리만 의논하면 안 될까요? 정연이도 지금 부담을 느끼고 있을 거니까요."

　그 말과 동시에 모든 사람들이 안도감을 느낀 듯한 표정을 지으며 의자 깊숙이 등을 밀어 넣었다. 고작 여자아이 하나 요리하지 못해서 이렇게 시간을 끌어야 하나 하는 표정이었다.

―「녹음기」에서

엄마를 죽인 아버지, 고모부의 불륜과 이혼, 할아버지의 부도덕함이 가족의 민낯이라면, '센터장'으로 대변되는 사회에서의 어른의 민낯도 추악하긴 마찬가지다. 후원 물품을 사적으로 유용하고, 교육자로서 지녀야 할 도덕성은 철저히 결여된 센터장 또한 "애견숍 사장"과 불륜 관계이다. 그리고 또래인 "민호"와의 관계도 사춘기의 애틋한 "첫사랑"이 아니라, 오히려 "나에게 사과문을 쓰고 다른 학교로 전학을 가야 할지도 모르고 아

257

동센터에서도 잘릴 게 분명"한 상황이다. 정연으로서 이곳은 어디에도 의지할 곳이 없는, 그야말로 잔혹한 생존의 장(場)일 뿐이다.

이곳에서 정연이 살아남을 수 있는 데에 유용한 도구는 바로 "녹음기"이다. 고모부의 추악한 불륜 현장에서 오간 말들을 낱낱이 채집한 '녹음기'의 그 유용함을 '정연'은 같은 어른인 고모로부터 배웠다. 그리고 어느새 '녹음'은 생존 방식이 되었다. 이 도구의 유용함이 빛을 발할수록 그만큼 인간관계는 이미 파국으로 향했음을 의미하는 것이다. 정연의 입장에서는 도저히 주변 사람들을(특히 어른들을) 신뢰할 수 없었다. 정연의 휴대폰에 "녹음 내용이 날짜별로 분류, 저장"된 목록은 그 불신에 대한 하루하루의 기록이다. 신뢰를 할 수 없기에 감행된 불가피한 방식은 정연의 결핍된 인간성을 고스란히 드러낸다.

본래 '말'은 인간의 사회화와 직결되는 행위이다. 하지만 '정연'의 입장에서 볼 때 말이란 그저 당사자의 비리를 적나라하게 드러내는 데에 필요한 증거일 뿐이다. 대화를 통해 상대방의 의중을 파악하려는 방식이 아니라, 몰래 함정을 파놓듯 상황을 만들어 놓고 그 사람들의 말을 훔쳐서 진위를 파악하려는 것이기에 그렇다. 심지어 자신의 첫사랑 상대인 민호의 속마음을 알고자 몰래 녹음기를 숨기려 했던 정연의 심리는 '녹음기'에 상당히 의존하는 것이라 하겠다. 이 인물의 행위는 과연 정당하다고 봐야 할까. "나를 함부로 막 대하는 사람을 처벌하겠다는 것뿐"이라는 그릇된 복수심은 이제 "아버지"에게로 향했고, 이 마지막 복수의 끝은 정연에게 어떠한 위로나 안식도 주지 못할 것이다. "녹음기의 버튼을 또다시 켰다"가 끄듯이, 오직 정연에게 남은 관계는 그저 자신에게 '적인 자'와 '적 아닌 자', 이렇게 둘로만 나뉠 수밖에 없다.

「부끄럽지 않은 사람」에서 주인공 '나'는 소설가이다. 엄마가 폭행을 저질렀다며 파출소에서 전화가 온 것으로 이야기가 시작된다. 팔순이 다 된 노인들의 폭력 시비가 발생한 이유는 바로 '이념'이었다. 보수 정권을 비판하면서 언론의 자유를 주장하는 "예석희 씨"의 행동은 엄마의 눈에 그저 "빨갱이"가 벌인 짓에 불과했다. 이러한 고질적인 이념 갈등은 부모 세대만의 전유물이 아니었다. 주인공은 "학교 선배"이자 연인이었던 그가 "생활고에 떠밀려 정치 노선을 바꾼 것"이 떠올랐고, 언젠가 그가 "가난의 냄새"를 꼬집었을 때의 씁쓸한 기억을 그녀는 여전히 갖고 있었다.

지난해 여름, 주인공은 "제주도 올레길"을 걸으며 "과거 이념의 희생양이 되었던 억울하고 고통스러운 제주의 길을 걷는 것으로 소설의 주제를 형상화하고 싶었던" 적이 있었다. "엄마의 이기적인 모성"과 더불어서 아버지의 부재라는 가족 문제가 주인공의 내면을 더욱 어둡게 하였다. "강한 자에겐 약하고 약한

자에겐 강한 것이 엄마의 생존 철학"과 반대로 아버지는 "이 더
러운 세상에 너희들을 태어나게 한 이 아비가 죄가 많다"며 자
책하고 현실을 등졌던 인물이었다. 이러한 죄책감은 주인공 입
장에서 유일한 아버지의 유산이었고, 지금도 그래서 이따금씩
"오래전 돌아가신 아버지의 얼굴이 떠오르는 것"이다.

(…) 예석희 씨는 자신의 비극적인 생애를 담담하게 아니
담담함을 지나 달관한 듯 말했다. 나는 그 말투도 말투였지
만 그 예석희 씨에게 자꾸 아버지의 환영이 씌워지는 듯한
착각에 사로잡혔다. 그건 상담사가 말했던 아버지와의 고통
스러운 대면이 아니라 오히려 편안한 재회처럼 느껴졌다. 예
석희 씨는 대학생인 아들이 5공 전두환 시대 민주화 시위를
하다가 붙잡혔고 고문 끝에 한 선배의 이름을 대었는데 그
일로 그 선배가 정신분열에 시달리다가 죽어버렸고 아들은
그 죄책감에 결국 우울증이 심해져 고생하고 있다고 말했다.

(…) 수십 년 전의 일이 마치 어제 일처럼 다가왔다. 엎드
려 차렷 하는 자세로 있던, 양손을 등 뒤에 붙인 채 머리를 땅
에 박고 있던 아버지. 몇몇 아저씨들 틈 사이에 있던 아버지
는 온통 피가 몰려 시뻘건 얼굴이 되어 있었다. 그 옆에 한 경
찰관이 곤봉을 들고 서 있었다. (…)

나는 아버지와 아저씨들이 공터에 걸려 있는 벽보판의 포스터를 찢어발겼다는 죄로 체벌을 당하고 있었다는 것을 알게 되었다. 그 포스터의 주인은 바로 같은 국민을 도륙시켰던 잔인무도한 전두환 대통령의 사진이었다.

　　　　　　　　　　　　　　　　　—「부끄럽지 않은 사람」에서

남겨진 자들의 죄책감은 세월이 흘러도 여전히 묵직하기만 하다. 이러한 기억의 무게에 대해서 서로 간의 경중을 따지는 것은 무의미하다. 주인공을 비롯해 예석희 씨의 '기억'은 단순히 개개인만의 몫이 아니라, 시대적 의미와 그 역사성을 동시에 지녔다. 주인공은 소설가로서, 같은 여성이자 인간으로서 예석희 씨의 감춰진 숨결을 더듬어 나갔다. 이것은 곧 한 인간을 감싸는 '이야기성'이자, 서사인 것이다. 반면, 주인공이 잠시 연인으로 지냈던 그는 이러한 서사가 완전히 결여되어 있는 인물이다. '나'는 "선배의 몸 전체가 똥통이라는 것을 말이야"라며 연인의 "변절"을 비난했다. 그의 이기적인 선택으로 인해 앞으로 그를 둘러싼 세계가 어떤 서사로 펼쳐질 것인가에 대한 암시가 서려 있음을 느낄 수 있는 대목이다.

예석희는 혹독한 역사적 시련 앞에서도 어떻게든 버티고자 하는 자의 모습으로 보이는데, 이는 어쩌면 '나'의 먼 미래의 모습일지도 모른다. 그렇기에 '나'의 시선에서 그녀의 모든 부분은 호의적으로 보일 수밖에 없다. 그녀의 손에 걸린 "목욕 바구니"부터도 "엄마의 바구니와는 천양지차"였듯이 '나'가 바라본 그녀의 "구부정한" 뒷모습 어딘가에는 결연한 인간성으로 발현된 시민 정신이 묻어나 있었다(자신에게 가해진 부조리한 것에 대해 사과를 요구하는 태도). 그럼에도 위태롭게 보이는 것은 어쩔 수 없었다. 그녀의 노쇠하고 구부정한 뒷모습을 비롯하여 "치매기가 있다고" 밝혀진 상황은 언제까지 버틸 것이라 확신할 수 없는 시민 정신의 마지막 보루를 떠올리게 한다. 그렇다면 이를 기록할 자는 누구일까. 또, 계승할 자는 누구인가. "예석희 씨가 주인공인 소설을 써야겠다는 창작 욕구"가 '나'를 추동하는 것을 단지 예술가적인 욕망만으로 볼 수는 없을 것이다.

「빈터」는 아파트 재개발 현장에 그리 멀지 않은 곳에서 살아가는 어느 가족의 모습을 황량하게 그리고 있다. 개발에 "편입되지 못한 상가의 오 층 꼭대기 가장 오른쪽에 위치한 아홉 평의 집"에서 살고 있는 주인공 '나'는 집을 떠난 남편 대신 아이를 키우는 여자이다. 이들 모자를 둘러싼 환경은 위험천만하게 보인다. 개발을 둘러싼 경계에는 그것에 따른 이익을 얻고자 하는 욕망과 더불어서 그동안 살아왔던 터전을 송두리째 빼앗길 수도 있다는 절망도 함께 뒤엉켜 있다. 「빈터」는 이러한 절망을 특히 노골적으로 그리고 있는데, 가난에서 비롯된 공포와 그로 인한 비인간성은 여자가 차에 치인 개의 사체를 바라

보는 장면에서도 여과 없이 드러난다. 피가 낭자하고, 살점이
튄 도로 위에서 여자는 "아주 잠시 생명력을 회복하는 것"을 느
낄 수밖에 없는 이유는, 성공을 위해 가족을 버린 남편에 대한
증오심에서 비롯된 것이다.

그가 이 집을 떠나게 된 결정적인 이유는 바로 쥐 때문이
었다. 너무나 사소한 이유였지만 남편으로서는 인간 존재의
무력성을 견딜 수 없다, 하고 부르짖을 만큼 심각한 것이었
다. 남편은 쥐를 몸서리치게 싫어하였다. 열 가구가 넘게 사
는 이 낡은 연립주택의 천장에는 쥐들의 배설물이 여기저기
묻어 있었다. 쥐는 난데없이 나타나 공동화장실의 비누를 물
고 가거나 휴지통을 뒤집어 놓고 가기도 하였다.

—「빈터」에서

남편의 비정한 행위에 대한 변명일 수도 있겠으나, "쥐"는 사
실 인간에게 공포의 대상이 맞다. 보이지 않는 곳에서, 혹여 보
인다고 할지라도 '쥐'는 눈 깜짝할 사이에 사라지고 만다. 이러
한 날렵함과는 별개로 그것들이 지나다니는 소리는 선명한 터
라, '쥐'가 일상 곳곳을 쉼 없이 오갈 때는 누군든지 정말로 신경
이 곤두섰을 것이다. 여자에게도 '쥐'는 "아픈 현실을 각인시"키
는 끔찍한 대상이다(반대로 "피아노는 현실을 이겨낼 수 있는 유일한

희망"이다). 이렇듯 일상 곳곳에 자리 잡은 '동물성'은 더욱더 낙오되지 않아야만 한다는 여자의 강박으로 이어지고, 그녀를 둘러싼 세상의 냉혹한 생존의 법칙을 더욱 노골화시킨다.

과연 이것이 인간적인 삶이라 할 수 있을까. 주인공은 "아이의 눈을 들여다볼 용기"가 없다. 자신이 남편으로부터 받은 상처(가난과 그로 인한 육체적 심리적 고통)가 결국 아이에게도 대물림될 수도 있다는 불길한 예감을 지우기 어렵다. 그동안 황폐화된 감정으로 인해 점차 인간다운 눈빛을 잃어버린 여자는 앞으로 무엇을 믿어야 할까. "공고한 가정이 유지되기 위해서는 은폐되어야 할 비밀과 거짓말이 있는 법"이지만, 그토록 공고해진 질서의 권위는 언젠가 작은 쥐들이 파놓은 구멍들로 인해 무너져 내릴지도 모른다. 하지만 그럼에도 희망은 남아 있다. 작품의 마지막 장면에서 아이가 여자에게 건네준 "민들레꽃"은 척박한 곳에서도 잘 자라는 식물이다. "잔뿌리가 내 손바닥에 가득"한 장면에서는 정주(定住)의 의미가 엿보인다. 텅 빈 공터가 다시 흙으로 채워지고, 그곳에서 삶이 움틀 때를 기다리는 자만이 "부챗살처럼 넓게 퍼진 햇살"을 마음껏 누릴 수 있으리라.

「강물」은 "날것의 냄새"를 짙게 풍기는 작품이다. 도시에서 꽤나 멀리 떨어졌을 것으로 보이는 "유원지"를 무대로 "사내"와 주인공인 '나'의 기묘한 관계가 그려지고 있다. 종손인 사촌 오빠에게 강간을 당하고 자살을 시도했던 '나'에게 '사내'는 "목숨을 살려준 은인"인 동시에 "내 치명적인 비밀"을 알고 그것을 이용하려는 파렴치한 자이다. 그런데 이러한 주인공이 가출을 하여 이곳 유원지까지 오게 된 이유는 종손인 사촌오빠로부터 당한 끔찍한 피해를 가족 구성원들 어느 누구도 인정하지 않았기 때문이다. "나는 그 무서운 사건 때문에 연애도 결혼도 못하고 삼십 년을 처참하게 살았어요. 내 고통은 보이지 않아요?"라며 절규하는 그녀의 목소리에는 비릿한 '날것'에 가까운 증오가 잔뜩 서려 있다.

소설에 짙게 드리운 '날것'은 '문명'과는 확실히 이질적인 느낌이다. 강가와 그리 멀지 않은 유원지에 드리운 비릿한 습기는 콘크리트로 이루어진 도시에서 느낄 수 없는 '날것'의 무대를 자연스레 형성한다. 그 안에서 동물적인 잔혹성과 서로를 향한 끈질긴 적대감이 난무한다. 날것의 장막은 '문명'의 모든 상식과 윤리적 기대를 거칠게 퇴장시킨다. 「강물」에서 "자살을 시도"했던 '나'를 살린 '사내'는 동시에 '나'를 옥죄고 겁탈하려는 자다. "사내의 분노한 얼굴"과 자신을 겁탈한 "사촌 오빠의 얼굴빛"이 겹치고, 이로써 '나'의 증오는 날이 갈수록 더욱 날카로운 발톱을 키운다. "사냥"의 룰(rule)은 바뀌기 시작한다.

나는 두 다리를 딱 버티고 서서 사내를 피하지 않고 정면으로 응시했다. 절호의 기회이다. 내가 도망질치지 않을 기

회. 나는 죽은 개의 주위를 돌고 있는 나머지 개들을 향해
명령했다.

"저놈을 물어. 어서."

내 명령이 떨어지기가 무섭게 개 두 마리가 사내를 향해
달려들었다. 그 서슬에 사내가 뒤로 나자빠졌다. 두 마리 개
가 사정없이 사내의 사지와 목을 물었다. 사내의 비명소리가
울려 퍼졌다.

— 「강물」에서

'날것'의 세계에서 유일하게 피아가 공평해지는 순간이 바로
"사냥"이다. '사내'는 오직 자신만이 이곳의 최상위 포식자라고
자만했었다. 하지만 '날것'의 무대인 이곳은 원래부터 '강자'가
존재해 왔던 것이 아니라, 마지막까지 살아남는 자만이 '강자'
가 되는 곳이다. "살아오면서 단 한 번도 안전지대에 속해보지
못한 자들"이 언제까지나 약자로만 존재하지는 않는다. 오히
려 한 번도 안전해 보지 못했기에 그만큼 공포와 위기에 대해
서 차츰 적응해갔으리라. 생존을 둘러싼 질서가 무서운 이유는,
'강자'도 언젠가는 잡아먹힌다는 데에 있다. 누구든지 잡아먹힐
수 있기에 그 질서의 냉혹함은 더욱 짙어진다. 그동안 감춰왔
던 발톱을 내보였던 '나'는 이제 "사내"를 대신해서 이곳의 새로
운 '강자'가 되었다.

「폭설」에서도 '날것'의 냄새가 난다. 배경은 산 속에 위치한 '절'이지만, 그 안에는 권력을 탐하는 암투가 하루도 끊이질 않고, 수양보다는 욕정만이 넘친다. 절의 살림과 행정을 맡고 있는 '팀장'인 '나'는 속세를 등진 것도 아니고, 그렇다고 절 바깥의 사람도 아니다. 이러한 경계에 놓인 이방인과도 같은 시선에서 포착되는 절 내부의 사정은 그야말로 세기말적인 모습에 가깝다. 왜냐하면 종교에서 요구하는, 다시 말해 정신을 수양하고 욕망을 절제해야 하는 가장 기본적인 질서조차도 지켜지지 않고 있기 때문이다. 절의 운영에 막강한 영향력이 있는 "재무스님"의 타락과 맞물려 갑자기 등장한 "지네"의 이미지는 사뭇 공포스럽게 다가온다.

지네. 하마터면 이 말이 입 밖으로 나올 뻔하였다. 그 굵고 컸던 검붉은 지네. 나는 또다시 여자의 얼굴을 보았다. 양 볼에 잔뜩 끼어있는 기미와 부어있는 얼굴을 지우니 산발한 머리카락과 신산스럽게 보였던 그때의 음산한 얼굴이 떠올랐다.

(중략)

그 방을 막 비질을 하려고 할 때였다. 나는 그만 악하고 비명을 지르고 말았다. 지네 한 마리가 꿈틀거리고 있었다. 검지 두 배 크기의 지네가 꿈틀거렸다. 검은색 몸통 가장자리에 붉은색이 띠처럼 둘러있었다. 지네는 방 한가운데에서 마치 자신의 꼬리를 물려고 하는 듯 원을 그리며 돌고 있을 뿐 내가 서 있는 쪽으로 다가오진 않았다.

—「폭설」에서

주인공은 한 번도 '지네'가 발견된 적이 없었던 "템플스테이 요사채"에서 '지네'를 본 것에 상당한 충격을 받았다. 음습한 데에서만 살고 있을 줄 알았던 이것의 난데없는 등장은 앞으로 일어날 불미스러운 일을 미리 경고하는 것처럼 보인다. 게다가 "절을 지키던 주지 스님들의 비석"인 "부도"에 "핏물이 흥건하게 흘러내리는 꿈"을 꾸었다는 "노스님"의 증언도 섬뜩하다. "문 보살"이 데리고 온 만삭의 "여자"를 보고 '지네'를 떠올린 이유가 정말로 이것이 여자의 "분신"인 것인지, 아니면 자신이 품은 "혐오가 만든 그저 형상"인지는 정확하게 확인할 수는 없다. 다만, 분명한 것은 '절'이 위기에 처해 있다는 사실이다.

위기는 눈처럼 온다. 사방에 조용히 쌓여 적막과 고립의 무대를 만든다. 그리고 그 안에 갇힌 인물들은 어떤 행동을 하기를 요구받는다. 이미 자신이 속한 세계('절')가 위기에 처해 있음을 직감한 주인공으로서는 이 사태를 타개해야 할 명분이 생긴다. 물론 이것은 '나'만의 결정이 아니다. 하늘(신)은 인간이 타락했음에도 계속해서 그 명분을 인간에게 제공한다. 구원이든, 멸

망이든 간에 주어진 선택지는 결국 인간의 몫이다. 주인공 앞에 이제 막 한 생명이 탄생하려 하고 있다. 만삭한 여자의 "신음" 소리가 복잡하게 들린다. 생명의 탄생을 알리는 신음 소리일 수도 있고, 자칫하다가는 산모와 아이가 모두 죽을 수도 있는 경고음이기도 하다. 주인공은 힘껏 차량의 가속 페달을 밟는다. 위기를 타개할 인간다운 몸짓의 시작인 것이다.

「해당화」는 혈육 간의 끈끈한 증오, 그리고 주인공의 "오라버니"를 통한 예술가적인 혼을 보여주는 작품이다. 주인공인 '나'는 사 남매 중 막내딸이다. "하나뿐인 오라버니"를 향한 주인공의 증오는 "해당화"가 그려진 그림과 맞물려 점차 밀도 있게 채색되어 간다. 사건의 전말은 큰언니가 오라버니의 불량한 친구들에게 겁탈을 당했고, 당시 오라버니는 두려운 마음에 사건을 덮으려고 했다는 것이다. 게다가 유년 시절을 보냈던 그곳, "바닷가 마을"에 전해 내려오는 온갖 "주술과 미신"은 특히 여자의 운명에 대해서 너무나 냉혹했다. 큰언니를 떠나보내고 나서 주인공은 "가슴 깊숙이 봉인했던 기억의 조각들이 제멋대로 튀어나와 온몸을 난도질하는 느낌"을 언제나 잊지 않았다.

겁탈을 당하고 난 뒤에 정신까지 놓았던 여동생을 향해 "도망"가라고만 하고, 끝내 외면하고자 했던 오라버니의 비겁함을 향해 주인공은 마지막까지 분노를 쏟아냈다. 세월이 흘러 이제야 오라버니가 뒤늦게 복수를 감행했지만, 주인공이 봤을 때는 그것만으로 언니의 죽음이 애도될 수는 없었다. 그렇기에 주인공은 "오빠의 몸이 캔버스가 되어야지, 오빠의 몸에서 철철 흘러나오는 피가 물감이 되어야지"라며 그때의 '피'를 지금의 몸으로 받아들이라고 하는 것이다. 과거의 잘못으로 인한 죄책감을 창작으로 승화함으로써 오라버니는 다시 붓을 들었고, 마침내 그림을 완성하기에 이른다. "불쑥, 놈이 완성했다는 해당화가 간절하게 보고 싶었다."라는 마지막 대목은 스스로 피를 온몸으로 받아들인 오빠를 향한 '혈육'으로서의 정을 느끼게 한다.

'인간'이라는 존재에 대한 다양한 문학적 실험은 있어 왔다. 그리고 특히 소설에서는 인물이 처한 상황을 다른 어떤 장르보다 구조화하고 현실감 있게 보여줄 수 있다는 점에서 우위에 있다고 하겠다. 이도원은 이것을 '위기'로 조성하고 곧장 그 안으로 인물들을 밀어 넣는다. 문명화된 인간의 모습보다는 야만적이고 동물에 가까운 인간을 보여줌으로써 독자들이 그동안 안주해 온 모든 가치들을 향해 일갈한다. 관습에 따라 합의된 알맞은 톤 따위가 아니라서, 거기에는 이제 막 흘러내린 핏방울과 찢긴 살점들이 낭자한다. 비릿함을 풍기며 거칠게 숨을 쉬는 인물들의 눈빛은 모든 것들이 의심스러웠을 것이다. 안온한 일상을 뒤흔드는 눈빛일수록 비릿함은 더욱 짙게 감돈다. 이로써 누군가의 서사는 시작된다.

고 김남주 시인의 시집『조국은 하나다』중「시의 요람 시의 무덤」이라는 시가 있다. 시의 첫머리에 이렇게 씌어있다. '과거의 시는 표현이 내용을 능가했다. 그러나 미래의 시는 내용이 표현을 능가할 것이다. - 마르크스'

그리고 시 마지막 연은 이렇다.
'나는 책상머리에 앉아 시라는 것을 억지로 써본 적이 없다고 내 시의 요람은 안락의자가 아니고 투쟁이라고 그 속이라고 안락의자야말로 내 시의 무덤이라고'

소설을 쓰면서 이 시를 내 소설의 교본으로 생각했다. 삶의 교본이기도 했다. '어떻게'보다 '무엇'을 지향했다. 익숙한 것들, 슬픔을 모르는 상태, 복종과 굴종, 안락과 안위는 무덤처럼 여겨야 한다고 나 자신을 세뇌시키며 이제껏 소설을 써 왔다. 그 결과 내 소설의 문체와 주인공들은 비린 날것의 냄새를 생생하게 풍기고 있다. 이 단편집 『날것의 생들』도 마찬가지다.

지난해에 이어 두 번째 책이다.

도움을 많이 받았다. 먼저 실천문학사의 윤한룡 대표와 소설에 대해 아낌없는 조언을 해 준 남금희 시인과 문우 장정옥, 오철환, 이홍사, 노정완, 이근자, 임수진, 황영은에게 진심으로 감사드린다.

소설에 대한 내 열망을 따뜻하게 바라봐 준 두 남동생 이창훈, 이성훈과 오랜 친구 백명자와 김재정, 김미경과 금이정, 박경화, 선지식 광인스님, 그리고 내 가슴 속 별이 되신 아버지와 아름다운 어머니 김연이 여사에게도 거친 눈빛의 나를 가만히 들여다보며 침묵으로 그 수많은 말을 삼키던 속 깊은 아들 최준호에게도 감사드린다.